静中岁月长

鲍尔吉·原野 著

远方出版社

图书在版编目（CIP）数据

静中岁月长／鲍尔吉·原野著．－－呼和浩特：远方出版社，2018.7
ISBN 978－7－5555－1152－6

Ⅰ.①静… Ⅱ.①鲍… Ⅲ.①中国文学－当代文学－作品综合集 Ⅳ.①I217.2

中国版本图书馆 CIP 数据核字（2018）第 168837 号

静中岁月长
JING ZHONG SUIYUE CHANG

作　　者	鲍尔吉·原野
出 版 人	苏那嘎
责任编辑	董美鲜　奥丽雅
责任校对	心　妍
封面设计	仙　境
版式设计	赵艳霞
出版发行	远方出版社
社　　址	呼和浩特市乌兰察布东路 666 号　邮编：010010
电　　话	（0471）2236470 总编室　2236460 发行部
经　　销	新华书店
印　　刷	北京市润田金辉印刷有限公司
开　　本	145mm×210mm　1/32
字　　数	300 千
印　　张	12
版　　次	2018 年 7 月第 1 版
印　　次	2018 年 9 月第 1 次印刷
印　　数	1—5000 册
标准书号	ISBN 978－7－5555－1152－6
定　　价	45.00 元

如发现印装质量问题，请与出版社联系调换。

目 录

辑 一
大 地

大地　花朵　川流／002

沉默的种子／013

种　子／016

草药与大地的苦／019

梅岑根的墓园／021

黄　土／023

墒／025

锦绣只是城里人眼中的风景／027

青草远道／029

化　石／031

石　头／034

铁里藏着红／037

沙　滩／039

色彩的旋转和燃烧／041

露水的信／043

流　水／046

在白堤上跑步 / 048

千岛湖的美与善 / 053

蜜山的蜜 / 056

告别桑园 / 058

珠　宝 / 060

呼　吸 / 061

净月潭笔记 / 063

静中岁月长 / 067

过青龙桥 / 070

铁　轨 / 072

铁路的尽头 / 074

雅歌六章 / 076

上帝生活在大自然当中 / 082

路有走不完的路 / 084

我的鞋已经累了 / 086

每个人理应赞美一次大地 / 087

钟　声 / 090

每个人都欠地球的债务 / 092

北陵：人民的绿 / 095

大地吹过锦缎的风 / 099

行走的风景 / 111

摇　篮 / 113

珊　瑚 / 115

夏季从阿龙山开始 / 118

世界的壁画都是这几种图案 / 122

勃隆克 / 125

记　忆 / 127

扎西德勒、一二三四、茄子！/ 129

对酒当故乡之歌 / 131

春天喊我 / 133

春是春节的春 / 135

不要跟春天说话 / 138

春如一场梦 / 140

春天是改革家 / 144

春雪的夜 / 147

小鸟与春天 / 150

早　春 / 152

三月的预言 / 154

四　月 / 157

初　夏 / 160

仲　夏 / 163

七月有权力炎热 / 166

初　秋 / 169

中秋的秋 / 171

四　季 / 173

节气篇 / 177

南方的河流 / 202

夜的河 / 204

河流的腰 / 206

公无渡河 / 208

河流没有影子 / 211

楠溪江 / 214

河在河的远方 / 217
黑河白水 / 219
黑河境内的黑龙江 / 221
夜　游 / 224
河流里没有一滴多余的水 / 226
河流日夜向两岸诀别 / 228
河床开始回忆河流 / 231
布尔津河，你为什么要流走呢？/ 234
河边的灯芯草 / 237
河对岸的星群 / 240
激流河 / 242
没有年纪的小河 / 245
沙漠里的流水 / 248
捉迷藏的小河 / 251

辑 二
天 空

星　辰 / 254
车站的月亮 / 257
明月夜 / 259
荞麦花与月光光 / 261
群星的呼喊 / 264
他乡月色 / 266
银河的手臂 / 270

月亮从来就没穿过衣裳 / 273

黑夜如果延长，月亮会不会熄灭？/ 276

星子缀满天空 / 279

后退的月亮 / 281

黎明的云朵 / 283

云　彩 / 285

云的小村庄 / 287

云是一棵树 / 290

乌　云 / 293

云中的秘密 / 296

青海的云 / 299

云沉山麓 / 301

云的事 / 303

风到底要吹走什么 / 305

风里有什么 / 308

这么小的小风 / 310

风 / 312

曙　色 / 314

准噶尔汗国故城的日出 / 317

多快的手也抓不到阳光 / 320

光 / 323

光的笑容 / 326

关于光 / 329

幸福村中路的暖阳 / 332

更多的光线来自黄昏 / 334

黄昏无下落 / 338

伸手可得的苍茫 / 340

光与棋 / 342

玻璃上的雨水 / 343

金毡房 / 346

没有人在春雨里哭泣 / 347

桑园的雨 / 350

水滴没有残缺 / 352

铁皮屋顶上的雨 / 354

阳光金币 / 357

夜雨光区 / 358

雨，晚上好 / 360

雨从窗台进屋，找水喝 / 362

雨的灵巧的手 / 365

雨滴耐心地穿过深秋 / 368

在雨中跑步 / 371

后 记
比草木更孤独 / 373

辑一 大地

大地　花朵　川流

引　子

  这几年出差,回来爱跟跑步的朋友说见闻。我一露面,这帮因流汗而皮肤发亮的跑步人就围过来,听我白话。一天,跑步人散了,树生从树后跑过来,羞涩地——他六十五岁了,还羞涩呢——说:"给你拿点东西。"我说:"啥东西?"他不好意思。我把东西从他的衣服里掏出来——一个早年的铝饭盒,打开,里边是酱闷小土豆。我问:"送这干啥?"树生说:"求你个事儿。"
  他说老父亲九十九岁,今年九月十日过百岁生日,让我出差捎回点当地的水。我说飞机不让带水,他说你把水快递回来,他老父亲过生日那天用各地的水浇一盆长寿花,吉利。他拿出一个防雨绸兜子,里面装着十多个白色的小塑料瓶,瓶口系着两米多的渔线,瓶底粘了一个螺丝帽。他说有线在河里取水就方便了。树生是车辆厂退休工人，办事真细致。我说妥了，你就等着祖国各地的水上你们家汇合吧，你们家就是水库。

万亩梨花

我见到好的地名比见到好的书名更羡慕，觉得人活在好地名里是一种幸福。神木、仙游、福鼎，这些地名多好。丰县也好，它是我今年出游的第一站。繁体字的丰字上头站满麦穗，下面有豆撑腰，看着就富足。人来丰县，咸称其丰。丰子恺如果活着，肯定一年来一回。当年有人问他姓哪个 feng，他答丰收的丰，对方不解。丰子恺说汇丰银行的丰，人始悟。子恺辛酸，天下哪有比丰收更丰的事情呢？

在江苏省丰县，我看到最丰美的景物是万亩梨花。入四月，我老家的凹地还有积雪，而大沙河畔的梨花园已成花海。如此宽广的大地，竟被梨花开满。枝头似雪，树下却青草离离，蜜蜂在枝头缭绕。梨树怀抱大，枝条平伸，把花开到别的树上了。花瓣在枝上奔跑，金色花蕊是它们的接力棒。在梨花下行走，走走就泄气了，梨园太大，走到太阳西沉也走不出梨花的天下。这个县宋楼镇的梨园有六百六十八棵百年梨树，最大的一棵梨树王胸径八十多厘米，每年挂果四千多斤，厉害吧？吉林省梨树县也未见有这么大的梨树，丰县有，丰字真没白叫。丰县耕地面积一百一十四万亩，其中果树面积五十多万亩，栽种红富士苹果二十八万亩，白酥梨十万亩，它是全国水果十强县。丰县的蔬菜种植面积达六十万亩，牛蒡、芦笋等果品已成为江苏省出口创汇基地，这个县完成了由粮食大县到果蔬大县的转变，丰！

县城有护城河，开挖于战国时期。我拿树生的小瓶取水，这些小瓶特好用，瓶底有螺丝帽，嗖地入水，咕嘟咕嘟瓶子就灌满了。我拎上瓶子，拧盖。心想，丰县把战国时期的护城河水献给了树生他爸。

陕南行

我南行的第二站是陕西省汉阴县。这里的凤堰梯田最好看。清晨，梯田从白雾中露出曲线，柔和秀美，大地犹如盛满黄金稻穗的盘盏。苍鹭穿过梯田上方，飞到汉江边上。淡蓝的炊烟从村庄孤直升起，大地一片晶莹。

凤堰梯田位于秦巴山脉的凤凰山上，临汉江，连片面积达一万二千亩。据记载，梯田于清代同治年间长沙移民吴氏家族创建，集山、水、田、屋、村于一体，梯田在河流交汇处渐次升高，引山涧水从上而下自流灌溉。山坡上梯田罗布，有的坡几十级梯田，有的坡上千级梯田。水漫过上一级梯田的石头围沿，浸润稻秧，流到更下一级梯田，一直流下去。

梯田用石头围沿抱着金黄的稻子，如怀抱子孙。在崇山峻岭围垦万亩梯田需要多少石头啊？想象不出这里的先民肩扛石头垒田的情景，不知垒了多少年，这里无异于梯田的长城。而这一切的辛劳，只为了修田。人不来此地，不知耕地珍贵。世间万物，最珍贵的莫过于粮食。粮食哪里是用钱衡量的物品？在这里，粮食是天地大美的结晶，谁浪费粮食，谁不是人。

我在梯田的围沿上行走，若从天空看，我如走在玛雅彩石壁画上的一只蚂蚁。如果我会开飞机，会常常来凤堰梯田上空飞行，俯瞰这幅巨大的艺术品。说话间，几对苍鹭飞过梯田。好地方会有天使，这里的天使是高洁的苍鹭。它们展开灰色与黑色的翅膀，巡视如梦如幻的梯田。

在村里,见两个小孩做游戏。男孩用铲子垒泥成梯田,灌水,拿青草插秧。女孩挎小筐,在小梯田的水里假装摸螺蛳。我看了感动,问男孩姓什么,男孩说姓吴。女孩也抢着说姓吴。我手摸吴氏子孙的小脑袋,心想他们都是长沙府吴氏的后人。在此地姓吴让人羡慕,他们祖先是建造梯田的农家圣贤,连我都想改姓三天吴。

洋县离汉阴县不远,同属陕南。早上我在乡间跑步,灰白的水泥路分开竹林稻田。这里左手秦岭,右手巴山,汉江自西而东分开大山的南麓北麓。我看了半天,分不清哪座山姓秦,哪座山姓巴。松柏杂木分开山峦的深浅层次,雄浑莽苍。

过桥时,桥下流水清澈,鹅卵石像包在玻璃里,水声似更清脆。我想起忘带瓶了,跑回去取瓶,此时见到一对雪白的朱鹮掠空而过,飞得不高。它们翅膀的白羽透着阳光微微橘红,颈羽如流苏般随风飘逸。虽是一瞬,我看到朱鹮的颜面比一坨印泥还红,它长而弯的喙尖上还有一点红。我觉得相当幸运,四外看看,就我一个人,看到了两只朱鹮,这比包场还阔绰。

二十世纪六十年代,俄罗斯境内最后一只朱鹮在哈桑湖灭绝。七十年代,朱鹮在朝鲜板门店消失。中国科学院刘荫增教授和他的团队走遍了大半个中国,于一九八一年五月在陕西省洋县姚家湾发现了当时世上仅存的两只野生朱鹮。三十年来,朱鹮数量已增加到两千多只,野外生存范围涉及二市七县,面积达六千平方公里。

朱鹮多数生活在洋县,这意味着洋县的老百姓种粮种菜不使用化肥农药,保证朱鹮食物的存活。大凡如朱鹮这么脆弱的鸟类可以生存的地方,均可命名为人间天堂,这里的水质、植被、气候和民风一定臻于优胜。朱鹮真正是好山好水的代言人。

跑完,我在稻田里取一瓶水。这水养的黄鳝、泥鳅是朱鹮的食物，浇花肯定好。

明月照白塘

我出行的第四站是徐州的睢宁县。因为不认识"睢"字，查《辞海》得知这个县出土的汉画像石"牛耕图"被中国历史博物馆收藏并印在门票上。一九九六年，国家文化部命名睢宁县为"儿童画之乡"，有一万五千多幅作品送往七十多个国家和地区展出，获金奖二百二十三次。

睢宁让我钟情的是白塘河湿地公园。想不到历史上战乱频仍，而今人口众多的徐州大地有一处湿地公园。

人们常把湿地归于人烟稀少的沼泽地，仿佛建是建不出来的。白塘湿地公园正是建出来的湿地，占地三点八平方公里，有水面一千多亩。这里有五处百亩林园——竹林园、柿林园、海棠园、山楂园、板栗园，还有梅花岛、桃花岛、樱花岛。登一座山即入一片林，幅员百亩。我看到无边的山楂树站满山坡，心想这片山全归山楂了，春的白花和秋的红果是这座山的骄傲。以往没见过的海棠山和柿林山，这回都见到了。不同的树的姿态比建筑物更美，它们高低俯仰，疏密错落，塑造别样的景观，树们四季呈现变化的美，比呆板的房子更灵慧。树在风里飒飒，包藏花果，它们是微笑沉默的高士。

登山望水。水边聚集的仙鹤，如同白石铺设的岸。水鸟起飞，影子被微澜摇碎，树影模糊。

睢宁的睢，指睢水。以往十年九涝，把老百姓害苦了。如今湿地形成自然生态系统，水系安宁，为徐州大地储备一个清新吐纳的绿肺。在园区走，我发现游人大部分是农民，这让我很惊奇。人们太多时候看到农民在田边劳作，或在集市卖菜，仿佛那里才是他们站立的地方。在白塘湿地公园，质朴农人手抚柳枝向对岸伫望，拿手机与桃花合影，我觉得这才是国家图景。以往崔莺莺和张生观花赏月的风雅印记被我从脑中删除。国泰民安的宏愿从民安体现，此地可做见证。

夜游湿地，水面收纳了夜空白茫茫的光带，月亮愈发皎洁。走走看看，来到公园内的水月禅寺。这是一处方正简约的现代建筑，没有飞檐斗拱，体现大道至简的禅宗美学。清风徐来，水面澄净，树木亲密偎依，罗列至远方。我抛瓶取得白塘湿地之水。

金子奔跑

小时候，我在母亲的集邮册上看到三枚"世界文化名人"邮票，线描人物，古装，他们是屈原、关汉卿和汤显祖。我惊异，咱们这么大的国家，世界文化名人才仨啊？后来向家属院小孩巡回展示这三位名人，丢了两枚，只剩汤显祖。

这一次来到浙江省的遂昌县，拜访了汤显祖纪念馆。馆内悬挂汤显祖画像，与邮票上一模一样，只觉得下方应有"中国人民邮政"才好。稍带我还回忆起家属院的向日葵和鸡冠花，它们高矮红黄，如对晤。

汤显祖是明代的伟大戏剧家，在遂昌出任五年县令，他笔下的"临川四梦"之《牡丹亭》诞生于遂昌。《牡丹亭》的戏文高蹈绝美，我疑心与这里的山水关涉，悲剧与美如筋与肉那样是长在一起的。

遂昌山水不小气，清秀蕴藏沉雄，或者说它在江南山水的架构里潜藏野性。千佛山，距县城三十公里，远看林木苍郁，走进去身旁悉为山泉，水流细小轻缓，徐徐出声。可以状写此地山泉的形容词太少,所谓淙淙、潺潺均隔靴搔痒,水声比形容词更复杂与美妙,它不是一个音,而是复合的和声,如远又近、似轻还重。步行十余里,山泉始终迎送,或山瀑,或小潭,或山涧。我在潭里取水一瓶,坐石上闭目听水,听出水声之外还有鸟鸣,来自头顶。当辨识鸟语之单音节与多音节时,水声消失了。走上石阶,又闻水声。

遂昌有金矿。我们坐小火车进入矿里,参观了明代开采的矿洞。人在金矿的洞窟里行走,目光一定是贪婪的。我看同伴的眼神,非但不贪婪,反而迷惘,他们谁也没在石壁上见到金子。行家说,肉眼看不到矿石里的金子。我想也是,人眼能在石头里看见金子,世界更乱了。我觉得金子会在矿石里看到我们——一帮肉眼凡胎的人且走且望。金子也猜出了我们想念金子的心情,在岩石里笑。

过去听说,金子藏在贫瘠的土地下面。我老家好几处金矿的地表啥都不长,大自然补偿给它们一些金脉。遂昌的金子会挑地方,长在青山绿水之间。这里的人说,金子的矿脉会在地底下奔跑。明白勘察到一处矿脉,过些天却没了。我在新疆和西伯利亚也听过这个传说,相信金子有这个能力,说走就走,要不怎么能叫金子呢?《牡丹亭》里曾有一折,说杜丽娘于花园里凭几而眠,寐中与柳梦梅相会,二人惊诧:"是哪处曾相见,相看俨然?"这如同说外地来的金子们相见,都眼熟。

遂昌拥有许多国家级的称号:中国竹炭之乡,中国菊米之乡,全国旅游标准化示范县等,这里九山半水半分田,若要过得好,他们一定会爱手中的一切。在爱的心田里面,一切都是财富,这在汤显祖笔下表现得刻骨铭心。山水赋予人的,是心机之外的大智慧。

吾爱孟夫子，风流天下闻

诵唐诗宜来襄阳，这里留下李白、杜甫、白居易一大批著名诗人的足迹。《唐诗三百首》有二十七首涉及襄阳。读三国宜来襄阳，诸葛亮在这里十载躬耕，留下《隆中对》。学书法宜来襄阳，此地养育米芾，人称"米襄阳"。中国魅力城市的颁奖词说，这座城市"凭山之峻，据江之险，外揽山水之秀，内得人文之胜"。习家池、古隆中、米公祠等名胜古迹多达一千多处。

我来襄阳，没带唐诗，只带一双跑步鞋。襄阳有保存非常好的古城墙，在下面跑步十分高古。边跑边看城墙斑驳的砖石，包括箭镞的射痕，心生庄重。我不通晓历史，但我爱这里诞生的一位大诗人孟浩然。"吾爱孟夫子，风流天下闻。"李白这两句诗简直道出了我的心声。孟浩然的诗歌平缓、简易、深情，合到一起便造就大道风流。我年轻时一度拼命背孟浩然的诗，登老家的南山背诵。孟浩然爱写登高，于是我登高背诵。如今我在襄阳，一面是古城墙，另一面是护城河，边跑步边回忆孟浩然的诗，算是默默献给襄阳的小礼物。整首的诗已背不下来，仍记一些句子："相望试登高，心随雁飞灭。"每次登高，看飞鸟在视野消失，我都会想起这两句诗。那小鸟在飞行中翻翻身子就变成小黑点，倏尔，小黑点也没了，但心还沿着小鸟的轨迹寻找。"雪罢冰复开，春潭千丈绿。"写早春。"水落鱼梁浅，天寒梦泽深。"写襄阳。"我家襄水上，遥隔梦云端。"也是写襄阳。《全唐诗》收录孟浩然诗二百多首，其中三十首写襄阳。

跑了一小时，记起这些诗句，倍感倾心。李白毫不掩饰对孟浩然的景仰，称"高山安可仰，徒此揖清芬"。而李白写孟浩然最著名的一首，当属"故人西辞黄鹤楼，烟花三月下扬州"。

鹿门山是孟浩然隐居处，距襄阳城南十五公里。在唐代，鹿门山与孟浩然一样有名，或因孟而获名。李白、杜甫、白居易、王昌龄均赴鹿门山拜访过孟浩然。登山时，我又想起他的几句诗："人事有代谢，往来成古今。江山留胜迹，我辈复登临。"我辈是李杜等前辈登过此山，几百年后又登此山的景仰者，是想从山水里看出孟浩然哪管一点点影子的人。山峰叠翠，古木杂生。我看到绝非唐朝的鸟儿在树梢掠过，觉得听到了与孟浩然所闻相似的流水和鸟的悦鸣。我辈在孟浩然走过的山上行走，见一处风景，便引颈远望，想象孟浩然也这么望过。摸摸泥土，摸摸树，唐朝在哪里啊，孟夫子去了何方？我羡慕鹿门山的小鸟和小虫，它们虽不背孟浩然诗，但生活在这座孟浩然隐居十七年之久的山上，不白为虫鸟。

近黄昏，我辈吃完农家土菜下山了。我留在最后面，感到惆怅。这是潜意识作祟，因为没见到孟浩然。鹿门山虽无鹿，但涤除了孟浩然心中的尘泥，让他如此清新。那首全球华人尽知的诗——"春眠不觉晓，处处闻啼鸟，夜来风雨声，花落知多少。"最能透露他心里的澄明。孟浩然懂得如何让诗与时光相搏而不溃败，他懂得平淡即恒久。

一个城市有一座名山就够了，如鹿门山；有一位名人就够了，如孟浩然。襄阳还有汉江，有三国遗迹，有昭明台，有宋玉，素称"南船北马，七省通衢"。这样的地方让人嫉妒。我带着从鹿门寺石井里取的水，悻悻下山。这里是取水的第六站。

望绿洲

人们说，在冰冷的塞上沙原，这里流水叮咚，河里长着鲜绿的水芹菜。人们说，盛夏的沙漠酷热难当，这里竟下起牛毛细雨。人们说,这里乌鸦不来,青蛙不叫,沙土垒墙不倒。这就是国家级自然保护区——大青沟。

大青沟位于我的祖籍——内蒙古的科左后旗境内。小时候回老家,所见皆为白茫茫的沙海。我和小孩摔跤,倒地后身上一点儿土都没有,我还乐呢,说这地方多好,没土。是的,我老家土地少,耕地更少。小时候不知"没土"有多么沉痛。我的堂兄堂姐衣衫褴褛,食不果腹,因为他们的脚下没有土,只有沙漠。那时候,堂兄堂姐的脸上满是渴望,我不知他们在渴望什么。长大后,我才知堂兄堂姐渴望土地、雨水和绿洲。八月份,我回到老家——科左后旗的胡四台村。近暮,草原深绿,雾里钻出我堂兄朝克巴特尔的羊群,一只牧羊犬没有必要地左右跳着,仿佛它为羊群操碎了心。堂兄黑如檀木,眼白和牙齿如刷了白漆。他每天早上三点出发,晚七点回来,变成了非裔人。他的羊群加上养牛和种玉米,每年的收入可达十几万元,日子安稳了。

我在胡四台住了几天,坐朝克巴特尔的私家车和他们一起游览大青沟。

科左后旗的草场,庄稼和防护林长势都好,但进入大青沟别有洞天。植被茂密,古朴如史前时期的绿洲。风景区实为两条沟,一条长十一公里的大青沟,另一条长十公里,名小青沟,两沟宽三百多米,深五十多米,我们在沟里步行十公里,犹如走入西双版纳的亚热带植物保护库。大青沟有七百多种植物,分成水曲柳、蒙古栎、大果榆三个植物群落。藤缠古木,苔藓侵衣,野花如同摇摆着向远方行走。朝克巴特尔对审美没有诉求,他不断弯腰拣野果和野菜,嘴里说:"稠李,欧李,山葡萄,猴头,蕨菜,金针……"他的收获很快把提前准备好的布袋子装满了,琥珀似的黄眼睛充满笑意。我在小溪里取了最后一瓶水。

从沟里出来，登高远望，树的波涛从树梢翻滚而过，保护区面积达八千多公顷，打败了沙漠。朝克巴特尔说："这里的黑蝴蝶有燕子那么大，飞起来尾巴带两根飘带。"他这个说法在大青沟博物馆得到了验证，那是乌凤蝶。博物馆介绍，这里有梅花鹿、黑枕黄鹂等三十八种动物鸟类，黑蝴蝶等一百三十八种昆虫，天麻等二百多种珍贵中草药。这些动植物的存在，对茫茫科尔沁沙漠来说是奇迹，但大自然无奇迹可言，所有现象均由相互依存的因果关系所决定。人觉得怪，是由于他们与大自然越来越疏远。

晚上，我们在大青沟观看一场篝火演艺表演。在火光中，旋转飞扬的蒙古袍惊醒了夜色，安代舞的红绸如火苗一样飘动。在咚咚的舞步中，似有一群精灵从地下跑过，它们是花朵、蝴蝶和树木的信使。

结　语

九月十日，我受邀去了树生的家，他的老父亲身穿团花红衫陷入沙发，像弥勒佛一样笑。人老了，不拘男女都像老太太，树生他爸亦如此。树生把我寄来的七瓶水冻在冰箱，化冻汇在大白碗里。我端详透明的水，分不出它们的故乡来。树生搬来一盆长寿花，肉质叶子，四角形的小红花旋转着搭成了一个圆球，像挤着看老寿星长什么样子。老父亲端碗把水倒进花盆里，树生说："这是祖国大地的水，浇灌长寿花，祝您越活越健康！"我说："浇了八省水，还活一百岁。"他爸耳聋，这句话却听到了，说："我再活一百岁，他们得累死。"树生和他媳妇笑着说："我们愿意！"

沉默的种子

种子比钻石更坚硬,在黑暗的大地里,谁知道种子是怎样钻开壳壁,从坚硬的泥土里生出芽呢?你看麦粒、玉米粒、苹果和梨的咖啡色的种子,每一粒都有坚硬的壳壁。它们比树皮更结实,坚定地保护着种子。雪白的种子在这样的壳壁里,从土里长出绿色的苗,比人生孩子更简捷也更干净。小苗在阳光下齐刷刷地闪耀。如果说它们是一群孩子,孩子的母亲是谁呢?是小小的种子吗?这一点,植物和动物很不一样。动物和人类都是大的孕育并生产小的。人类母亲与婴儿体重之比约为二十比一。你看不到人类从一小块自身体分离的肉(如手指或耳朵)里长出一棵苗,长大变成一棵树或一个会行走的人。种子有巨大的能量。头几天,我又去了一趟三清山,看栈道旁绝壁上生出的松树。看不到树的根部有土,松树如从石头里长出来。摸松树的手感跟摸石头一样坚硬粗糙。当年一粒种子随风飘进石缝,长成这棵树。碗口粗的松树,至少长了几十年,它还要再长几百年,只因为当年的种子跟它说过一些话。"一些话"是多少句话？可能只有一句——长吧。因为没有其他的话——比如注意休息、保重身体之类的话，松树一直在长。石头能吃多少苦，它就能吃多少苦。其实自然界没有苦。"苦"这个词是人类发明的，"环境、遭遇、快乐、苦恼"这些词都是人类发明的，他们为了有所区别才发明这些观念。

种子多么神奇，大兴安岭接天蔽日的松树林都由种子长成。松树以深红的身躯挡住了风的去路，松针在树梢根根相扣，大雪下不进幽默的树林。在南方的山坡上，竹子正准备从每一寸土地冒出来，它的翠绿让青草黯然失色。地下的竹笋不知何时均匀地占满了山坡。如果把种子撒在桌子上，它们只是一些褐色、黄色、黑色和白色的果实，它们沉默的，是世上最小的东西。谁也不知道它们会发芽，长出城墙般的树林，长出覆盖大地的庄稼，长成花。谁也看不出朴素的种子里包含着花的基因。种子里那一种物质包含着花的指令？红的、黄的、白的，娇嫩的花正藏在种子里。有了土壤、阳光和水分之后，小苗出生，然后开出花来。这实在太神奇。如果创造世界的不是上帝，是谁呢？只能是种子。

种子是神灵。宗教禁止凡夫谈鬼神，更不许猜测鬼神的居所。但可以说一下神住在种子里吗？神在小麦、玉米的种子里住过或曾经住过，神住在松柏的种子里，住在鲜花的种子里，这是不会错的。世上应有好多神灵，火神自然住在火里，不用猜也知道。河神住在河里而不是云朵上。五谷之神、树神和花神住在五谷草木的种子里，对吗？也许是对的。否则，种子怎么会有那样的耐心，那样的勇气发出芽来，创造五谷和树林？小鸟儿一定知道其中的秘密。鸟儿抢着吃各类种子，吃树籽、草籽和一切能生长的籽。小鸟意欲获得种子里蕴含的巨大能量。果然，鸟儿得到了巨大的能量，秋天从北方飞到南方，这是何等了不起的工程。鸟儿像种子发芽一样飞行，天空上种满了小鸟儿栽种的透明的树林。

　　以人的眼光看,种子被埋进土里是深重的惩罚,如入十八层地狱,这恰是种子新生的机会。土里没有风景、没有天日,真正被踩到脚底下,只适合做一件事——发芽。这里安静、无风,亦无喧哗。种子慢慢长出向上的苗,再长出向下的根须。这时种子完成了使命,壳壁等待腐烂,一棵植物诞生了,它是树,是庄稼,或一株花。貌不惊人的种子,每每做成大事,它的渺小和忍耐让它在不经意之间改变了世界。世界原本是可以改变的,如果有种子的话。

　　种子在黑暗潮湿的泥土里听到了自己的歌声,歌词里面有游动的白云,被风吹斜的细雨,有松鼠和蜜蜂的身影。种子歌唱它长出地面之后所看到的丰饶的大地。种子的歌声藏在土里,下雨时,歌的片断会跟雨水形成和声。春雨下在播下了种子的田野上,雨的声音里夹杂着一些混响,像雨落在草叶或纸张上的声音。人们对此未留意,其实这是种子的歌声,是低频,比大提琴的音乐还低沉。贴着地皮传过来又传到远处。而雨声是高频,刷、刷、刷,盖住了种子深沉的旋律。

种　子

我在童年时具有"种子癖"。

我把收集的种子放到一个铁皮盒里，盒子有新疆人拍打的铃鼓那么大。我常举起来晃一晃，其音也如钟磬。因为里面有桃核、杏核。苹果的籽儿和小麦只在里面"沙沙"地奉和，很谦逊。

我常抱着种子盒到向日葵下松软的泥土上观摩。桃核像八十岁老人的脸；麻籽里有果肉的丝长出来，扯不干净；杏核无论怎样，都是一只病人的眼，双眼皮尤有工笔画的意味；李子核与杏核仿佛，面上多毫，干了之后仍不光洁；麦子最好看，金黄而匀称。我想上帝派麦子来，不是当白面烙饼，而是做砝码的。从掌心捏麦子，一粒一粒摆上，仿佛什么事情就要发生。我还收集过荞麦的种子，因为弄不到，就把枕头偷偷弄了个洞，搞一些出来。当然这只是荞麦皮了，但我小时候不计较这个。因此我让荞麦在盒里当警察。我收集的种子还有红色的西瓜籽、花豆、像地雷似的脂粉花的籽以及芝麻。

我在种植之前，多次召集它们开会，我为它们的先王。举起盒子"哗啦啦"晃一阵，表示肃静。桃核常常有一种霸王的气势，但因为愚昧，很快就被推翻了。杏核表示无意于高位，而黑豆与绿豆太圆滑，玉米简直像个傻子，最后麦子当选了，即最大的麦子。我在它的身上涂抹了香油，又按着桃核与杏核的脑袋向它磕了三个头，让小红豆做他的媳妇，芝麻做他的智囊，西瓜籽儿每天必须向他溜三遍须。

我不明白为什么鲜艳多汁的杏肉会围着褐色的核儿长成一个球。它们是从核里长出来的呢，还是不停地生长暗暗藏着核？麦粒会向上长成一根箭。我在吃东西的时候，遇到种子就会停下来。苹果籽像婴儿一样睡在荚形的房子里，和其他兄弟隔一道墙壁，永远也见不上面。黄瓜籽活在黄瓜的肠子里，密密麻麻像表演杂技的叠罗汉。鸡蛋就是鸡的籽了，世上许多东西没有籽。我在赤峰电台工作的时候，曾有一位患强迫症的编辑，把办公室的红灯牌收音机在半夜偷偷埋入地里。别人发现后，他说：明年它会长出一个半导体。

他在为万物寻找母体与种子的关系，把相近的事物看作是生育的关系。

种植的时候最让人激动。当你把随便什么核或籽扔进地里，看它孤零零地躺着，替他难过，又替它高兴。它要生长了，也许会被埋葬——如果它不生长的话。我再也见不到你了，除非你明年长成树。而长成树我也见不到你了，因为你变成了树。浇完水之后，立刻进入了盼望的焦虑里。你坐在土地上，静静等待种子破土而出，这是天下最寂寞的事情。

我所种下的，除了几株草花之外，多半都没有发芽，几乎个个欺骗了我。我扒开土观察，于是又见到了它们。还是老样子，但庸俗，没有灵性。我只好放弃努力，去抚爱那些并非由于我的原因而自由生长的植物，如辣椒，如杨树，如在屋檐下挤成一排的青草。青草甚至从甬道的砖缝里长出来，炫耀着毛茸茸的草尾巴。我从书上看到，青草的种子除了在风中播撒之外，还有一些是由鸟儿在身上夹带到各处的。当天空飞过鸟儿，或电线杆的瓷壶上落着小鸟时，我就想，这家伙身上带来多少草籽，又把草籽带到了多么遥远的地方。

草药与大地的苦

在山上,找一块干净的土地,往下掏一尺取一捻放在嘴里尝,品不出什么味道。用李时珍的笔法,可写为"土性平、无味、生育万物"。

我尝这捻土,心想土里到底有什么,让甘草那么甜,让黄连那么苦?土里一定百味聚集,不同的庄稼、植物从其中提取了不同的味道。生嚼高粱米,微甜有一点涩。嚼玉米,甜。嚼青草,干脆的甜。高粱、玉米的秸秆都甜,玉米的秸秆略带一点点臊味。生茄子甜,黄瓜清香。西瓜、香瓜不用说了,甜是它们的本职工作。树上结的苹果和梨和枣都甜。由此说,大地所储存的营养,以甜为主。可是,草药为什么聚集那么苦的苦呢?大地有甜的怀抱,也有辛酸、苦情,草药把苦长在自己的身上。

大地怎么不苦?世上唯有大地最艰辛,日晒风吹,洪水冰雹都倾泻在大地的怀抱。地被冻过三尺,被涝过三尺,世上从未停止劳动的并不是人,而是大地。

大地的苦情，高粱、玉米不懂，苹果和桃更不懂，懂大地的只有草药。苦是什么？是执拗，是抓住你不撒手，是一屁股坐在地下大哭，是心头化不开的恨，是沉潜向下的哀怨。苦进了人的嘴里像进了蛇蝎，嚼不得，咽不得。苦只是一个比喻，人把生活的所有艰难用这个味觉的词汇形容之：苦。

中医认为苦可清肝火、明双目。按天人合一的观点，人的身体也堪与大地相配伍。地产百味，人吸纳百味。苦只是一味，没尝过苦味的人，舌蕾相当于一个聋子。

味原本不存在，或者说它只为味蕾或中药的药味而存在。拿一块冰糖贴脊背上，脊背察觉不出其甜，拿一块山楂糕放脸上，脸也不酸。佛家典籍讲，味只存在于人的三寸舌头上，何必吃山珍海味？多么贵重的珍馐佳肴滑过三寸舌面，落入肚里都成糟粕。佛教认为不应该也不值得为了舌头而杀生食肉。

在物的味道和舌头之间，有一个是真相，另一个在欺骗。蒙特利尔大学的生物学家得出结论，人类的味觉是由味蕾基因的特殊排列方式决定的，并得益于口腔中的酶。而人与其他动物味蕾基因排列方式的不同，使其尝到的味道也不同。人吃干粮狗吃屎，各得其味，谁也不能臆测对方的味。广东人吃蛆，湖南人吃臭干子，中国人吃 CNN 瞧不起的皮蛋，都由顽固的味觉好恶所决定。欧洲最好的奶酪，中国人吃起来臭不可当。榴梿也如此。这是说，鼻子和舌头（特别是唾液中的酶）具有不同的认知方式，它们闻到与吃到的是同一种东西，但味道不一样。味是刁钻的、缥缈的、深不可测的东西。

草药拔出了大地的苦，煎成汁却可以给人治病。想一想，不可思议。泥土里积累的苦，草药是怎样找到的呢？草药找到这些苦，存在根茎叶里，人采而煎汁，霍然病愈。给予人类粮食的大地，又长出替人类去病的草药，大地恩情，人还是还不完的。

梅岑根的墓园

鲜花开在那里,纯洁宁静,老人般的大树用粗壮的枝干荫翳着高低不一的墓碑,墙边一棵樱桃树浑身是花。

这里是梅岑根的墓园。梅岑根在德国什么位置,我并不清楚。我跟两个同伴一道坐车,从斯图加特来这里。梅岑根有欧洲各个服装品牌的折扣店。按欧盟法律,每年六七月允许服装企业在指定地点打折销售。在德国,这个地点是梅岑根。

等待同伴时,我到街上漫游,看到这座墓园。起初我以为这是个公园。绿树跟公园同样多,鲜花比公园更多。

大多数墓碑前有一小块花池子,这里好像举办花卉比赛。对地下的长眠人来说,树和石碑有太多荒芜的野气,而鲜花使这里像家庭。风中摇动的花朵如孩子拍手跳脚,跳皮筋或跳房子,它们都穿鲜艳的衣裙。即使黑夜,墓地也因为朵朵鲜花而如人间。

我看不懂碑上的德文墓志铭,只看到逝者生卒年月。逝者少有二十世纪二十年代出生的人,多数是四十年代出生、六十多岁死去的人。可见这个墓园建立的时间不算长。这时候，走进一对中国留学生，一男一女。（到梅岑根买便宜衣服的人，一半以上是中国人）他们俩看碑文，然后用汉语谈论一下，我旁听。

多数墓碑上有照片。这张照片上，老人专注地眺望远方。"我的双手——拿过工具，拉过爱人的手，抱过孩子，捧着圣经，一生也没有放下。"这是他的墓志铭。

另一张照片是一个标致的男人，像老年的法国影星阿兰·德隆。"我出生在天空下，在阳光和雨水里生活，闻到麦香。如今与天空只隔薄薄的一层土。"

穿着整洁的老妇人像。"我不过是一株草，幸好遇到了爱情。爱是我在世上活过的唯一痕迹。"

四十多岁的男人，卷发堆满头。"我既不知开始，也不知结束。人生只比一场电影长一些，多数人都没有合乎逻辑的结局。"

十多岁的男孩子。"让我在阳光中与兄弟们一起唱歌。"

这人的照片是一个剪影。墓志铭刻着保罗·策兰的诗——"你躺在你的身体之外，而在你的身体之上，躺着你的命运。"

一个黑人的墓志铭："我害怕睡过去醒不来，害怕睡不着，害怕孩子们想我，害怕下雨，害怕鬼魂，害怕见不到天上的月亮。"

中国男孩子读到这里，女孩子扎进他的怀里，双手把着他的肩哭起来。女孩子的肩胛骨随着哭声起伏。

这是六月，树荫之外的阳光刺眼。有个女人急匆匆跑过来，手里拿着喷壶。她一边浇墓前的花，一边看表。一个身体臃肿的老太太抱着墓碑，闭眼斜靠在碑上。中国的男孩子为女孩子擦眼泪。他们感受到了死亡的可怕，爱情被无常拆散的可怕，在墓地里睡不醒和睡不着的可怕。男孩子的脸吓白了。他们走出墓园，不一会儿，传来他俩嘻哈打闹的声音。

黄　土

世上我所珍爱的,今天才知道包括黄土。

我说的黄土,是那种新鲜的、无忧无虑仰卧在无垠大地上的——什么呢?亲戚、朋友、长辈或伙伴?——总之是黄土。鲜润的黄土比鲜润的女人更惹人爱。人们走过它们,弯腰,以十指插入土里,攥一把,捏出个形状,放在眼前看。黄土好呵,清洁。朴实而又清洁,这不令人神清目爽吗?好黄土一点不脏,像粮食那么干净,但排列得更紧密。你如果把黄土放在鼻下吸嗅,说"香"也许矫情,说"土"仿佛什么也没说。但这气息的确有一种直抵丹田的力量,不飘亦不滞,可以扑面而来又依偎着你。黄土的气息和麦子、高粱以及杨树的味道均有亲属关系,高粱把土气变甜了,杨树把土气变苦了,艾蒿把土气变香了。但黄土是宽容的大神,不在乎这些,仍从气息里透出广阔的微笑。

黄土,我想用词语华丽你,譬如"金色的云呵",但眼睛一看到你就犹豫了,土地不可美饰。

我可笑地认为，只有农村才有黄土。应该说城市也有，但被楼房和马路压在地下了。我喜欢在一望无垠的黄土上踏步走路，走到哪里都无妨，不拘林边或河边。黄土陷我，是拽我作客；黄土平坦，是喻我整肃。我还想在一溜白杨树带的边上，以十指为铲，噌噌向下挖掘，把带有新鲜气息的土扬出来，土和我的手指接触何等愉快呀。我望着自己掘出的小丘，想象田鼠原是幸福之辈，在黄土里钻冲，分洞穴为上下铺，置藏花生玉米，闲暇时瞪着乌溜溜的大眼张望世界。

近日，我家楼下重修下水道，挖至一米深，堆起许多黄土。我见故人，欲亲近却无章法。不能和黄土贴脸，也无法与黄土说"你好"。看着它们堆耸如丘，小孩子爬上爬下，默然而已。

再想起以往皇上出巡，基层单位"清水洒街，黄土填道"，我曾为之矫情感到可笑。细想，黄土铺满大道，白杨夹迎，的确是最高礼遇了。谁不说清水和黄土都是最好的东西？

又有"哪里黄土不埋人"之说，所谓大丈夫死不择地，五湖四海可见。黄土不仅埋人，尚掩埋一切生长一切。人对死者的态度，古今都取掩埋一法，即他们死了，就宜于阳界消失。埋没使活者看不到他们，立个坟包纪念，这是一种尊重，如同曝尸是一种惩罚。土地埋人，是因为只有土地能够埋人。黄土埋人，讲的是此物干净，与没有灵魂的肉身极契合，只是过于深重。

墒

这时候,扛一把铁锹走进地里,一脚踩下去,"咔嚓",锋刃切断了土地的肉。土壤若是致密的,就是活的,有血管神经,也痛。假如它们散漫飞扬,便死了,像窗台马路上的浮土,松手了。它们去世之后,可以不负责任,到处乱走。地不是这样——有生命的土,手腕扣着手腕组成的家族。把锹插入春天的地里,随着"咔嚓",握着榆木锹杠的双手,分明感到地的战栗,一激灵。

我蹲下,捧起土。自打去年秋天分手,又一年没见了。土用湿润的宽掌和你握握,最近怎么样?一想,真是春天啦,土潮乎乎的,大地都黑黑的滋润了。地也会运气吗?抵住地心引力,把珍藏一冬天的水分提到嗓子眼儿。我把土放回去,踩实,不然一会儿水分就蒸发了。农民知道这个,最心疼地表这层水气,这叫墒。

庄稼人对土地叩首,说您真是大德,这点水分自己舍不得用,让五谷生长。地垂下眼帘微笑,心想人怎么老不开窍呢?我让庄稼生长,也让你们认为没有的青草生长。

土地的法则是生命的法则,只要有生命,就让它活。这里无功利。

再过几天,地里会长出葱郁的禾苗和各种各样的草,没有限制和甄别。土地的宽容不止于此,它上面还活着吃草生存的牛羊。草是土地的子孙,当牛羊吃掉它的生灵,土地不心疼吗?不心疼。人类不也吃掉庄稼的种子吗?牛羊和人类也是土地的子孙。对土地来说,被人收割的庄稼没有白白生长,没白长的理由也并非它养育了人类。

我听到了土地广阔沉缓的呼吸。

锦绣只是城里人眼中的风景

  我到南方,四月的青草已经从沟里漫到沟外。不是暖和,是南方勤劳,油菜花并没想成为摄影人的道具也只好开放,它是锦绣大地明亮的笔触,每一笔都是明黄的。凡·高如果到中国南方来,也会喜欢油菜花,挖个地窖住进去,边画油菜花边喝苦艾酒。他去藏南会更惬意,不光有油菜花,还有空气稀薄形成的气泡似的蓝天。凡·高不必到法国寻找阿尔夜空的蓝了,阿尔的蓝,调子太深。
  勤劳的南方,土地比人间更有秩序。南方的人民都是服装设计大师,他们把作品从门口铺到天边,每一块土地比布裁得还经济,横竖摆满山川,只留下细细的田埂给自己走。如果可能,他们甚至想在天上种点什么,比如悬挂的吊兰。这块大地上种满了秩序,第一季庄稼收了还有第二季。一个人生在南方农家,从小看惯满川的庄稼,心里长出两个字:劳动。群鸡边点头边啄的是米,缸里装的是米,锅里和碗里是米,比鱼卵还密的米从地里一层一层挤出来。寺院庄重的称赞文开头有两个字叫"恭维",意思是说开始恭敬讲述下面的人和事。我见了南方的锦绣大地,起意,曰:恭维……庄稼、泥脚杆子、犁和农妇的毛巾帕和南方土地上的一切。在这样的土地上,你怎么舍得建工厂?南方人民几十辈子耕过的地,流过的汗水可以攒成一条河,你们怎么能在上面建工厂?地下有农人的祖先整整齐齐躺着,他们想听到蛙鸣,油菜花像花毯子盖在他们身上。他们的灵魂不愿被工厂的水泥地基压得翻不了身。被征地的农民为什么舍不得离开故土,给钱也不愿离开?他们嗫嚅说不出理由。我替他们说出来吧,他们祖先的灵魂暗中拉着他们的手,害怕孤单。农民们从来没听过如此粗暴的话语:城镇化、工业化,翻译过来是让他们离开锦绣河山。工业的毒水让石头都得病了,黑朽剥落,这些事跟谁去说呢?

农民走了,土地别离的不光是种庄稼的人,小鸟在夕阳里找不到炊烟,蜜蜂失去了明年的油菜花。农民和他们的土地是一个巨大的生物聚合体,农民养活的不仅是一家人,还有禽畜、昆虫、鱼虾,甚至农业时代的月亮。它们离开了他们,不知投奔谁。

有一个命题叫"工业反哺农业",农民离开土地,土地酸化、沙漠化,国家用劳动密集型代工企业出口换汇买进粮食,工业反哺的农业在哪里?工业有乳汁吗?而农民已经进城,在城乡接合部的杂乱地带租房住,打零工为主,谁反哺了谁?

说农村大地锦绣是没心肠的话,农活太累,锦绣只是城里人眼中的风景。农民永远告别了土地,只能从梦里辨析鸡鸣犬吠,他们的祖先夜夜喊他们的名字。失地农民想看油菜花要掏钱参加农家乐春游团,他们见过祖先的大地,会久久说不出话来。

青草远道

友人约我写一篇与乡土有关的短文。他带着沉静的笑容,仿佛揣度我心底的乡土印象。我犹豫了。

乡土最根本的意义是地,它和天一样,是人类无力描述的对象。说起它,常常蹈入"开口便俗、一说就错"的误境。我曾经长时期迷恋和困惑于鲁迅先生那句话:"宽仁黑暗的地母啊,愿在你的胸怀里安息。"语感有别于他以往的文风,像《圣经》中的"雅歌"。土地无疑是母亲,这不仅由于"天覆地载"这种体位所给人的想象。老子极不情愿留给后世的《道德经》(钟阿城考证应为《德道经》)中,以男女生殖器官的不同,点透土地的母性,并指明母性的深邃、静虚、无为而产生的威力。我想土地最像母亲的在于慷慨。自然界究竟谁在默默无闻、百代不衰地奉献呢?只有土地。当人们浮泛地歌颂金黄的麦浪、无边的森林和美丽的花朵时,是土地奉献了人类所喜欢的这一切。这多么像母亲。当有人说"这孩子又白又胖"时,怀抱着孩子的母亲笑着,虽然她知道这并不是赞美自己。一八八五年十月十日，在波士顿，美国人埃弗雷特在议会上激动地述说农业的重要："把一粒种子撒在土里，就会出现奇迹。"为什么呢？土地具有一种母性，她的职责是生命的繁衍。虽然黄金也源于土地，但土地的嫡生儿女是谷物、森林、草与花朵这些有生命的东西。

对此，人们能说些什么呢？

不说的缘由一在忘却了，二在说不出。

土地被踩在人的脚底下。朴实的、骄横的、富足与贫困的人都把土地踩在脚下。在所有的谦逊中，土地已显示了最伟大的谦虚。母亲生产我们时的阵痛与流血，都被我们忘记了。堂皇的理由是：当时我们不知道。当我们用眼睛观看世界的时候，看到的是麦浪滚滚与稻花飘香。我们看不到土地。

当丰饶的庄稼被收割，我们皱着眉眺望远方的萧索。土地如母亲，她并不丰饶，丰饶的是庄稼。

在飘雪的日子，我们欣喜于漫天皆白，忘却了白雪下面的土地。

在人类的眼睛里，永远也看不清自己的母亲，如同看不清被踩在脚底下的土地。

北方被犁杖耕过的土地，灰黄色漫漫起伏，如我在寒风中瑟瑟而行的母亲。然而母亲和土地并不记恨，第二年，土地又长出青草，在空气中散发与过去一模一样的清香。母亲又在冬夜为儿女缝补寒衣。针把手指刺出血珠，昏花的眼睛眯着。

我最喜欢的诗是《古诗十九首》中那句"青青河畔草，绵绵思远道"。我不知道这位无名的诗人在如此令人惊喜的美中寄寓了怎样的情怀。仿佛青草跪下祷颂土地，也如人类歌颂母亲。

青青河畔草，绵绵思远道。我在吟哦之间读出悠长的宁静。

然而，我们说不出这种悠远，如同说不清母亲的恩情。土地与母亲，已然无法言说了。

化 石

　　岩石里凝固着鱼的化石，却见不到人的化石。人太年轻了，在地球上远远没混到化石的行列里。在生物学的排序中，猛玛、鸟类、鱼、昆虫都是人的前辈。如果人排进化石的辈分里，前边还有马、牛、羊、狼、猪、狐狸、猴、猫和老鼠，早了。就像十二属相里没有人（人属人有点不像话，皇帝除外），化石里没人。
　　化石是什么？是大自然对物种的珍重。大自然把它看好的动植物变成化石，永久保存，它们一定是好东西。从对环境的价值说，人算不上什么好东西。尽搞破坏了。大自然心里有数。
　　大自然能耐大，它把蜻蜓的翅膀化为石头，或者说化为石头的纹理，这才是鬼斧神工。世上有比蜻蜓翅膀更薄的东西吗？没有。人的眼皮薄吧？但比十层蜻蜓翅膀还厚。世上竟有蜻蜓的化石，清晰地带着翅膀的脉络。可见，化为石者不仅有动物骨骼，还可以有蜻蜓肚子（里边一包水）和翅膀，跟石头浑然一体。化石里有植物的叶子。叶子只是一些纤维，蜻蜓的翅膀也是纤维，它们怎样能变成石头呢？石头和蜻蜓翅膀的分子式完全不一样，它们竟然可以互相转化，这就是奇迹。当年赤峰广播电台有一位工程师就订了一本杂志——《化石》。每天傍晚，他捧着《化石》坐在花园前的楼房台阶上阅读。读一会儿抬眼瞧瞧四周，可能琢磨周围有什么东西可以变成化石。晚风吹来，花园里的扫帚梅和胭粉豆摇来摇去，好像躲避蜜蜂爬梳的痒。花与蜂都可变为化石，但电台大楼和编辑们变不了，人尤其变不成化石。当年列宁和胡志明的遗体保存遇到了腐烂的问题。庄子说人的最后一口气离开身体即开始腐烂，气负责人体不烂。那么，把那些据说是伟人的人的遗体变成化石，他们及其追随者会不会更称心？变是能变——我私见——只是时间太长，比如一亿年，还变吗？瞻仰者等得了一亿年吗？所以就算了，世上好多该办的事最后都不了了之。新杂志来到，电台的工程师在杂志封面外边黏一层牛皮纸，每天下班坐在台阶上读。冬天，他把屁股靠在收发室暖气上读。为什么不在家读？可能他老婆不允许活人读化石书。我想他就像矿难中蹲在巷道中吃一块木头的人，这是唯一的精神食粮。他每月需要把这本杂志均分三十份，每天只读一份。一个字都不能多读。多吃多占的结果是阅读饥荒。假如《化石》杂志四十八个页码。小月三十日，他可读一点六页。大月三十一日读一点五五页，即读一页半之后再读六行。赶到二月份过年，每日可读一点七二页，合算。过年干啥都合算。

人说比尔·盖茨盖的半穴居豪宅的前厅铺着始祖鸟化石。这么弄，好像不太吉利。但逝世的不是盖茨而是乔布森。化石有可能更接地气。我觉得可以把化石看成是玉。虽然玉顶着非常好听的称呼，有人在名字里加了玉，但玉没什么来头，看不出前生。化石的前生不言而喻，鱼、鸟，这是身份，有谱系。按能量守恒定律，万事万物都有一个前体或者叫因，都可以找到自己不同形态的前生。但人记不住前生,这辈子也没收到过提示,星座血型跟前生均无关系。假如我前生是一只猞猁,现在见到猞猁我一点都不激动。有人在街上喊"猞猁"——我也不会回头。所有的记忆一托生就被抹掉了。说到这儿,我更加佩服化石,人家有前生。而且,连蜻蜓都有化石,人却没有。人死了火化,更没机会化石了。地球上每几分钟消失一个物种,变化石根本变不过来。

假如有人发明出速成化石的办法,我提议变化石的清单是马鞍、小提琴、蜜蜂、眼镜、吉他、钱、苹果、西红柿、橘子、茶叶。提十项就行了,别人还提呢。可惜音乐不能化石,人的情感不能化石,云彩化不了石,味道不化石。好多好东西都化不了石。音乐、情感、云彩、味道最后去了哪儿?谁也不知道。可能变成了暗物质,此事得问丁肇中。

石　头

即使把石头碾成齑粉,也找不到它的门。石头,我们怎样进入你的内部?像掰开杏看到杏核,砸开核桃见到核桃仁那样。把岩石凿开一个洞,即山洞,也进不到石头里面。而洞里面的石头仍然排列着沉默坚毅的脸,它们什么都不说。

组成世界的东西其实很少,有被我们称作天空的空气,还有泥土、河流、草木、火和石头。大地上比泥土更多的是石头。石头,你能告诉我们你是什么吗?

人把石头磨成平面,见到花纹,甚至显露出风景。在大理石的内部,藏着云烟、丘壑,有宋人笔意的漠漠云林,这里有人间的气息。石头何时留下了这些记忆,记这些做什么呢?不能怀疑,世间所有的美景都藏在了石头的内部。人在大理石上看见的图案只是它的一个断面,或者叫一个瞬间,切掉这个断面,出现的是新的断面。它到底有多少断面,记录了多少风景呢?它有无数断面,只是不予见人。

石头组成我们所说的大山。"组成"这个词或许不对，山是一个整体，它分裂过，却无须组成。人的想法是进入山的里面——不仅仅是掏山洞——让石头敞开，接纳我们。我知道，石头的每一个分子都与其他分子牢固地结为一体，而不能像水那样透明。是的，水与水的分子也不可分割，但水可以装进壶里，掏在手上。水让人看到它的正面和背面，石永远不让人看到它背后的东西。我觉得问题出在人的眼睛上。人的眼睛只能看清一部分——也许是一小部分东西，当然这已经很好了——但目光看不清木头的质地和石头的质地。人的目光在所谓的夜里会被屏蔽。也许，有的动物看石头如同看果园枝头上的果子，石头里的花纹、翡翠，甚至金子在它眼里清晰如图画，只是对它没什么用处。翡翠对狐狸来说并不比羊粪更有信息上的价值。

帝王用石头建造宫殿，再用石头建造陵墓，石头以其坚固、威严和沉默为帝王提供生与死的场地。对石头来说，帝王如同一只小虫在它上面活过并死去。与时间并行的不是水而是光与石头。光每天搜查大地，甚至搜到了屋子里的每一个角落，寻找它要找的东西。光刺破空气，赋予万物色彩又让色彩退去。然而光无法穿透石头，石头没有门。石头里储藏了数不清的时间，我们所经历的时间去了哪里？什么东西里能装下这么多时间？或许它储藏在石头里。故此，石头永远不开门，故此石头沉重。虽然被存入石头的时间已被压缩过，但仍然太多并沉重。

石头里的铁矿是红色的时间。那些与火有关，与阳光与血有关的时间被打包变成铁。与植物有关的时间变成了铜矿。铜可黄可红，不经意间会流露绿，植物的时间露出了一些粉末。水晶是关于水的时间的压缩体，它透明并可以透视星相。不知道藏在石头里的玉是谁的时间。玉太神秘，它也是石头，但前面加一个"玉"字，人称玉石。玉几乎要脱离石头变为世间一切美物，玉雕的蝈蝈，几近于蝈蝈，但比蝈蝈值钱，它是玉。玉温润、凉沁、光滑、细腻。羊脂只是羊脂，细如羊脂的玉却是一块石。石头通灵，这是上大人曹雪芹说过的话。可是，玉储藏了谁的经历与时间？史上那些君子淑女已远去，上苍不欲他们的精魄离开此世，藏于石中，此为玉的前生。"忽反顾以流涕兮，哀高丘之无女。"离骚的这两句诗为鲁迅所爱，写下来挂在床头。人问：高丘指谁，无女是怎样的含义？鲁迅不答。高丘不是哪一个丘，也不一定是楚王。无女到底无哪一个女，对每一个人都不一样。每人的一生都有一段惋惜，值得反顾流涕，为高丘也为无女。那些高洁的人，淳朴的人，温润的人的时光都被苍天收藏起来，放置某处。上苍戴着丝绸手套收藏他们的时光，包括他们的忍耐、涵养、笑容与永不摧折的理想，收之入石，成为玉。玉颜色青白，无味，摩挲经久出血络。玉是英雄美人的时光。英雄不光是武人，还应该有庄子、王羲之、苏轼等人，还有没留下姓名的人。他们活过的时间压缩在玉里，是玉的光，或质，或渺茫的云纹。

  山峰上的岩石在等待时间弯曲。等待光像树一样在田野生长。石头的话被风、鸟儿、河流说过来，石头在静默里目睹白云坍塌。石头并非牢不可破，金子在岩石里奔跑。蝴蝶飞进石头里找不到飞出来的路。草履虫在石头里安家。石头能跟我们说句话吗？你不开口是在信一个什么样的承诺？那是对谁许下的承诺？如果鸟儿用"叽叽喳喳"传达石头的话，我们听不懂，风声和水声里的语义都不为我们所知，最后对石头一无所知。石头的姿态与人类毫无关系，仿佛与人类生活在不同的世纪甚至不同的光年里。世上一日对石头只是一秒，它还有亿万斯年的时间等着它悠闲度过。

铁里藏着红

红跑在血里;红飘在孩子的脸蛋和樱桃上;红用缎子被面裹住新婚夫妻的喜气;红从太阳里面跳入海里;红……

红藏在铁里,铁无论到哪里——成为钉子、锄头、锅还有炉子,它暗中都带着红。在火和铁交锋时,铁在火里取暖,它在火的语言里想到了自己的前生前世。铁来到世上,火是它的接生人。铁从火里闻到了腥,那其实是它自己身上的味。它听到火发生"呲呲"的声音,好像被辣椒辣到了舌头,在空气里晾。

铁在火里变红,不仅因为想到了过去。铁的坚硬、冰凉被火收走,火教给铁怎样恋爱,包括拥抱和舔对方的脸,直至让铁红起来。

铁看自己的红像看到了一条鲤鱼,觉得自己正在火的河流里畅游。铁红了之后,身上第一次变得透明,像橘子那种透明,好像蕴藏着无限甜汁。铁红了之后,浑身都轻了。这时铁匠走过来,把铁砸成羽毛似的叶子,甚至可以飞。

黑与红是铁的表里世界,是它的肉体和灵魂。在大地上,铁永远穿一身黑衣，它穿这身黑衣经历春天的雨水。装满雨水的铁桶里有雨水唱歌，歌声落在铁桶的脊背上。穿黑衣的铁钉在椴木里寻找年轮，固定了窗和床。当铁锹和锄板被磨得白亮时，那是铁的梦境。雨水、泥土和空气让它重新换上黑衣。它习惯了这身衣服，是礼服也是工作服。铁走到哪里都被称为工匠，而且常常站在门外，被装在帆布兜子里。

铁走遍天涯，那些树啊，那些在森林里歌唱、为小鸟做窝的树遇到了铁之后变成了大马车、风箱、房梁和一切。在古代，人和什么在一起？外边是土，家里是树——但它已经变成了木头。树的花纹黯淡于炕沿、门、摇篮和桌椅上。人躺在趴在倚在这些树上，它们身上曾经有露水和昆虫。铁把树变成了家具和工具，铁从不因此后悔羞愧，它来自岩石却比岩石锋利。铁的脸上流不出一滴泪，只挂白霜。铁在岩石里沉睡时是游民、种子和儿童，熔炉把它们招呼到一起，把无数铁变成一块铁，使它们比岩石更坚硬。铁变成铁就没有回头路可走，它出生前的石头已化为齑粉。

世上回不了家的东西是什么？它们是冰雪，是桃花，是苹果，是铁和家具。铁做了铁甲铁钩，不求超度，但它心里还藏着红，遇到火，铁慢慢地变成黎明那种红；红过了，它身上掉下一层白白的灰烬。即使没遇到火，铁也会红。它不打算当铁的时候，雨水帮助它们生锈，如蛇蜕皮那样一层层蚀解。回到泥土里，那些铁锈成暗红色，比火里的铁颜色更深，仍然红。铁的孕育和归隐都离不开红。

沙　滩

世上最难理解的东西是沙子,或者叫砂子。没见过沙子什么时间被加工过,但比加工的还精细,还晶莹,还茫然。

走在海边的沙滩上,我除了自己的脚印什么都看不到。捧起沙子,有一个声音问我:沙子是什么?

我不知道,这实在是最深奥而非最申奥的问题。

你可以把它的前身想象成一块巨大的石英石,半透明,但还没有透明到磨成凸透镜片把阳光变成火种的程度。后来这块巨石碎了,变成了沙子。问题是谁让石头碎了,碎得这么均匀?

见到沙子,我知道我们不了解的事情多了。

沙子的前身可能是一颗星星,叫水瓶星,跟摩羯星顶牛旋转,火星喷云,落地为尘,变成了地球的沙子。

或者有一位游戏的天星,捕捉其他的小星按在地上研粉。他手里有一个筛子,网眼像沙子那么细,星粉漏到人间。

我走过沙滩,感觉走在别人的东西上,像什么洒了,而我们管它叫沙子。沙子时时挑战人的观念——它没有主次,没有首尾,没有营养,没有矗立。沙子挑战人对秩序与伟大的膜拜,却无表情。

人感到幸运,自己的体积比沙子大。人如果小似真菌,看沙子就像看到玲珑的玉山,宫殿叠加,巍峨入云。真菌的人在沙粒的水晶宫中穿行,看到折射的虹霓像老者的花镜。在海滩的沙子底下,听浪头如白衣宪兵搜捕海的腥味,水渗半尺,沙子留下泡沫的帐篷。

在沙子的宫殿里穿行,便于领会诗词意境。"乱石崩云,惊涛裂岸,卷起千堆雪,故垒西边……"苏轼原本是写沙世界。我小时候拿放大镜看沙子,企图在沙子的石壁上找到几个字。"文革"初,人说长篇小说《欧阳海之歌》封面画里藏一幅反动标语,我没看出来,转向沙子里寻找,无。放大镜太小,看到的沙子像皮冻一样。

如果沙子生长,每年长一点点,每粒沙子长得像白菜那么大,人们开始喜欢沙子,每人搬一块回家渍酸菜。

沙子来自外星。沙子被古埃及人用来测量时间,沙漏搬运时间只留下沙子匿名的脸。沙子代表虚无。沙子是水和生命的反物质。沙子仰观云飞雾散。沙子喻示以前或以后的史前时代。沙子是滔滔奔涌的石头河流,暗示自己是某一种水。儿童喜欢沙子,母鸡和骆驼喜欢沙子。沙子的浪花在风里。沙子是大自然的形态之一。沙子这个名起得不怎么好。沙子是自然界最大的疑团。

色彩的旋转和燃烧

除了月亮,找不到比油菜花更黄的颜色。油菜花像一壶发酵过分的酒倒在方形的池里,让蝴蝶醉得飞不稳。油菜花盛开的地上没有向日葵,它融化了所有的黄。

大自然知道绘画补色的道理,油菜花让天空更蓝,蓝得像漆,像没有一丝波纹的海。蓝天在油菜花的映衬下十分平静,让白云走路发不出一丝声音。

油菜花的色调让游客兴奋,除了照相,他们不知还应该做些什么。如果没发明照相机,人在油菜花地手脚都没地方放。他们不会像蝴蝶那样挑剔地翻飞,又不会像蜜蜂那样歌唱。人在油菜花地抚不平驿动的心。他们在油菜花前站着、蹲着、商量着,除了照相还能做什么呢?人被油菜花感动了,说不出这种感动,只好照相。

人被色彩感动,验证了莫奈的信念:仅仅是色彩就可以感动人,线条并不重要。大脑神经学至今没有发现人被色彩感动的机理。粉色的杏花是冰雪消融之后的娇嫩,是大地回春的婴儿。这一种粉让人晕眩，如超现实主义的云。人在粉色面前反应迟钝，被这么密的花瓣搅乱心思，为落在脏土上的花瓣珍惜，粉色让人不知所措。青草的绿令人安稳，草和庄稼如果不绿，大地仿佛成不了家园。绿色让泥土的褐色显出一点亮调子，露出泥土的生机。

色彩是大自然对人的恩泽之一。春天给人送来的希望首先从色彩开始。花所包含的活力不在它的质地，更在它鲜艳的色彩。人除了用粮食和水喂饱自己之外，还离不开色彩的哺育。白云的白、蓝天的蓝、青草的青，是人的眼睛乃至心灵的粮食，色彩对人生的意义无法代替。

油菜花的金黄相当于色彩的舞蹈。它在旋转，在燃烧，只是眼睛说不出这些感受，甘心做它的俘虏。人的目光当过大海的俘虏，当过白雪的俘虏，当过桃花的俘虏。一个饥饿者饱餐色彩，而后心安。

油菜典雅的黄花比红色还热烈，颜色从花上流淌遍地，它像大地的新娘。油菜花的金黄让人感到人类印染业、印刷业与画家手中的颜料虽鲜艳但没有生命力。

油菜花是大地的音乐，包括合唱与铜管乐齐奏。它喂饱了无数眼睛之后再用菜籽榨油。到油菜花地徜徉，最羡慕那些昆虫。蜜蜂最值得做的事就是一头栽进油菜花里，半个月都不要出来，世上再也找不到比油菜花更好的宫殿了。

露水的信

"不要踏过露水

因为有过人夜哭……"（阿垅《无题》）

这是七月诗派诗人阿垅写于一九四四年的诗。

白茫茫的露水，在秋季尤为苍凉。我在罕山脚下的月夜，见山坡上的草尖挂一片露水，每一滴都流露决绝的苍白。大地如同哭过，为了草木凋零。我在落叶松的针叶上走，听不到自己的脚步声，心里想，露水究竟是什么呢？

我现在也不知道露水从哪儿来，好像每株草身上藏有一口井，汲水捧在手心。给谁喝呢？按说，这是送给小鸟和蚂蚱的饮品，但谁也没见过小鸟趴在草上喝水，蚂蚱、螳螂、蟋蟀们好像都不喝水。从生理学说，具备血液的哺乳动物才饮水，肠道吸收水分补充血液。蚂蚱有肠子吗？它们并没有血。人们惯常把含有血红细胞并在血管里运行的体液叫作血。血的第一个功能是运送氧气与排出二氧化碳，这是对有肺叶的生物而言，蚂蚱没这些东西。

人童年和老年的泪水的比重都不同。泪水从儿童眼里涌出，化为一滴泪在脸蛋上挂着，如露珠那样饱满。我冒昧揣想，儿童泪水的水分子结构或与成人不同，属于大分子，聚成团而不破，与露珠仿佛。而成人的泪，特别是老年人的泪流下来散在脸上，化了，见不到珠。人老了，连泪水都出水货了吗？散掉的泪是小分子结构，钠含量高，流得快。成年人流泪，只见他们用手抹，见不到泪水，说话鼻腔堵塞，鼻腔无共鸣，这是真哭。电视剧演员用眼药水假哭，一听声音就听出赝品哭。而儿童是另一番情景，号啕的同时倾诉，鼻腔照样共鸣。儿童厉害呀，他们大滴的泪水多么真挚。

露珠挂在草上如同挂不住，但还在挂着。草为能抱住这么一团水而昂然，它们昂然有理由。拿人来说，没有盆，没有碗，你能抱住一团赤裸裸的水吗？不能，人抱不住水。如果哪天见到露珠满身的人，估计他已得道成仙了，可写入《本草纲目》。

水在人的细胞内也是一颗颗露水，被细胞膜包着，钾和钠承担细胞壁的水平衡，不要瘪了，也不要涨破。从比重说，把人看成是水做的没说错，水占到人体百分之七十以上。人脸生皱纹是皮肤水代谢出了问题，皮薄了才生皱。然而多喝水并不能直接喝进皮肤里。人空腹饮水，三十秒进入肠道，多余的水全被排出。人类皮肤的水分靠脂肪（油性）来平衡，油性少了，水也少了。你看不到一个老年人对着镜子挤粉刺，他的皮肤与内心已经没有多余的脂肪与情感化为粉刺，油少了。年龄控制人的一切。

我的曾祖母曾说露水是月亮给太阳写的信，夜晚挂草上，太阳早晨收走。曾祖母努恩吉雅给我讲过许多稀奇古怪的事情，不知是她的创作还是民间传说。

"月亮给太阳写了什么？"我问曾祖母。

"哎呀，信里面什么事情都有。"曾祖母回答我，"谁家丢了羊，猫干了哪些坏事,蛤蟆干了哪些坏事,月亮都要告诉太阳。"

"人能看懂露水的信吗?"

她说:"甘旗卡有一个说书的人专门看这些信。这个说书人叫龙台,他把露珠拿到嘴里尝一下,就知道信的内容。"

"他比太阳先知道信的内容?"我问。

"对的。"曾祖母说,"但他不是太阳,知道了也没用。龙台从露水里知道了许多药方,可以治好门牙中间的缝。"

这是讥讽我。我的两颗门牙中间有缝,这是我特意用一分钱硬币别开的。有了缝,含一口水从牙缝中可以滋出一米远,冲跑墙上爬的蚂蚁。听曾祖母这样说,我猜露水里有信是她的即兴创作,相声术语叫"现挂"。

再说阿垅,他本名陈守梅,杭州人,黄埔军校十期毕业生,曾做中共地下工作。一九五五年受胡风案牵连下狱,一九六七年病死狱中。《无题》结尾写道:"我们无罪,然后我们凋谢。"

流　水

流水的声音好听，从小溪穿过鹅卵石，乃至水穿过人的喉咙钻入肚子里的声音，都好听。跑步之后，口渴如弱禾，仰面饮水，我听到"咚咚"的水声，极为敬佩。这是什么声音？水砸在肠子上，还是喉咙像活塞一样收缩？

夏季跑步之后，我大约要喝一千二百四十六毫升的水，其中漏出来一些，化为汗。运动结束，人的皮肤如同漏斗。喝过水，你盯着自己的胸脯看，每个汗毛眼都冒出一眼泉，互相投奔，化为大滴的汗流下，还拐走了我体内的一些盐分。回头多吃一个咸鸭蛋就成了。

喝过水，我想象水在身体里面的神秘旅行，经过胃，在小肠排空，进入血液当中。我拍拍大腿、胳膊，和那些水打个招呼：到了？都到了。其中最活跃的水，已经跑入微细血管，即身体的表层，所谓皮肤。

我喝过的水，有龙井、可乐、伪装成苹果颜色味道的碳酸饮料，还有矿泉水、自来水。它们在血里流淌，如果把听诊器放在脉搏上，所听到的就是流水的声音，"咚咚"，跟喝水的声音差不多。

水的声音，是水的喊叫与诗歌。水流的时候，一点点的阻遏、不平、回转都要发出声音。如果在三里之外听一个瀑布的喊叫，急促的呐喊变为低缓的喉音，像弦乐的大提琴声部。而滴水之音，是孩子的独语，清脆而天真，像念课文一样。屋檐的泄水是女人的絮叨，漫长而缺少确切的意义。风中的雨水，像鞭子与泼墨写意，是男人的心声，在夜里听到尤为峻切。

在北方的冬季，河床的冰下会传出流水的声音，像笑声，不由得让人想趴在冰上寻找一阵。冰下的水流黔黑，浮漾白雾，庇护着黑脊的游鱼。如果人耳的听觉范围再扩大一些，还会听到水在树里流淌的声音，在花盆的土里渗透的声音："呼啦啦、哗啦啦"，像在龙宫里一样。

在白堤上跑步

　　八月的早晨,我在西湖的白堤上跑步,湖面见不到水的反光,白纱轻笼。纱衣的四周影影绰绰显出一点湖心岛的轮廓、树的轮廓。白堤白,不如湖上白纱白。堤坝两边的柳丝垂向湖水,如钓取白纱下的水中锦鳞。随着天光破晓,湖面渐渐清晰,白纱的雾气仿佛被水融化了。时辰约在早上五点多钟,湖上堤上出奇地静。我要说的不光是西湖的早晨没有喧哗,我说的甚至不是诉诸听觉的声音,是那湖面,那雾,那远处缥缈的亭台给我心里留下的静谧的印象。雾气略微隐去,如小心掀开蒙在湖面的纱衣,湖水似沉黑的琉璃,分外光洁。水面上方尚未散尽的雾气,以及与雾气同样色调的蛋白色的天空,如同包裹湖水的外壳——黑玉石外层的白糙石皮子。天一点点亮了,玉石湖水的面积越发大了,似大块玛瑙的内胆,只有沉静的光亮,而无波纹——西湖就这样出现在人们眼前。此时知道台湾摄影家郎静山创作的水墨般的照片确乎来自造化而非暗房技术。这一种美不能简单地归结于雾,哪里没有雾?华北大平原的早上天天都下雾，天低燕赵，唯有一雾。西湖是人文与造化的完美结合，人工与人文让大自然更精粹，更有韵律，更利于大自然的吐纳呼吸。西湖就是这样一个天人合一的完美范例，这是中国智慧的结晶。

在白堤上流连，眼前的景色有如音乐，如小提琴以最弱音拉一个无休止的长音，背景是竖琴的细碎的伴奏。人耳听不到，只因人耳捕捉不到这个频率的波长而已，乐声一直不绝如缕。静谧的气息不止于雾气散去，湖水渐渐鲜明，还有柳枝间的鸟雀乱跳，鸟雀飞起落下的力量已让枝叶晃动。每一个早上，鸟儿都要发表长篇议论，独白或对白。白堤的鸟雀鸣唱恰如此处风景所称"柳浪闻莺"，玲珑婉转，如同音符在树枝间跳来跳去，却见不到鸟儿的身影，只有树枝晃动。如此，鸟与树让西湖更加静谧。鸟鸣——我猜想它们也是依景抒情，白堤不适合喜鹊与乌鸦的"嘎嘎"大叫，"嘎嘎"之音宜发乎酸菜血肠与二人转的边地，不"嘎嘎"衬托不出那里的辽阔。白堤的柳枝垂直而下，枝不动，或在柳叶间动一下。静谧的白雾覆盖湖面，一定没有风，柳枝以竖直的绿线条分割长堤的直线和湖面之空濛，免得让人面对着湖水产生茫然。其时我住在西湖"曲院风荷"的院子里，天天上白堤晨跑。有一天，我跑步中，目光于白雾里，于将醒未醒的西湖上，见到一只小船破雾而来。一位艄公站在船头，船下甚至看不见水，只有白雾，而艄公肩膀左右亦是雾。我不止惊讶，真是感动，以为遇到仙人。此公乘舟于雾上而非水中来，自古未闻也。我的脑子短暂考虑：要不要跪拜呢？这样的机会不是人人能遇见的，不跪拜会不会失去一个巨大的利好呢？在民间故事里，遇仙常常跟好事连在一起。当我的膝盖如阿Q的膝盖那样不由自主地即将跪下之际，我见到仙人手握一个长长的棍子，棍子头上系抄网。而他身穿绿马甲（马甲肇始于清代，是兵勇作战甲胄改革的便装，仙人也穿吗？），马甲上印着四字——"西湖保洁"而不是

"得道成仙"。如果他的手里不执抄网,不穿马甲的话,我真以为遇到了仙人,比我在武当山、茅山、葛岭见到的修行人更早成仙。跑步到白堤尽头返回时,湖上白雾散尽,天际金光万丈。"西湖保洁"开始用抄网左右开弓捞拾湖上的落叶与垃圾,船上有红色柴油发动机,他越发不像仙人,尽显劳动人民平凡本色。

近几年,我连续去杭州三次。第一、第二和第三次都是观赏西湖,没其他任务。朋友邵晓锋、李坚夫妇关照我的吃住行,让我深度接触西湖。他们俩原来是警察,邵晓锋本是杭州警界大侠,破过一批大要案,荣获"全国优秀人民警察"称号,如今是阿里高管。我第一次来杭住在柳浪闻莺边上,第二次住在胡雪岩故居旁,第三次住在曲院风荷里面,离西湖都不远。如实说,观西湖不应该跑步,即使如博尔特、刘翔这些跑步大师也应该老老实实地步行观赏,边行边站边坐,宜观宜思宜梦。但我的习惯是见好景要跑着看,走着心里着急,就像不让小鸟儿飞,它会着急一样。跑步之好在于人起得早。假如每一天是一生,早上就是这个人的少年时光,是美之青翠阶段。观西湖,早起游人少,你可如古代人那样看到舒展空寂的西湖,它的水岸花树都不会受到人影幢幢的打扰。早上在西湖边徜徉的人多是晨练的当地人,唱戏漫步打拳,"黄发垂髫,并怡然自乐"(陶渊明)。西湖之晨属于杭州人,外地人在头一天的奔波中一定累得起不来床了。他们起了床后,九、十点钟从杭州各处的大小旅店汇集到西湖,南腔北调混杂,使鸟儿躲在树上不敢出声。此时至下午七八点钟,西湖属于全国各族人民。晚上,西湖是年轻人或爱神的天下,本帮与外埠的年轻男女在湖边畅述衷肠,湖滨之夜比电影院更浪漫。我在夜里也跑过白堤,时在晚上十一时左右,游人差不多散了。夜跑白堤宛如去了另一个地方,路啊树啊亭啊,经过亮化勾勒,烘托着西湖,宛如灯光照耀下的国宝,散发着越窑瓷器的沉静之美。然而夜跑也有不妥,如此良夜,谁还在白堤上乱跑?好像不懂事。人家依依偎偎,做不完的亲近,说不完的话,怎么会有人孤零零地跑呢?这是我替别人想的,其实别人没心思想别人,他们的心思在西湖上,在爱情里边。

住在曲院风荷里别有风致。先是被这个名字吸引——曲院风荷,虽然它在宋代叫"麯院风荷",是给皇帝酿酒的场所——这样的名字让人沉醉,如同柳浪闻莺让人遐想。住这里,最方便看到荷花。出了院子,穿过荫翳蔽日的杉树林和树下的郁金香花(金黄的郁金香花与青檀色的杉树恰成对比),就看到湖里大片的荷花。时逢七月,大而红艳的荷花开得正好。才扶栏观望,"映日荷花别样红"的古诗句就涌向脑海甚至嘴边。这时心里埋怨杨万里多事,他把如此美景提前总结好了,让人不由自主地去嚼他嚼剩的馍。诗做太好也不好,妨碍后人审美。湖上的荷花争先恐后地仰起脸,仿佛知道如墙壁一般的游人纷纷举起手机拍照。除了孩子,无人手里不举手机,如此也是一大景观。那一年,还有一件小事顺便记下。我每日沿白堤跑两个来回,跑完在白堤东边的石栏上压腿。那一日见几位妇人对着荷花指点,望过去见一只小黄猫趴在水面的荷叶上瑟瑟发抖,显见是被人扔上去的。猫咪栖身的荷叶离岸十米远,离它身后的画舫也有七八米远,没人救,必然饿死或淹死。妇人们边指点边看我,说:"猫咪好可怜噢!"意思让我搭救它。我脱掉鞋子,摸着系画舫的大铁链子走向猫咪(手抓链子防止陷入淤泥中)。近猫侧,手抓起猫儿,没承想被它死命咬了一口,其牙入肉之深超出我的想象,几乎要把我的合谷穴咬透,且不松口。我急忙把猫甩到画舫上,边止血边想,它留在无人的画舫上也得饿死。复游过去登上画舫,在空调压缩机后头抓到猫。这一回,它又咬我一口,感觉到它的牙咬在我拇指的骨头上,我忍剧痛把猫扔上岸边。这一切被岸上的妇人们尽收眼底，对我加以口头表扬并散去，小猫钻入灌木丛。回到曲院风荷即麯院风荷，我担心被野猫咬到骨头并发炎症，请朋友开车拉我去防疫站注射预防破伤风和狂犬病的疫苗。第二天，我跑完步再次来到救猫的地方，把药费单据塞到小猫钻进去的那个树丛里，得让它知道我花了多少钱，一共一千七百多元，还不算疼的事。救了小黄猫一条命，我还是挺自豪。

对西湖我还有许多感受，但美的感受说不出来。叹西湖之美，最好睁大眼睛，闭上嘴巴，我们说不出它的美之万一。而用文字形容西湖的好，更是无奈。假如非要评论一下，一定是最简单的字：好！变化一下，也只是"真好"而已。语言完全不能（永远不能）与大自然的宽广与细微之美相对应。

跟邵晓锋聊天，他说他太忙了，最大的心愿是退休后到西湖边上转一转。一个杭州人，竟没时间观赏西湖，真是好可怜。你有美景，我没时间，花生米与牙不可兼得。我说我最大的心愿是当一个身穿马甲的西湖保洁员，左网右舵，虽南面王不易。李坚听了大笑，说这算什么心愿。她不知，当一名西湖的保洁员该有多么幸福，可以天天在西湖上兜兜转转，想转哪转哪，随时随地成仙。我猜想，随着西湖越来越美，担任保洁员的门槛也提高，正高职称不足以胜任，还要有北大博士学历，甚至剑桥博士学历。如果有一天报上说一万人争夺一个西湖保洁员的职位，我一点都不奇怪。

千岛湖的美与善

千岛湖的胜景不止于水天浩渺，更妙处在观此湖有山可登，缆车送你升于群峰之巅饱览湖景。在山巅观湖的心情已经不能以"欣赏"二字形容，"欣赏"这个词太平淡。欣赏是对平凡美景的浏览，而高踞山巅看大块山河，分明要赞美感叹。感叹什么呢？感叹大美天下竟然被你俯瞰得之。有句话说，"角度决定态度"。高山观千岛湖，改变了你对千岛湖及一切湖的态度，站在此处可观天下，心胸顿开。

我去过黑龙江的兴凯湖和俄国境内的贝加尔湖，都是大湖，大得不得了。可是人眼睛的视力面对这么大的湖显然不够完善。人眼也就看出两三千厘米远，还得是晴朗天气。多大的湖对人类来说只不过看到方圆两三千厘米，其湖之大，只是听说而已。留下这样的缺憾，怨只怨人类个头太矮，看不尽湖海全貌。高者如姚明，也只比别人多看出二十厘米的水面。人不能扛着梯子去观湖，能扛动的梯子都不高。消防部队有一种云梯车甚好，我早就相中了。云梯打开高度可达六十厘米，但他们不借你旅游使用。而湖边，就我看过的湖而言，都没有高山，不足以登高山而观大湖。山之存在，并不为你观湖而矗立湖边。

千岛湖有奇异景观，游人登上山巅俯瞰湖水，享受到了玉皇大帝的视角。玉帝每天都这样那样地俯瞰五湖四海，一目了然。在山巅观湖的游客看到千岛湖辽阔无边，水面如镜，云彩成行成队留影湖心，就有了一点玉皇大帝才有的眼界。有些人第一次看到此景，难免要抬起手臂指点江山。此江山不是浙西的江山市，而是千岛湖的水面、岛屿、鸥鸟和云彩。人在此刻，胸膺如充气娃娃一样充满豪气，不抬臂指点一些景物就不得劲儿。我从未在这么高的位置见过这么浩瀚的水面，如鸟儿一般从天空俯瞰大地，俯瞰大地上静谧的湖泊。湖水如鱼肚般呈现银白的光泽，中间有顶戴密林的黛青的岛屿，这只有在山顶上才看得到。

小时候我攀登老家的红山，看到山上的岩石里镶嵌海螺的化石。山顶的岩石里怎么会有海螺呢？别人告诉我，红山当年是海底。我听了大吃一惊，高高的红山当年竟然是海底。问是哪一年，答亿万斯年之前那一年。这消息对我来说比游泳池卖半价票还令人惊讶，我怀疑这个人在造谣。还有一年，我已五十几岁，问一位制作珊瑚戒指的蒙古工匠："好珊瑚产在哪里？"他说："青藏高原。"问"为什么呢？"他说："青藏高原当年是海底。"好多事说着说着就到了海底，证明这不是造谣，这两人也并不认识。如今我站在山顶观望千岛湖，其景与当年青藏高原以及红山被海水淹没的情形约略相同。也是当年（一九五九年），政府建新安江水库，开闸放水，淹没了村庄、耕地和古老的县城。于是，我们这个星球上出现千岛湖这一奇观。我眼前星罗棋布的一千多个岛屿，实为一千多座山峰的顶部，还有一些较矮的山被淹没了，失去了当岛的资格。而我们脚下山更高，可以俯瞰那些岛。故此脚下这座山仍然叫山，而不叫岛。再一想，海洋上的岛屿也是海里的山峰，露出海面而已。

我们在这里看湖，看名字叫作岛屿的无数山巅，看汽艇像一条浮出水面的白鱼游过来，两舷划出长长的水痕；看群鸟飞过湖面如有人在天空撒了一捧树叶子，看岛屿戴着绿绿的树林的帽子，看远处淳安县城的高楼如海市蜃楼。这番风景难得见到，虽然想起那么多村庄耕地被淹心里不大好受。下山时，我向左边的湖水挥了挥手，又像右边的湖水挥了挥手，把肋间涌上的豪气往外放一放。

下山乘汽艇游湖，见到湖水清得如一碗水。于舷边往水里看，无浊流，无乱七八糟的藻类。你从水面映出的石壁的青翠的倒影就知道这里水质清澈。人说杭州已准备把千岛湖作为饮用水的水源地，导游问我高不高兴，我说高兴，但我想这么大一湖的水可饮人，自然湖里的鱼虾也可饮可活，我还是先为鱼虾高兴。人不喝千岛湖的水还可以上超市买矿泉水。说到这里，要说千岛湖不仅美，指风光，还有善，其水生物体皆可饮用，比美的意义更深远。

蜜山的蜜

这是多好的名字——蜜山，是不是世上只有千岛湖才有这么美妙的名字呢？我没听过其他地方有叫蜜的山。

登这样的山之前宜想象，想象它是否有澄黄如蜜的岩石，想象那里野蜂飞舞。然而登上了此山发现山上到处是树，泉水曲折流，鸟儿啼鸣，却没有蜂箱与蜂群，唯一与蜜有关的线索是刻在石壁上的大字——"蜜山"。这就更好了，符合禅宗的道理：一切外相不过梦幻泡影，蜜由心造，生于内心不辞辛苦的想象。

山上有一处禅宗寺院，我在墙上刻着的心经上面看到了另一个蜜——"观自在菩萨行深波罗蜜多时，照见五蕴皆空。"蜜在经文里面，然而五蕴皆空。庙宇清净，被层层叠叠的树木包裹着，树与山又被千岛湖水万千波澜包裹着，称得上秘境。但庙上的僧人对这里的空寂颇感落寞，香火钱毕竟是他们主要的供养。

在雨中登此蜜山，雨下了一会儿不下了，好像下雨没什么意思。石阶的凿坑里装满了清亮的雨水，这些密密麻麻的坑里的水是刚下的雨或先前下的雨就说不清了。这些小水洼在石阶的麻子里闪光,企图把天上的云彩都装进来。因为有湖,蜜山上的鸟比其他地方更多。湖里有搞不清数量的鱼虾,小鸟儿们吃是吃不完的。林木遮住了天光,看不见鸟儿飞,耳畔却有不尽的鸟鸣,我喜欢用"流丽光昌"形容鸟鸣,这里再用一次——这么圆润的、水滴般的、不解其意的鸟啼何等流丽光昌。它们的合唱比和尚诵经的声音传得更远。

告别桑园

搬家之后,我也离开了桑园。

桑园是我对它的称谓,市政当局并没有任命,石上刻着"青年园"。这一片绿荫当中曾有一棵桑树。我见过桑葚,由绿变红,像鱼子一样饱满地挤在一起。就管它叫桑园。

树木是城里找不到的好朋友。它们多么宽容。我为什么使用"宽容"这个词?因为它们始终接纳我,似乎还知道我写短文称颂着它们,曰"桑园"。

有许多次,我幼稚地——幼稚的意思是扭捏——想和桑园做一次道别,却不知怎么做。它们,依然缄默、沉郁、凡俗,让人有话说不出来,应该说"人尤如此,树何以堪"。仿佛树比我们还能担待:就走吧,没啥。

即使闭上眼睛,我也能说出桑园每一棵树的位置,说出树种和它身边常有的垃圾。桑园一共有五棵松树,包括练功之人为挂衣服而钉铁钉的两棵松树,有迎春花、洋荆木、碧桃树、杏树和被遛狗的人踩得狗屁不是的洋草坪。

有一天，我走过那条街，误入桑园，沿着回廊走。之前瑞雪先降，树们冉冉耸立，顶戴白雪之冠，于清明的夜色中楚楚生动。我说，多像仙境啊，并企图和每一棵树拉拉手——大干部和僚属见面时，常自然而然拉拉手。树于深夜的静默，让人无法轻浮。它们——我说的是树，此刻收住了心跳脉搏，把呼吸也屏回，只和天地交流。我和吾妻说，多像仙境啊，树们站立黝然，邪不可干。它们个个戴着棉花的白绒帽，雍容整肃，仿佛让我们惭愧。我们惭愧吗？只是离开了桑园。我还没准备好和新的邻居做朋友，在邻居身上发现美。但桑园难忘啊，没有置酒，也没有各式的仪式，说离开就离开了。

当我再去桑园的时候，已觉察出异己感。树哪也不走，人已搬迁。别指望它们谅解，植物比人还爱赌气，不理就不理吧，我只好偷偷地怀念。

珠　宝

我认为在雨后的桑园里走，会拣到珠宝。

雨后的土地多么干净。新鲜的黄土在雨水下渗的引力下，更紧密平整。白沙汇在一起，形成边缘性的弧圈。仔细看，在白沙的边缘，还有一线黑沙。

而逆光的树叶更加葱茏，它有意无意地轻飑，甩下叶面上滚圆的雨水。这时，地面上的小石子特别醒目，雨水把它们变新鲜了。黑石子显着珍贵，黄的有一股陶的味道。而小小的玻璃碎片，远远射来刺眼的光芒，一闪即逝，像鱼雷快艇上开探照灯的水手。近看，"玻璃碎片"有时只是一颗水珠。

呼 吸

喝酒的时候,打开瓶塞静置几个小时,它的味道才慢慢醒来,好像你不能强吻一个梦中的美人。初开瓶时,瓶里的气味令人不悦,躁而厉,亦像美人起床后尚未漱齿。

这是就红酒而言,若是五粮液,开瓶即饮,同时摄入不少香味。但多数白酒仍需开瓶让它和空气接触,行家叫让酒"呼吸"。

酒有灵魂,开瓶之日即涅槃之时,赴死而永生。酒,引颈吸足了底气,活动筋骨,然后大干。

呼吸不止于红酒,草木皆呼吸,于子夜最盛。一位小提琴大师告诉学生,把曲子拉好的关键是匀净每一句的呼吸。这是一位俄罗斯大师说的,却如通《易经》的国人的口吻。

刚才,我把广腹高脚杯擦得晶亮,斟半杯酒来到桑园,放在石凳上,读书。酒是法国产,据说属"天王"一级。

桑园并没有人经过,我喜欢射进红酒里的阳光。我想象,过一会儿,鸟儿会在头顶盘旋,几欲低飞窥视此杯醉人的光芒。

读书时，我不时看几眼酒，那种酡红无可言说，像藏着极大的秘密。血，在女人腿上翻卷的金丝绒，小心划一根火柴照亮的宝石。

我端起酒杯，轻轻晃曳，心想：你呼吸够了没有？啜一口咽下，感到它的身体栽到胃里，一路点燃温软的烛光。其魂魄上扬，在喉间缭绕，放出余香，和你悄悄说话。

我端着酒，等待鸟儿飞来助兴。

净月潭笔记

我喜欢山野里的花,替它们高兴。

林中和草滩的花,像赤脚跑过来的孩子,扬着脸,多幸福。一见到野花,我就爱说这句话,野花确实幸福。它们的床,它们的院子和学校是同一片草地。净月潭的野花不是被盼望、被呵护、被施肥哄出来的。花,如同在你转身那会儿从地下钻出来的。它们顽皮,笑嘻嘻的,好像见了你之后再去见别人。野花的花朵比草高出一头,头顶还有笔直入云的树,树的枝叶上面一会儿太阳,一会儿云彩。晚上,树轮悬挂星斗。野花,多幸福。

五六月份去净月潭,森林的野花弄不清有多么多。这是亚洲最大的人工次生林的森林王国,鲜花像流水洒在近万公顷的绿地上。

初到净月潭,钟情于树。这些高大的沉默者,静穆于林,如旅途中的修行人,来自一个地方,再去一个地方,却站在这里。它是信使,古老的书函落地腐烂再从树身长出一片片叶子。叶子羽状掌状、扇形戟形,还有莲座与轮生的叶子。这些叶子装订成书,堆积如博物馆，在净月潭。

我喜欢净月潭的水。潭之水浩渺于天际，蜿蜒于丛林，宜于月下歌咏。牵引思绪的还有森林里的路。现今的路丑，高速路就像白条猪，好用而不好看；铁路是人类用钳子为土地施加的桎链，路的暴发户。你看净月潭的路，是"道路"里的清纯少女，把人带到青草露水的远方。

我喜欢小的东西，尤其是于巨大面前袒露生机的小生命体。小花开放在苍郁的老树边上，像婴儿在摩天大楼下面嬉笑。可是，花开在空旷的林地上，太小了，没法亲近。蹲着看一朵花，花朵得意地扭颈子，其实没有风。一只短翅的小蝶飞来罩在花上，好像说：不许看！这是我的！

风铃草属桔梗科，每株挂四五个倒悬的铃儿。这是它的粉色花，像蜡纸糊的冬瓜形的灯笼，可惜不通电，安不上灯泡。它们有电，是生物电，用于爱情而不是灯泡。紫菀是群众性的花，一开一片，适于普及，菊科。花冠的十几片花瓣长而散，微紫，像白衬衣和淡紫色的毛衣混洗之后的一点点紫，黄花蕊凸出。紫菀开花像一群人摊开手心，也像歌唱演员唱尽最后一个音，双臂通展。

桔梗比它们好看，花朵有白色和蓝紫色两种。桔梗花离地不高，花兜着，像气吹出来五个角。桔梗根制作的小菜，大号"狗宝咸菜"，是高丽名吃。

说到花就要夸耀它的鲜艳，虽然我觉得不艳之花更近于人的心迹。然而，鲜艳确乎是上帝赐给花朵而非其他物种的特权。没有人长得像鹤望兰那么热烈，也没有像花朵般鲜艳的动物，只有一部分鸟类的羽毛具有花性，人只是花心而已。净月潭的艳花如石竹花、紫茉莉、酢浆草，全都艳红惹火，但我看到最艳丽的花（实为果）是红姑娘。红姑娘是茄科植物酸浆的果实，又叫红灯笼、天泡儿。

林地上,不期然遇到一棵红姑娘,鲜红的荚衣包裹红珠,没见过的会吓一跳,以为神物。《红楼梦》中林妹妹的前身叫"绛珠草"。周汝昌考,绛珠草又叫苦苏,正是酸浆。东北乡村的孩子差不多人人吃过红姑娘,牙咬上,"啪"的一声,多籽,味甘。作家端木蕻良著文写过它,名《红姑娘》。

光说花,草类不爽。草认为写字之人重花轻草,无异于重色轻友。是的,这是中肯的批评。人类喜欢把花与草分开讲述,这是沿袭而来的愚蠢习惯,上帝并不这么做。对植物来说,茎、叶、花、果分不开,就像一个美女的脸蛋和她的肋骨、脾和脚踵都长在身体上。一个人说:"美女,我爱你!"已包括爱她的脸蛋、脾、脚后跟、脑垂体和胳膊肘,虽然他盯着美女脸蛋说出这句话。植物的迷人包含了它在花朵之外的朴素与华丽。

金灯藤是旋花科,又叫日本菟丝子。我在净月潭发现这株花的时候,天已向晚。树身渐黑,林间斜入金黄的夕照。它紧密缠绕萝摩的干上,茎为淡红色,近于透明,像婴儿的手指放在老年人的臂上。葛,在春天萌发葛条,黑绿表皮生出一层白芒,蚂蚁不来爬。一只凤蝶落上面,假装思考,假装吸葛条里的汁水。蝶飞走之后,摸一摸葛条,白芒软中含硬,凤蝶可能在搓脚,去除滑腻的花粉。酢浆草的叶片乍一看是六片,再数数,还是六片。其实是三片,每一片半折有痕。叶子圆而平展,露水落在上面一定搂不住,"啪哒"掉进土里。合欢的叶子羽状复生,比团体操还富于仪式美。它的花比较搞笑,像蒲公英把头发染红并吹成爆炸式。

述说花草,如癫人说梦,是说不清也说不完的絮叨。我在净月潭看看这朵花,瞧瞧那株草,直起身看树,觉得自己从一只蚂蚁变身麋鹿,胸次由小乃大。一个人在林中走,心里跟植物说话,浅近的话是"真美,真绿,真好";深入一点,却说不出植物的锦绣心肠。

　　人对树说的话质朴，对草说的话绵密也质朴，跟花说的话没什么逻辑，跟林间小路说话忽然想唱歌，跟云彩说话累脖子，见到净月潭的水之后没话说了。话无踪迹之后，心安静。看水面像镜子，像碧玉，像刀切的皮冻，像水……

静中岁月长

  这里真静谧，不管它叫舍力图还是独逸学院。我从早到晚敞开窗户，传进的只有小鸟的歌唱，楼下餐厅偶尔传出轻轻的笑。今天割草机来到窗外草地，像喝醉了一样轰鸣割草。我不明白割草设置那么大马力干吗？它割完气哼哼走了，留下草香不绝于鼻。看天，常见喷气式战斗机飞行，很高，听不到声。沈阳附近有个军用机场，战机飞过动人心魄，听说那里掉下过一架飞机，飞太低了。
  静谧是不准确的词。动态可以用词形容，而静，像止水，像透明的空气和光线，没法用词语状之。静者，姑且形容无声，其实是安然。世界上没有哪一个角落是无声的，鲍尔金娜在小说《门》中说："真正的静谧，人自身会发出一种声波，像蚂蚁交头接耳。"我们已经习惯把没有噪音叫"无声"了。都市的人所称噪声是车辆行驶鸣笛、工地机械、楼下互相骂娘和火车对面卧铺客的呼噜声。如果把声波震动转化为热动能，一百个打呼噜的人都可牵引一辆车厢前进，不用买票，别人还得给他们献钱。

摆脱了这些噪音，人说寂静无声。这里的无声里除了鸟啼，还有青草翻身和树叶说梦话的声音，松鼠在枯干经年的褐色落叶上奔跑打滑发出的声音。我在森林里手摸一棵红松，树皮发出纸页的声音，这声音就是身份。大自然有无穷无尽的声音，昼夜而发，夜里更多一些，交织在一起变成所谓地籁——浑然的声波，像大提琴在低音声部的运弓，一直往右拉，不回弓。曼托瓦尼乐队就是这么处理尾音的——录音时，把起弓声贴在回弓上，就如同乐队的人合力运一把弓，边运边走，从斯图加特走到瑞士琉森，像一队贩私盐的人们。

静谧包括阳光照在十八世纪的老瓦上，瓦身凑巧掉了一些粉末，落地上发出微小的声。树把阴影移到草地上，晒太阳的小虫抱怨着转移到亮处的行进声。草叶阻挡风的声音。这些声音本来可以构成轰鸣，但树、草和泥土把声音过滤吸收了，使人的耳膜感到安适。人耳更适合听到和谐的声音，如乐器之大三和弦，或雨水声，敲玻璃杯声。敲玻璃杯声之悦耳极为奥妙——当，此音并不是一个音，还有回声，箕泛音。泛音发出最多的是鸟啼，一个音分出两层。最悦人的是小鸟唱时喉咙里仿佛有水没咽下去，行家叫"水音儿"。邢台一带管这种鸟叫"衣滴水儿"。为什么是"衣"，而不是"一"呢？这一类的问题没地方问去，自己在心里闷着吧。

窗外是天地之籁，窗内是收音机的音乐和介绍性的德语。这个电台早四点起播大作品，交响乐。下午播音乐会现场（有掌声）。晚上播小作品，如合唱、单簧管奏鸣曲、小提琴奏鸣曲。相比较我听不进去的是主持人和音乐家的对话访谈，音乐家回答问题像吵架。

我在"静"里，觉得时间真正现出了本色，它们像脱光了外衣在溪水里游走，和市场里尖锐的时间，机场破碎的时间，官场沉闷的时间都不一样。静的时间干净，时间长。我像牧区的人那样放弃了手机手表,看窗外揣摩时间。有时候,时间多到一堆,蹲在窗台上看我写作。我躺在床上,床单被褥洁白,觉得应该想点事情了,却不知想啥。家人劝我四处出游,比利时、法国、瑞士,我以为这么静静地待着非常好。上哪儿能找到这么安静、草香鸟啼的地方歇着?不好找,今日偏得了。

过青龙桥

  青龙桥车站位于燕山长城的豁谷之间。如果说长城是龙,在青龙桥看长城,不如说此处的山是龙。山的这边那边就是塞外与中原。山势起伏如痛苦挣脱,像把脚踝磨出白骨来蹚着血水的大锁链。长城修在这样的山上令人惊心动魄,或者说只有这样的山上才应修长城。修了长城,就像天神一鞭子抽到北方的脊背上,这疼痛永不消失。静下心看青龙桥的长城,在仿佛连山羊都攀越不过的山上怎么能修出这样高峻的城墙呢?
  旅客在换车头的时候下车徜徉,月台边上堆着一垛垛方正的青石条。这时,天上飘下小清雪。在苍凉雄峻的群山城堞之间,小清雪们极其羞怯,落在地上蹑手蹑脚,仿佛怕惊动了什么人。然而,犹犹豫豫的小清雪还是结成疏松的白网,洒在地上,毛茸茸的。有的雪花化了,也只是湿了那么一小点地方。
  这里面确实有一些不寻常了。上车往前走,我才知道不寻常之处在哪里。

那是在山坳中，有两株杏花开了，一红一白，我大为惊奇。在北方，杏花不同南方的梅花，与雪绝不同一时令开放。雪中看杏花，令人说不出话来。杏树只有人的肩膀那么高，是灌木似的山杏树，枝丫横逸。杏花只有十几朵吧。温婉的清雪在树干上融化了，树干变成湿润的深黑色，而仰着脸的杏花显出娇贵。这都是列车掠过那一瞬的印象。

在这雄浑的流了几百年的血的山里，仿佛应有锋镝过耳，马蹄把石块踏出火星。让苍凉的胡笳声飘在俯身而死的战士们的脊背上久久不散。在这里看到清雪中的杏花，令人触目惊心。

再次停车的时候，窗边的石壁已变为干燥的土崖。这是一个忘了名字的小站，土坡上露出新鲜的黄土，那是庄稼人用马车拉走填猪圈积肥用的。在没被挖走的土坡上，长着一片片寸把长枯干的小草。草色黄得如油画一般典雅，毛茸茸的。有一块草被野火烧了有磨盘大的地方，野火熄灭处一圈锯齿似的焦黑。似欲进欲退，那黑色非常触目。

铁　轨

我送阿如汉回赤峰，走过车站天桥的时候，从绿漆的木壁板的窗户里，看到了通向远方的铁轨。从这个窗口看，铁轨像白箭的河流，从脚下钻出去。

我喜欢看铁轨在远处转弯的样子，这使它更像一条道路。如果弯过去的铁轨被树丛遮蔽，感觉更有趣。火车将要开到一个很好的地方，那边应该有河与浮水的白鹅，老人站在石砌的院墙里的枣树下，向火车凝望。

车站只有两处地方阔气，一是站前广场，另一处是布满密密麻麻铁轨的站台。其间亮着红灯绿灯，糙声的喇叭里传来铁路的神秘指令：洞拐洞进八道，然后是"沙沙"的噪声。我小时候，父母领我在午夜的新立屯下车，寒冷。我们高抬脚，横穿铁轨到站台上去，城市里没有灯火。喇叭里突然传出男声，说一串古怪的话，我学不了又忘不掉。大约是"喔噜喔哩，哩咚锵咚，咚，瓦里锵咚咚"。在冬夜里，显得十分突兀可怖，而且说完再也不语。我问父亲这是说什么,他沉吟少顷,说:"跟火车司机说事呢。"

眼下这座天桥还是日本人修建的,木制。踏上去,"咚咚"地抖颤,却未垮,真使人感到岁月倥偬。六十多年来,有多少人埋头从这儿疾走,去远方或临家。

铁轨银白是车辆频驰的标记,而下面的枕木边上,仍有一蓬蓬的绿草。它无视头顶隆隆的车轮,安闲地舒枝展叶。有些铁轨,只经一夜的雨水,就泛出黄黄的铁斑,好像说该歇歇了。在我的印象中,雪后的铁轨黑乎乎的,是一道道包裹大地的绳索。

阿如汉现在已是一名商人,扛着沉重的货物在蚁密的人群中躲闪冲钻。然而他还是一个小孩儿,当说到货与款有所出入时,竟吓得脸色发白。

"舅舅,走吧。"阿如汉说。我们扛着货,到四站台等候开往赤峰的二〇八次普快列车。

铁路的尽头

地图上,我的老家位于铁路的尽头。铁路修到这里不修了,或修不下去了,值得商榷。那时我还是少年,有一天背上军用水壶,揣干粮踏勘这件事。

赤峰在地图上是个圆圈,代表铁路的红线止于圆圈。事实却没这么简单,铁路经过车站又修了挺远。这一段在地图上不应该短于一韭菜叶。我想象的铁路尽头是这样的:它修到一座悬崖上,下面是万丈深渊,不能修了。第二种情况在平原,铁轨无端地停在某一处,边上立一牌子写道——铁路修到此处为止,×年×月×日。最后那根枕木如同漫长的行军队伍中末尾的士兵,我觉得那根枕木一定像老兵。第三种情形是在铁路尽头立一堵墙。从这边看,铁轨好像从墙底下穿过去了,从墙那边看并没有。这都是我想象的,实际情形可能更好看。总之,铁路的尽头——富有诗意,跟蛮荒、雄壮、神秘都有一些联系。

那一天我踩着铁轨往西边走,反正也没火车了,随便走。铁路的方向对着一座山。我认为这个思路对头，铁路修进山洞里，才是它真正的归宿。火车可以在山洞里尽情歇着，像个仓库。我走了很久，大约十华里吧，铁路沿山很圆滑地拐弯了。它为什么不钻进山里？它简直在骗人。铁路沿着山脚绕了过去，还往前修？不拉人到这里干吗来？多大的浪费啊！在地图上，它超过圆圈大约有两个韭菜叶宽了，纯属多余。我继续向前走，铁路顺地球的圆弧下坡了，一点道理都没有。走到这一处，看到野兔。一只坐在不远处看我，我追将过去捕之，这只黄野兔待我靠近才跑，当然比我快。非但快，它还坏。野兔钻进一丛灌木——待我冲进去才知道是荆棘。我像落在蛛网上的小虫被刮住了，衣服撕破两个口子。荆棘丛下面是蜥蜴的家，蜥蜴跳着冲进洞里，洞的嘴像吃面条一样把它吞进去。这儿还有大片的蓝莓。全世界没人知道这里有多到令人意外的美味的蓝莓。我盘桓一遭儿，再找铁路却找不到了。这是我所遇到的一个铁路失踪事件。既然星星在天空会失踪，简陋的铁轨也有这种可能。也可能没失踪，铁路派兔子引我于歧途。我衣衫褴褛地回到家中，至今也不知所谓铁路的尽头是什么样子。

雅歌六章

一

山坡上，有一棵孤独的高粱，它的身边什么也没有，山坡的后面是几团秋云。高粱脚下的芟迹证明，伙伴们被农人割下，用牲口运走了。

那么，农人你为什么留下这一棵高粱？这是善良抑或是残酷，说不清。

高粱很高，兀自站在秋天的田野，样子也高傲。它的叶子像折纸一样自半腰垂下来，又如披挂罗带的古人。叶子在风中哗哗商量不定。我想它可能是一位高粱王。

山坡下面是一条公路，班车不时开过。这是高粱常常能看到的景物。看这样的景物有什么用呢？对高粱来说，此刻它最喜欢躺在场院里了。

观看一棵孤独的高粱,能真切地看出高粱的模样。我站在它身旁,拉着它腰间的叶子握了握,想到它的主人,那个割地的农人。

我手握着这棵高粱向山下看,如同执红缨枪的士兵。撒开的时候,心情有一种异样,怕它跌倒,但它仍站立着,很奇怪。

我连连回头,下山了。

几年后的一日,下午闲坐,忽然想起这棵高粱。急欲买车票去看它,并为此焦躁。像这样一件奇异的事情,我怎么能够才想起来呢?那一年的冬天,北风或飘雪的日子,高粱不知怎么样了,这确实是一句后话。

我想,我若是一个有钱的雕塑家,就在路旁买下一块地,什么也不种,只雕塑一棵兀立的高粱。不久,就会有许多人来观看。

二

我希望有机会表达一个愿望,然而这个愿望很快被忘记了。今天的路上,我想起了它,并因此高兴。

赞美公鸡。

我很久没有见过鸡了,城里不许养鸡,菜市场一排排倒悬的白条鸡,不是我想看的那种。

古人愿意为世间万物诠释,即哲学所谓"概括",并找出它们与人之间的联系。他们说,鸡有四德:守信,清晨报晓;斗勇,铩羽相拼;友爱,保护同类;华饰,通体漂亮。

我妻子属鸡,在本命年时,我把"鸡之四德"抄下送她。她除了"斗勇"一条之外,其他"三德"兼备,加上家政勤勉,也凑成"四德"。

我猜想"四德"的撰者在赞美公鸡而非母鸡。那么,我再为它添上"一德"：好色，妻妾成群。

我原来漠然于公鸡的存在。小时候，尤戒惧于邻家篱笆上以一只瞎眼睥睨我的公鸡，它常不期然扑来啄我。

后来我暗暗佩服上了公鸡。

公鸡永远高昂着头，即使在人的面前也如此。脸庞醉红，戴着鲜艳的冠子，一副王侯之相。它在观察时极郑重，颈子一顿一挫，也是大人物做派。公鸡走路是真正的开步走，像舞台上的京剧演员，抬腿、落下，一板一眼，仿佛在检阅什么。当四野无物时，公鸡也这么郑重，此为慎独。

说到公鸡羽毛的漂亮，更为人所共知。"流光溢彩"这个成语可为其写照。尤其是尾羽，高高耸起又曼妙垂下，在阳光下，色彩交织，不啻一幅激光防伪商标，证明是一只真公鸡。

公鸡身边环绕四五只母鸡乃寻常事。它只要雄赳赳走来，自然降服了母鸡的芳心。用不着像男人那样低三下四地求爱，还不一定成功。

当然公鸡也有缺点，鸡无完鸡。做爱前，它将头垂在地面，张着双翅，爪子细碎踏动，喉咙里杂音吞咽。我不忍睹，肉麻。

前年我去新宾，见到了一只美丽的大公鸡。新宾是努尔哈赤的故乡，风情迥异别处，大气苍茫。那里，山势龙形疾走，山下河水盘绕而过，水质清且浅兮。人们的相貌多具满洲人的特点：宽脸盘，红润健康。

我在集市上发现了一只大公鸡，漂亮极了，体形也大于同类，羽毛霞映。我真想买下来，但不知怎样处理。我身担公干，而且涉及警务，不宜抱着这样一只美丽的公鸡拜谒长官，回到家里也不易抚养。

这公鸡无惧色地看着我，颔下的红肉坠一颤一颤。高贵呀，同志们！这是一只高贵的公鸡。

估计此鸡早已入镬。主人远它而去，不是嫉妒其贵族气质，而在于它不下蛋。人类对于鸡类的逻辑是重女轻男。

三

我喜欢这样的句子:"四个四重奏"。

我希望在交织与错落中完成一种美。

比如,我愿意有一幅与喜鹊们合影的照片。在我看来,光是一个"鹊"字就比"雀"字高级,如同"雁"比"燕"辽远一样。

在这样的情境中,我希望用"合成"来表达这种需要。不仅与喜鹊们合影,又同它们"合成"一种意蕴。

在月台上,我等待一位久久未归的友人时,希望身旁有两只喜鹊。它们站在我脚下,或在离我不远的树上都行,构成同一画面。为了热肠的感觉,我膝下要有一只黄狗,它的嘴与眼俱黑,蹲在暮色的月台上。

就这样,我渴慕喜鹊。

曹孟德苍凉吟道:"月明星稀,乌鹊南飞。绕树三匝,何枝可依。"诗好,但我对用"乌"来状鹊有些不满。

我喜欢过比亚兹莱黑白画的装饰味道。此刻知道,喜鹊才是高超的黑白版画。

在克什克腾,目睹喜鹊在枝上落下,无疑属于吉兆,喜鹊的尾巴像燕尾服一样,在枝上翘了几翘,优雅。

美丽的喜鹊,版画的喜鹊,我们来合一个影吧!我已厌倦了人与人之间站立一排、咧着大嘴的合影。

四

西班牙音乐中的响板。

安德捷斯用吉他弹的《悲伤的西班牙》，旋律深情婉转，旋律线下行并顿挫，拉丁风格往往戛然而止，女人骤展裙裾，男子转腰亮相。令人想起他们对于古罗马雕塑的景仰。

在这首曲子中，两段之间的过渡是一串响板，"嗒哒啦嗒"。最后的一个"嗒"音，如静夜醒板，似画龙点睛，没有它是万万不能的。

"嗒哒啦嗒"，旋律再次演奏。

我反复听这首曲子，是为了与这一声响板遭逢。佛家所谓"醒板"，是为了使人开悟。我悟了，"嗒哒啦嗒"。

五

三相是我朋友，他是北京人，祖父和父亲都是名医，后来蛰居小城。

三相漂亮，脸膛白里透着浅红，黄而略灰的瞳孔散发着俄罗斯式的热情与豪放。当然，他是北京人。

我们小时候在一起玩过。交情却不深。后来他喜欢上我了，其中原因我不清楚。他很纯洁，而我孤独。一般地说，人们不喜欢我。

这其中有一个原因在于，三相是聋人。他小时候，常用弹弓射击燕子。他奶奶告诫过他，不能打燕子，不然有灾。但三相还是把屋檐下的燕子打下来了。

"这是母燕子。"他对我说。母燕的遗骸在手上微温，羽毛的黑色里闪着异样的绿宝石般的光彩。

后来他聋了，说是游泳时耳朵进了水。这病连他爷爷都没给治好。

三相聋了之后，很少跟别人交流，因而他奇迹般地保留了北京口音。在我们那里，说普通话是受人讥笑的事情。然而，三相耳朵听不到别人的声音，依然满口京腔。

三相因为聋了，依然保持着儿时的语言系统，他不会骂人，因为他没听过骂人的话。我们说"果家"，他说"国家"；我们说"三卯"，他说"三毛"。我们很佩服他。

在冬天，我和妻子迎他进门，他从颈上绕着摘下紫红的围巾，那双黄而略灰的眼睛炯炯闪烁，讲述他关心的事情。

三相跑得极快。在学校的运动会上，他听不到发令枪声，看到别人跑出去之后再跃出，往往跑到第二名。

我搬家的时候，好多家具都处理了，但我没舍得那个书橱，这是三相打的。长大后，三相是一个木匠，我在大雨天推回这个书橱。它至今仍在我的房子里，成了女儿的书橱。

我希望三相到来，说一口北京话，眼睛炯炯有神。但是，到哪里去找他呢？

三相姓张，其兄为大相与二相。他姐二朵，是我姐塔娜的朋友。他小弟四相，堂弟五相。

六

我的居所附近有一所小学。

每天上午九点半或下午三点，孩子们从教室拥出去游戏，我的耳边便灌满欢呼。

在这片欢愉的声浪里，许多声音汇在一起而变为"啊"的潮音，偶尔有一两声尖叫，也是由于喜悦而引起的。

孩子们必在校园里奔跑环绕，他们不吝惜使自己的声音放肆而出，感染着街市，感染着像我这样坐在屋里的人。

上帝生活在大自然当中

如果有人想寻找上帝却找不到,我向他提的建议是——到野地里寻找吧,上帝生活在大自然当中。

上帝喜欢大自然吗?是的。上帝如果不喜欢大自然,地球上就没什么值得他喜欢的东西了。况且——我们以渺小的人类的思维推理一下——假如上帝也需要一座休息的房子,需要一处院落的话,那里应该有树和树荫、花朵和泉水,有小鸟鸣唱以及松鼠鬼头鬼脑地爬到树顶上。那里的空气好一些,河流没有污染。这个地方在哪儿,叫什么?我们不必猜它的地名,比如泰国的清迈、美国的贝格力溪谷,它只是大自然而已,是自然的一小块。上帝不超重,不需要占用过多的土地。

反过来说,上帝生活的地方不会是上海,也不在杭州和广州。上帝难道会住楼吗?坐地铁倒出租车上天堂开会,不会吧?在有楼盘的地方,大自然正在灭绝。我在北京一个叫马兰里或马里兰的地方住过几天,这儿有一条河,而且有"哗哗"的流水声,月亮照在河里的落叶上蛮诗意。天亮了,我跑步发现这条河像蚯蚓一样被截成几段,截断的地方填土造出了房子。截河的地方之一盖着我正住的宾馆,它不是一般单位,我们姑且把它叫作据点吧。河原来活着的地方,现在是别墅、宾馆、会所与会议厅,平时没人,偶尔有人开开会或打打球。

被截断的河已经死去,所有死的东西都发臭。这条被截成池塘的河正在发臭,哗哗的水声从何而来呢?是一个伞形的喷水器把水抽出来再喷出去。这地方没有上帝,只有流浪猫和在草地上双脚一起蹦着走道的花喜鹊。

如果有上帝,他一定不年轻了,没听说上帝年轻。我觉得上帝的年龄应该比圣诞老人还大一些,之后他的年龄不再添加。"天增岁月人增寿",这话说的不是上帝,是我们,他到一定程度不再老了。身体健康、目光明亮、头脑清晰的上帝不喜欢住在城里,他喜欢乡村。但乡村正遇到一些陌生可怕的生物学名词,譬如血铅量——人血液里的含铅量超过阈值,血铬量、血钼量。俄罗斯海关经化验退回的中国大米、小麦、荞麦的铬量和铅量都超标,用来喂牲口都是一种残忍。中国烟草总公司回应中国烟草重金属超标的质疑时说,烟草不会比粮食所含的重金属更高,因为农作物生长在同样的土地上。种这些烟草和粮食的地方不会有上帝,尽管那里也叫乡村。

森林减少,草原荒漠化,河水断流,石山刷绿漆冒充青草,城市太逼仄了,上帝到哪里生活呢?故宫爱招小偷,不能住。哪儿还能住?我觉得上帝那么聪明,那么朴素,一定有办法解决这个问题。他可以变身一只鸟,在屋檐或电线杆上过夜。没听说有人到屋檐和电线杆子上骚扰住客,那里清静一些。上帝还可以变身甲虫,到北京或广州的植物园住一个夏天,那里跟大自然差不多。如果上帝在各地警卫局有熟人就好办了,省会城市都有安排大领导下榻的宾馆,归警卫局管理,那里才是天堂。

路有走不完的路

比行路者更远的是远方的路。赶路的人独自跋涉,他抬头四望,看群山静立,旷野孤寂,松树在自己的影子里休息。在行路者前面继续走的,只有路。

路在山腰爬行,在平原奔跑,在山顶上瞭望,路的体能比山还好。赶路的车进城市里休息,旅人在路上回家;路仍然在路上,它的尽头是穿行不尽的尽头。

路像人的心念,像一卷铺不完的地毯,一直往前铺。让念头碾过荒凉和沙砾,自己催自己走。

路载的并不是自己,是行人车马。路只想变成更远的路,如同行走只是行走。路看过更多的荒凉。

一川乱石大如斗,寂寞野花战场开,这是路边风景。路看到孤松把石崖撑开裂纹,飞鸟从峡谷流过。高处的白云从路上撤退,去追赶山的转弯。

路在路旁休息,靠着石壁,因为江水咆哮而失眠。路在夜里睁大眼睛，却辨不清江对岸的山峰。

路看到的景物不光山水，还有四季。春天，野花从低处渐渐爬上山坡，摊开自己的毯子。鸟儿的声音很小，口里仿佛含着草籽。春天的风在峡谷里冲撞，拍醒冬眠的树木。夏天的野草挤满了除了路以外的一切地方，草是夏天的传染病，让土地充满生的欲望。路所看到的秋季不光金黄，还有天的明亮，秋江如琉璃一般省略了波浪。冬天不是一个季节，是季节撤退之后的空寂，风雪前来驻扎。当草木的起伏和平坦消失之后，保留生机的只有路。

路没有雄伟，没有花开，没有庄稼的河流。路只有漫长，路有走不完的路。路常常疲惫，路被无休止的延伸所困扰，为弯曲而晕眩，路是自己对自己的束缚。

从天空俯视大地，最生动的是那些路。数不清的路平直、消隐，又出人意料地出现在山巅。它们没有们，只是一条路。路会分身法，把自己撒开，看庄稼，看河水，看青蛙和树叶里藏着的小鸟，而后收拢，变成一个箭，穿越隧洞。

路纯朴，路没办法不纯朴，它们每天都风尘仆仆。风暴露了它们身上的骨头。鲜花开不到路上，路与娇柔无关，路每天都锻炼筋骨。

路在奔走中增加体力。路不是青年，也不是老年。它只比农民工年轻一点。路身体好，它暗地欣慰自己好就好在身体。多好的身体遭多大的罪，遭吧。路把奇里古怪的坏心情扔进了山谷，路是情绪的主人。与快乐相比，它更愿意选择平静。平静而后担当，才遭得起罪，也享得住福。路说，路不过是朴素，是遥远，是强壮，路有永远走不完的路。

我的鞋已经累了

忽然看到,我的鞋已经累了。

它在门口的水泥地上,和地毯上的拖鞋隔一道门槛。拖鞋天生有悠闲相。

我把皮鞋上的灰土拂掉,它仍然透露一种风尘仆仆的样子,鞋帮鼓鼓囊囊,鞋尖翘起,底有些偏。总之,我说不好它的表情,大约像一个采购员、车老板或精明倦怠的菜贩子。

我不是坐车那种人,也少骑车。除了跑步,我喜欢在桑园的腐殖土上踩过,嗅那里的香气。我的双腿已如南怀瑾所说"走透了"。走透了之后,就感到自己成了另一种人,高攀地说,我已经能够读出惠特曼和泰戈尔诗中匆匆的脚步声。

寻几个盒子把鞋放进去。你们睡吧——我对鞋说,这几天,我哪儿也不去了。

每个人理应赞美一次大地

每个人理应赞美一次大地,那是他们最终要去的地方。

但我们好像要想一想才想起什么是大地。它不是水泥地(水泥是大地的禁锢),不是楼房(楼房并不是土地长出来的东西,而是政府与商人合造的商品)。大地也不是街道(地在街道底下)。大地是长庄稼的地吗?

长庄稼的地叫耕地,它是大地的一小部分,可以养人,古人称为田。大地并没少,耕地却越来越少,人类开始在耕地上盖楼,吃饭的问题以后再说。大地上有村庄吗?有,但这是过去。过去,村庄生长在大地上,长在河边,像大地上结的一个葫芦。现在村庄已经荒芜。如果村庄可以衰老,如今它们正在衰老。农人的门锁了好多年,院墙废圮。村庄的主人去城里打工,村庄由于缺少人气而老态毕现。没有鸡鸣犬吠的村庄老得最快。而另一些村庄是被活生生消灭的,政府让乡民进城住楼,把他们腾出的村庄下面的土地用作工业用地和商业用地,总称"发展"。在没有露水、鲜花、青草和小猫小狗的地方总有一样东西旋转,这东西说不出名字,只好管它叫"发展"。

大地还在——其实人说出"大地还在"这话是可笑的,大地不在谁在?——但有时找不到它。想念大地时会想到遥远的地方,如新疆和青海,似乎那里才有大地。或者在电脑的搜索引擎上录入"田园""庄稼""湿地""保护区"这些词语,收看大地的图片,在上面看到野花和绿草,算见到了大地。假设我们在城里看不到大地——楼房和水泥地面屏蔽了大地的表面——郊外应该是离大地最近的地方。去了之后,见到了什么?

郊外还在,大地又不在了。我去过的许多城市的郊外堆满了垃圾,可叫垃区或圾区而非郊区。人太能生产垃圾了,城市镶着一条垃圾的项链,城边的垃圾山中间是失地农民住的出租房,所谓大地被压在这些垃圾下面。一些没有垃圾的城市郊区也看不到大地,人们造出一条假的河流,水泥衬底,用水泵抽水吸水。这是像假唱一样的假河,两岸栽种鲜花绿树,但这不是大地的样子,它们不自然因而不属于大自然。

我庆幸我见过大地,比如今的儿童幸运。大地有田但不全是田亩,有荒野、沙砾与河流,野草、树木、动物和昆虫是大地最早的居民。落日好像点燃了一万个柴火垛,月光洒在铺着细沙的河滩,风里有柳树的苦味、河水的腥味、野兔的粪便和狐狸的骚味。大地上野花盛开,颜色淡,好像鲜艳会惊扰大自然的庄严。大地无所谓好不好,对草木动物而言,从来没有不好。虽然大地冷冻,动物们缺少食物,但这不是大地不好的理由。大自然不追求公平华美,它的规律是自然而然,此中有和谐。大地从来没想过它会成为最大的商品,成为被排污、被盖楼房的地方。大地原来是人的墓地,如今它是它自己的墓地。

赞美大地，它包容一切又生长一切，不排斥一切好人坏人在此生活并死去，大地有办法降解一切废物并把它们变成万物更生的养料，给每一样东西赋予新意。人与动物的遗体被处理干净变成青草和土壤里的微尘。大地松软，人们虽然看不清大地的脸，但一年四季它有不同的表情。春天，草木开花分明是大地笑了。月光下，大地静谧如霜，这是大地入睡的表情。

　　人们爱说"走什么样的路，到哪里去"等等，其实最终都要走向大地，这是所有人无法回避的前程，但常常叫作归宿。那么，为什么不事先关注一下大地、赞美这最后的归宿之地呢？大地辽阔，冬去春来。尽管大地之上有丑陋的建筑，但大地时时都在我们脚下，这件事毫无疑问。能够让花开放的是大地，让人得到最后安宁的也是大地。大地超出人的视野，它的身影如同落日的黄金射线。

钟　声

在音乐中，离生活最近的是钟声。换句话说，在生活与劳动产生的音响里，唯有钟声可以进入音乐。

人常常把钟声当作天籁，它悠扬沉静，仿佛是经过诗化的雷声。在城市上空，在由于烟尘环绕而使太阳一轮金红的晨间，钟声有如钢琴的音色，让半醒的奔波于途的人们依稀回忆起什么。像马斯涅的《泰依斯沉思曲》，不是叙说，而在冥想。人们想到钟声也刚刚醒来，觉得新的一天的确开始了。在北方积雪的早晨，钟声被松软的、在阳光下开始酥融的雪地吸入，余音更加干净。有时候想，倘若雪后之晨没有钟声，如缺了些什么。索性等待，等钟声慢慢传过来。这就像夏日街上的洒水车驶过，要有阳光照耀一样。

钟声可亲，它是慢板。它的余音在城市上空回荡，比本音更好听，像一只手，从鳞次栉比的屋舍上拂过，惊起鸽子盘旋。如果在山脚听到古寺传来的钟声，觉得它的金属性被绿叶与泉水过滤得有如木质感，像圆号一般温润，富于歌唱性。当飞鸟投林，石径在昏瞑中白得醒目之际，钟声在稀薄的回音中描画出夜的遥远与清明。在山居的日子里，唯一带不走的，是星星，还有晚钟。

在晚钟里，星星变大了。每一声钟鸣传来，星星一激灵，像掉进水里，又探出头。那么，在天光空灵的乡村之夜，光有星星而无钟声，也似一种不妥，像麦子成熟的季节，没有风拂麦浪一样。

如果用人群譬喻，钟声是老人，无所谓智慧与沧桑，只有慈蔼。那种进入圆融之境的老人其实很单纯，已经远离谋划，像老橡树一样朴讷，像钟声这么单纯。自然，这是晚钟，是孩子们准备了新衣和糖果，焦急等待的子夜的钟声。在昼日，钟声是西装尚新、皮色半旧的男人，边走边想心事。总之，随你怎么想，钟声都能契合人的心境。

一个没有钟声的城市，是没有长大的城市。在喧杂之上，总应该有一个纯和的、全体听得到的静穆之音。

每个人都欠地球的债务

以碳排放量观察人类的活动,会看到许多不公平或者叫愚蠢。比如说,人看一朵鲜花好看,看也就看了,鲜花不会长到你头上,你也变不成花站在泥里。而如果大施机巧,用彩缎织上花之纹样,穿在身上,实在不必要。穿了花衣服的人仍然是人而不是花,而彩缎的产生,也是碳排放量的产生。

鲜花的彩缎仅仅是一个小寓言,人类自作多情的事情数不胜数。二〇〇八年,我应德国外交部邀请,驻访斯图加特一个月。这里是大众、保时捷和宝马的故乡,但街上车并不多,比人们想象得少得多。斯图加特的市民不是买不起车,他们认为——只为了一个人或两个人的出行开一辆车上街,有悖环境伦理,太嚣张太过分了,付出太多的碳排放量。所以,当你来到斯图加特的地铁和轻轨站,发现人比罐头里的鱼还多。汹涌的人流在公共交通工具里面,减轻心里挂念的欠地球的债务——排碳。

在那里,我明白了小气的德国人在所有灯座上安装节能灯的缘由——减少碳排放,也明白他们夜晚的城市常常没什么灯光,像防备空袭一样,都是为了减碳。灯光通明的城市有什么好?给谁看?通明的代价是什么?

如果灯光通明的代价是个人多支付电费,或商家、政府多支持电费,那只是小代价。大的代价也是不可逆的代价是煤转化为电,大量排碳,无辜的地球承担了太多的温室气体。

在斯图加特,许多人骑自行车飞驰于绿色的乡野。他们宣扬的实为一种新道德,即出行不排碳的道德。如果道德可以分为大道德和小道德,小学生见老师敬礼只是小道德,随地撒尿也只是小的不道德,最大的道德是人对地球的责任。俭朴是长远的美德。

"责任"这个词非指人建设地球,千万不要再对地球施以建设,责任是说人对地球生态的尊重,核心是减少碳排放量。人活下去,也让地球活下去。责任的含义还包括:减少、延缓以及停止人对地球所欠下的高额债务,人人过一种少碳或无碳的生活。

从这个思路说,人可以检点的地方太多了。举例说,我长期使用打印机纸的正反面,跟钱无关,跟环境有关。人之写字,已经有些多此一举,白纸只用了一面就扔掉,未免可惜。还有,我卖报纸的时候,捎带好多纸盒,比如牙膏、药盒的纸包装。为此,我受到收废品人的讥笑,他们说,一百个牙膏包装盒也卖不了一块钱,你怎么这么贪财呢?随他们说,我心里有数。这些小包装如果随垃圾扔掉,将身陷万劫不复之地,卖纸,还可以化为纸浆再利用,背一个"吝啬"的骂名值得。这些零零碎碎的小纸盒曾经是树,凭什么躺到垃圾堆里?

当然,这个话题可以越说越大。我的一个朋友承包了辽宁大厦的垃圾,垃圾有什么值得承包的呢?因为这里每年有无数会议召开,垃圾口每天吐出散会之后的小山般的会议材料,A4 或 B5 的纸张。

少发或不发材料，让写材料的人写得短一些都属于美德，也算公益事业，都符合人对地球所承担的伦理责任。

排碳，当然不只是坐小汽车、点白炽灯、扔掉牙膏包装和材料写太长造成的，过度的衣食住行都导致过量排碳，这只是就人的生活而言。而经济格局里面落后的设备、多余的产能正在导致更多的碳排放。

这是一些看得见的现象，人们心里都明白，只是还没有形成减碳的习惯，因为我们还不觉得多碳是极大的不道德。

北陵：人民的绿

北陵者，昭陵之谓也，皇太极与福晋孝庄文皇后的寝地，老百姓叫它北陵。它在沈阳的皇姑区——全国城市区名当中，皇姑名起得多好，像写大文化散文的人起的。它毗邻省政府（张学良建东北大学旧址）、省军区、沈阳体育学院（汉卿体育场旧址）以及按苏联图纸建造的辽宁大厦。大厦内的走廊，举架高而阔。人说青岛地下由德国人修造的下水道并排过得去两辆坦克，辽宁大厦的走廊过一辆国产奇瑞没问题。

陵寝在北陵内只占一小部分，周围包着大片的树林、大人工湖和绿地。十多年前，北陵几乎是沈阳城里唯一的绿地。有一年"五一"，街上杏花才落，地透微绿，全沈阳（或许全省）的家长都带孩子上北陵来了，包括我们一家三口。自北陵正门往西的泰山路人行道上停满自行车，宽五六层，延长五百多米，直到辽宁大厦。阳光下，镀铬的自行车把和铃铛皮银光闪耀，五六层宽、五百多米长的自行车方阵，太壮观也太吓人了，存车人不知赚了多少钱？那天我想，沈阳到底有多少人，有多少自行车？美帝苏修打进来，光骑自行车都能把他们轧死。那儿每天四五点钟，人陆续撤了，所有的土地都留下了大小脚印，残破的花枝和雪糕纸触目皆是，小草只能等待明年再发芽了。这个重工业基地如此缺少绿地花草，它是个超大型的车间，装满了工人与设备。政府从来没考虑过工人还需要绿地，需要人工湖和花。工人嘛，倒也不觉得需要，这辈子就这样了。但他们觉得他们的孩子需要，都领到北陵来了。

如今沈阳的绿地多了一点点（统计数字的绿地面积在郊外），减少了北陵的压力。某位省长取缔了陵内的商贩和马戏团，现在里边宽敞也干净了。

北陵后面有大片的两百岁以上的红皮落叶松，高大轩昂，脚下的落叶也应有二百多年了，但厚度正常。在这里走一走，如赴古代，吟诵汉唐诗词均无不可。转一圈儿，一个小时出不来。想，沈阳六十年中能保留这么一片复古松林殊不易，不知有多少机构霸占未果，感谢皇太极贤伉俪上大人。

早上到北陵，不得不承认这里就是人间乐园，每个人都在这里乐。跳舞分十几个场，拉丁最可观。男的紧身裤，女的露背装，岁数不大，四五十岁。他们在放荡的南美乐曲中昂首进退，闪展奔突，身上的小病小灾抖一抖就没了。湖边打太极拳的各有山头，谁也不服谁。阵容最大的竖立一面红旗，写道："太极拳好——邓小平"。估计不是小平专门给这帮人题的字，但他们认为是。旗下拳手过百，领拳师傅胡须比沈钧儒漂亮，松肩沉肘，架子稳。

北陵里面有大道，道旁接近石兽前的空场是晨练的秧歌场。扭秧歌通常一人跟一人后面舞扇挥绸，形成一条线连成的圆。这里人多，变成五六排、十几排队伍一起扭，归成圆。那片空场，七八个圆阵在移动、变幻，无一寸空地。也就说，黑压压的老年人在扭秧歌,各自听得清自己阵营的乐曲和锣鼓点。把这阵式叫作波浪、战阵均贴切,搬到天安门广场建国庆典上扭一扭都不给国家丢脸。秧歌语汇先天轻佻,小碎步、眼神、动作招摇,但气势磅礴地扭过来,就成了古斯巴达人的冲锋队,抒发的全是产业工人的正气。这些人老了。东北人个头高,配上白发和关节僵硬的步态,感到工人身上藏着一辈子的力气。

北陵晨练人的玩法多不胜数。练武术的人诡秘,在僻静地方比画,像偷着搬运东西。有人无端地抱树,脸(男左脸女右脸)贴树上,抱一小时。踢毽人矫健,男女合伙,口出呐喊。打羽毛球的人一般不知自己练啥,才进园,拿着球拍东张西望。拿拖布水笔在水泥地上写大字的人写毛泽东诗词和小学课本的古诗。拿这种笔写普希金和阿赫玛托娃的诗似乎不像话,写但丁的诗几乎就成了反动标语。跳大绳的也是人山人海,靠边两人手摇一根或两根粗麻绳,人排着队鱼贯钻入钻出。我见过一人跳两根绳,左闪右挪,秋毫无犯。退出绳,他原来是个瘸子。瘸子,绳却跳得这么利索。如果上帝关上一扇门,一定会打开一根绳。

我在陵后看过一位捉蝴蝶的小伙子,至今记得。陵后人少,灌木的白花、黄花初夏全开了。一个小伙子手举抄网来回跑。他的眼睛看着天空,看一般人根本看不到的特殊种类的蝴蝶。他东跑几步,西跑几步,停脚,往上看。他的心思全在蝴蝶或者说天空上。那天,这个小伙子一只蝴蝶也没捕到。但我觉得这种活动方式很好,对颈椎尤其好。与他交谈,知道小伙子是夜班烧锅炉的。他对自己的工作特满意,可在白天捕蝴蝶制标本。他说话声音小。如果蝴蝶会说话,声音也大不了。我后来找他,几次都没见到。

陵后还有一个乐事——赏松鼠。几百棵古松之间,有一群松鼠。老头、老太太早上揣花生米喂松鼠。它们双手捧花生米吃,很郑重。

松鼠跑起来见不到身子,只见尾巴跑。它们有一绝技,头朝下从几十米高的树上跑下来。我觉得此事值得物理学家考量。按重力定律,松鼠从树上往下跑,应该跑不了几步就掉下,它怎么能跑到底呢?它的速度超过了自由落地的加速度?松鼠故意气牛顿?一切皆有可能。

北陵的雄浑、阔大、隐秘,永远无法尽知。这里有人民的绿,是健身者的天堂。

大地吹过锦缎的风

被故乡风景淹没

这些天,我常在梦中与故乡景物相逢。才入睡,一大片风景汹涌而至,遂惊醒。索性不睡了,在枕边怀想冲入我脑海的场景:鄂伦春林区人家的松木栅栏上留着被雨水冲刷过的粉笔字:卖蘑菇;黄河流入巴彦淖尔总干渠里依然是一条大河;呼和浩特大召寺三个小喇嘛用蓝哈达擦拭金灿灿的酥油灯铜碗;蒙古百灵在乌兰察布草原干燥的风里翻飞啼鸣。

九月份,我从东到西穿越了故乡七个盟市,行车两千多公里,到达了原来只在地图上看到的地方,感叹辽阔北疆,大美内蒙。

野鸽子站在屋脊检阅我们

临行前,我媳妇说:"如果你路过乌兰敖都,去看看我们家住过的老房子，村东第一家。"四十五年前，我岳父带领一家人下放于此，这里是毛泽东批示过的全国第一个牧业合作社。

翁牛特旗乌兰敖都嘎查（村）地处八百里瀚海。我媳妇小时候上学要走十几里沙漠，晚上放学回家看见流沙把后房身吞没了，她索性登沙丘上房顶玩一会儿再回屋。二〇〇八年，我们俩探访乌兰敖都，印象深的不是沙漠，而是下车的一个场景：车停下，我媳妇走向路边一位戴解放帽、衣服挂着箱子底压的衣褶的蒙古族妇女。她走近站住脚，身体在颤抖。过几秒，她们俩同时喊出对方的名字："陈虹！""来小！"扑过去紧抱，一并放声大哭。哭声毕，她们羞涩地、笑嘻嘻地打量对方。她和来小是少年的朋友，三十多年前一起在沙丘上驰骋。但来小那时当上劳动模范了，十九岁上北京出席过九大，是牧民代表。我岳父当时担任公社书记。我们尊重地看她俩哭与笑，羡慕她们感情充沛而且节奏统一。来小拉着我媳妇的手儿从村东走到村西，我媳妇表情茫然，嘴里说："不一样了，全都不一样了。"说了二十多遍。我提示她换换词汇，她根本听不进去。乌兰敖都已经不是沙海里的几间破房子，绿树成行，草场青翠。

这回我看到的乌兰敖都，如同城里的小区。村里蓝顶白墙的大瓦房前后成排，院子砌红砖花墙。原来的石头水井和大柳树的地方开辟成彩砖铺地的文化广场，村巷覆盖水泥路面，路边花池子摇曳着半人高的格桑花。牧民的脸上带着适合用油画表现的浑穆的气质。他们看上去不那么紧张疲惫了，神色安适。过去媒体常说到农牧民收入提高多少，如果加上一项村庄美化，就会在他们的脸上看到安适的神色。安适是人心深处的表情。一群白胸脯、黑翅膀的野鸽子从树荫飞出，站立屋脊。它们互相打量，好像检查谁站得不齐，然后瞪着滴溜溜的眼睛检阅我们。村东头走过来几位蒙古族妇女，整洁的街道衬出她们衣裙艳丽。我忽悟城里人穿衣漂亮的原因之一也是有街道、树木、楼宇作为背景。人穿的是衣服,穿的也是环境。

我去村东看老房子,女主人出来迎接我。她叫巴里香,面庞像镶嵌着花生仁和葡萄干的黑麦面包,眼睛、嘴或许连脖子都在笑。她虽然笑,手里却拎着一个房本。我说:"我不是来要房子的,我岳父是政府人,没有宅基地。"巴里香放心了,领我走进她家院子。她家原来的危房翻建成五间大瓦房,大玻璃窗堪比教室。我拍完照片,送她一个大字:"好!"又附到她耳边说:"钓鱼岛是我们的,宅基地和房子是你们的。"她摆手笑,说:"钓鱼岛我就不要了。"我说:"您倒挺大方。"

村庄像被街灯包裹的橘子

童年读过郭沫若的《天上的街市》——"远远的街灯明了,好像闪着无数的明星。天上的明星现了,好像点着无数的街灯。"这首诗一直留在我的脑海里,我尤喜爱街灯在暮色里明亮的一瞬,仿佛暮色睡去,街灯猛地醒来。夜晚进入一座城市,见到了延伸到远方的街灯才觉得进了城。

我这回去过的村庄,广而言之内蒙古现今完成"十个全覆盖"的八千多个行政村,都架设了太阳能街灯。村庄里亮起街灯,是说它挣脱了夜色的捆绑,跟着光明一起奔跑。我们来到扎鲁特旗北部的图布信嘎查(村)时,雨停了,躲在草叶里的水珠在夕阳里大胆地发光,这个村是蒙古四胡说书大师琶杰的故乡。村里的街巷按交叉小径规划,白杨树掩映着牧民们的屋舍,低矮的院墙外边砌着花池,花朵成了保护院墙的彩衣卫兵。说话间街灯亮了,这些灯低头观看路边的大丽花,还有牧户各家"羊"字变形的镂空黄门。站在公路上回望,村子像被街灯包裹的玲珑的橘子,卧在起伏的山地草原上，牧民们正在橘子里喝酒看电视呢。雨后的扎鲁特之夜，草地黑了。从这边看过去，山坳之间却有一片扇形的天空亮着，中间一段小而圆的彩虹，让人赞叹。

在开鲁县王家店村，我见到一位老太太在街灯下推着婴儿车走，不禁一愣。过去尘土飞扬的北方村庄里没见过谁推着婴儿车走，农民不是买不起婴儿车，也不是没婴儿；村庄坑坑洼洼，雨后泥泞，婴儿车往哪儿推呢？鄂伦春自治旗一位村主任说："我们这地方没媳妇行，没靴子不行。"他在说笑话，也说人急眼了，路比媳妇还重要。如今村巷硬化，农村牧区终于完成了一件大事，老百姓都高兴。在巴林左旗一个村子，一帮妇女们坐在水泥路面上聊天，东北叫唠嗑。我问："咋坐这儿啦？"她们说："这儿多干净啊，唠嗑还能守家望院。"她们由稀罕自个儿的家，发展到稀罕整个村庄。

内蒙古自治区有一万一千五百多个行政村，现今已有八千多个行政村完成了街巷硬化、安全饮用水、危房改造、设立卫生室以及文化图书室、超市、学校、幼儿园修缮，社保低保，通电及广播电视信号的全覆盖。城乡差距正在一点点缩小，农民在自己村庄的文化广场上跳舞，在卫生室看病，在文化室读书打牌，在路灯下溜达，他们的笑容在说城乡之间并没有不可逾越的鸿沟，时代推着他们走出了一大步。科右中旗一位牧民把我领到他家水缸前，拧开水龙头说："我家的自来水二十四小时不间断啊，这是一百多米深的地下水。"他盯着我，看我是否像他一样惊奇。我知道，如果我不惊奇，就对他过去吃辘辘摇上来的苦井水不同情。然而我的惊奇何止于路灯与自来水，内蒙古大地从东到西，运输砂石料的载重汽车在公路上川流不息，数不清的人们在村庄里弯腰砌砖、抹灰、栽树、打井，秋风把奖章般的黄叶吹到他们的身旁。

吹麦子的风吹过我的胸膛

在呼伦贝尔，我见到了像草原一样辽阔的麦地。麦子铺展到天边时，你觉得它们正越过地平线，翻滚到地球的另一面。如楼房般高大的联合收割机停在麦地尽头，竟只有甲虫大小，一共两台。这是在额尔古纳市的上库力。如果我是这里的乡镇书记，我会天天到麦地视察，敞开衣襟，扶腰，让吹过麦子的风吹在我的胸膛上，吹上一个月，身上比面包还香。我们走过莫力达瓦达斡尔族自治旗。莫力达瓦是达斡尔语，意为"只有骑马才能越过的山岗"。而我们开车也越过了兴安岭，到达鄂伦春自治旗。兴安，满语里的意思是小山丘，蒙古语的意思是大石头，汉语引申为兴盛安康。"兴安"这个地名跟神木、福鼎、仙游一样，都是中国好地名。林区行车，视野里满是松树和白桦树。采蘑菇的人们九月份已经穿上了羽绒服，挎着小筐嗖嗖走。他们脚踩着金黄的落叶松的松针找蘑菇，松鼠爬上树顶为他们放哨。看车窗外的樟子松看久了，觉得它们是密密叠叠的城墙，而巍峨的深绿城堡还在更远的远方。车开了几个小时，松树从两旁跑过却永远跑不完。你感觉自己出了幻觉，觉得这像是电脑游戏。然而它们全是松树，斑驳笔直，这里是莽莽苍苍的大兴安岭。

在拉布大林镇的宾馆大堂，我见到两个人在聊天。年轻人："哎呀！大哥，昨晚喝了多少？"中年人伸出一根手指。年轻人："一杯？"中年人摇头。年轻人："一壶？"中年人接着摇头。年轻人："一瓶？"中年人还摇头，手指屹立不动。年轻人惊讶："大哥，你到底喝了多少啊？"中年人开口，镇定地说："一直喝。"

我想起了我堂兄朝克巴特尔。这次去科左后旗的胡四台嘎查

（村），我们一起在村里餐馆吃饭。朝克巴特尔和堂嫂灯笼，堂姐阿拉它和堂姐夫满特嘎四人并排坐一起，全用右手握着白酒杯，宁静地看我们。我们——我和我同行的朋友——提酒时，他们四人一律把右手的白酒一饮而尽，手接着放桌子上，手里的玻璃杯再次倒满白酒。他们不言语，对酒也没反应。我后来明白，他们在用看牛羊的眼神看我们，无须说话。朝克巴特尔每天步行五十里放三十只羊，满特嘎每天骑马八十里放二十头牛。在草原上，他们自个儿跟自个儿喝酒，没咋跟别人喝过酒，也不会在酒桌上跟人说话。然而酒就是话，酒钻进他们的肚子里跟他们窃窃私语。喝到后面，他们四人全都喜笑颜开，酒把他们逗乐了。

晚上，我和朝克巴特尔睡一铺炕。他光着上身坐着，瞪着兔子般的红眼睛问我："政府咋啦？"没等我回答，他接着说，"政府给我们村铺路打井、翻建危房，全旗和全通辽市都这么弄了。政府咋啦？他们以后会不会向我们收钱呢？"我说："不会。全内蒙都这么弄呢，咋收钱？"朝克巴特尔警惕地想了半天，慢慢地咧嘴乐了，倒头睡去。

呼伦贝尔人的酒量好像比较大，他们更喜欢讲酒的笑话。这里冬季漫长，有的地方一年只有三个月的无霜期。修路人遇到沼泽地，要掏干一米多的淤泥。如果在永冻层修路，先拿电锤把永冻土凿碎，从远方拉来砾石河沙填充到沼泽地和永冻层里面当路基。这里的每一寸路都弥足珍贵。在呼伦贝尔修路的工人们，冷了、累了就喝点酒热身，再讲一讲酒的笑话逗乐。

巴彦淖尔

巴彦淖尔，在蒙古语里的意思是富裕的湖泊。我问："这里有叫巴彦淖尔的湖吗？"当地朋友说："我们这里有河套。黄河百害，唯富一套,说的就是巴彦淖尔。我们有最好的面粉和葵花籽……"

他像没人管的录音机一样滔滔不绝地介绍自己的家乡。我早知巴彦淖尔的盛名,比面粉、爬山调、甜瓜更有名的是这里的黄河改造工程。黄河水利博物馆收藏了当地出土的自仰韶文化至今的各类文物,尤以水利文物为珍贵。我在博物馆的一幅照片前注视良久。照片上约有百人用粗麻绳合拉一个哨棒。几十米宽的草编帘子里面裹上土,一层一层卷起来就叫哨棒,用于大坝合龙。过去没有吊车,没有混凝土固件,哨棒是中流砥柱。画面上的哨棒即将被拉上大坝,有人站在哨棒上喊号子,有人焦急等待,大多数人憋着劲儿拉滚动的哨棒。照片拍摄于一九五二年,我惊叹解放初期的农民竟然有这么精壮。他们头系羊肚白手巾,身穿土布露膊白短褂,正发出我们听不到的惊天动地的呼喊。他们双腿如同扎进了土里,后背宽阔结实。他们仿佛正把黄河拉进了自己的怀里,让它灌溉良田,产出"最好的面粉和葵花籽"。

流经总干渠和分干渠的黄河水,不仅哺育了庄稼,也美化了村庄。干渠里清澈的黄河水从临河区万丰村边流过,水面宽阔,垂柳依依,城里人每年来这个村举办龙舟赛。黄河水利博物馆里有汉唐陶俑、明清农具,还展览着李贵穿过的一身中山装。李贵是谁?资料显示,李贵一九三九年在陕北公学入学,离休前担任中央统战部副部长。在老百姓眼里,李贵是个治河模范。他担任巴彦淖尔盟委书记期间,带领全盟老百姓引入黄河水治理盐碱地,造出千顷良田。博物馆展出多幅李贵挑筐担土的照片,他是工地总指挥。

秋风至,公路两旁高大的白杨树黄绿相间。逆光的黄叶越发稀疏,遮不住从树林里飞过的喜鹊的身影。白杨树下,玉米如一片等待渡河的人群。它们的叶片稠密繁复,像手里拿着数不清的东西。白金色泽的玉米站满大地,干透的叶子夺走了所有的秋声。

乌梁素海的海子

乌梁素海的蒙古语含义为红柳湖，水域面积二百九十平方公里，湿地面积三百七十平方公里，好大。这座湖通过蒸腾作用每年向大气补水三亿立方米。如果没有乌梁素海，乌拉山与狼山之间会因为缺少水源涵养而形成新的沙尘暴发源地。

我们开船进湖，船工把湖叫大海、小海。小海长着无边的蒲苇，把水面分割成大大小小的水城，其中有行船的巷道。大海子则一望无际，说这是太湖也有人信。船在苇子的城墙下边走，苇子里似乎藏着无数座隐秘村庄。枯干的苇子漂在大海子上，远看似一片黄色的陆地，上面白点密布，近看全是鸟。白鹭的飞行最为优雅，它不紧不慢，白翎如扇，收紧笔直的、像设备一样的细腿，好像这里不是巴彦淖尔，而是巴黎。几百只白鹭在蓝天盘旋时，天上如有祥瑞气象。比白鹭小的白鸟是鸥鹬，在水面上拖泥带水的黑鸟是鸬，当地人管它们叫红眼。船工说，鸟妈妈正带着小鸟训练呢。小鸟出徒后，随妈妈飞到鄱阳湖过冬。天空蓝得正好，配上苍鹭和白鹭的身影也正好。让远处呆呆的云朵羡慕。乌梁素海的鸟儿真多，好像比苇子还多。我在湖上转了两个小时，尽抬头看鸟了，记不起湖的模样。鸟多的时候，在我们头顶编成一个网，从空中抛起来，然后被一只无形的手收到了东边或西边，所有的小鸟变成了小点，最后没了。拜拜！咱们鄱阳湖见。乌梁素海，你为什么不叫鸟海呢？我特想告诉各地的小鸟，夏天你们飞到乌拉特前旗吧（不是后旗），海子特大，鱼多得是，还有苇子，快去吧！我们上岸，开车走了四五里地，见到一只细长的白鸥鹬像暖瓶似的蹲在草地上，司机说："这家伙吃鱼吃恶心了，上这儿吃草籽养养生。"

像天一样美丽的地

在我的心目中，阿拉善盟有金黄的、曲线柔美的沙丘，有泉水和绿洲，有高大隐忍的骆驼，还有来自新疆的卫拉特蒙古族人。我进入阿拉善，第一眼看到的是贺兰山，它有说不出的雄峻，如奔马腾空而来，远方则是它卷起的烟尘。

有人说，贺兰山和阿拉善同音，属于十三世纪蒙古语的发音，意为"骏马"。而当地的蒙古族人认为，阿拉善是古老的突厥语，意为"像天一样美丽的地"。

"像天一样美丽的地"——我一直揣摩这句话的意味。什么样的地像天一样美丽？那是阿拉善。它的沙漠如天空一般辽远，有骆驼，有湖泊与绿洲，像天空上有云朵的岛屿和星星月亮。阿拉善有一个"斑点湖"，又叫月亮湖。我问过湖名的来历。月光下，几十个水泡子在沙漠里闪烁，用蒙古语说，就是"斑斑点点的湖"。星星在夜空上不也斑斑点点吗？这就是"像天一样美丽的地"。我们穿越腾格里沙漠，到达通古淖尔。脚下的沙子颗粒金黄，用手往里掏两下，摸到了湿乎乎的沙子，沙丘的高处和低处都是这样。沙漠里面藏着水，这是沙漠留给自己的水。没这些水，它早被刮跑或晒成戈壁了。牧民陶都告诉我，外人看上去一模一样的沙丘都有自己的名字。他用手指给我看："那是骆驼妈妈山，那是骆驼孩子山。"这些童话般的山名，从祖辈流传至今。陶都的房子四周起伏着一样的沙漠，这里仿佛没有时代，好像也没有时间。我问他为什么不搬进城里住？他说他进城走不了路。陶都从小在柔软的沙子上走惯了，进城走路脚疼。他说他喜欢沙子，我问沙子哪样好，他说："沙子嘛，就是好！"

午饭时间，一伙越野客来到陶都开的牧家乐吃饭。他们的喧哗和消费给陶都带来了欣喜。

额济纳旗马鬃山苏木（乡）是内蒙古最后一个不通乡路的苏木。这个苏木住着二十八户牧民，蓄养着两千峰骆驼和三千多只山羊。牧民居住点相距几十公里，大部分人终身没离开过村庄。去年六月，全长八十九公里的马鬃山通乡公路开工。修路人白天顶着酷暑施工，夜晚睡在沙漠半地窨子里，上面蒙帐篷，否则半夜太冷。如果来了沙尘暴，不一会儿就把车牌子打成白板，数码全没了。他们怕迷路，手机没信号，如果迷了路就成木乃伊了。他们常看到海市蜃楼的幻景，此景看多了让人绝望，诱发眩晕和呕吐。这个地方属于无水区，半径六十公里内找不到水。在牧民导引下找到的浑水，只能施工，不能喝。饮用水要到一百二十公里外的地方调运。修路工一天出好几身汗，但四个月的工期内没人洗过澡，洗不起。二〇一四年十月十六日，公路竣工。通车那天，修路人没敲锣没打鼓，全都低头哭了。牧民们本来挺高兴，看他们哭成这样，也跟着哭了。路是啥呀？是真金白银，也是血水、汗水和泪水。过去，马鬃山的人骑骆驼到旗里要走一个月，现在开车半天多就到了。

阳光如金蛇一般爬上曼德拉山

我们凌晨三点钟出发，去看曼德拉山的日出。月亮照在起伏的沙丘上，仿佛是白茫茫的大海。抵达曼德拉山下，晨曦正好照在黝黑的山体上，远看金红。阳光在巴丹吉林沙漠上行走，如金蛇一般爬上曼德拉山，整座山越来越亮，如同上升。我忽然明白曼德拉在蒙古语中"升起来"的含义，所状正是此景。

曼德拉山岩画是世界岩画宝库之一，四千多幅岩画上磨刻着人类狩猎、舞蹈和动物的图案。小鹿和山羊们拥挤蹦跳，头顶上有星辰甚至有一条河。先人做这些画的时候，心里有着儿童般的喜悦。这些画的作者属于党项、鲜卑、匈奴、突厥、西夏和蒙古，跟他们比，我们的心显得苍老了。想到这儿，眼泪不期然流下。陪同的朋友说："席慕蓉看到这里也哭了。"我只好笑着回答："我不是为了模仿她才流泪的，我的泪水跑出来是想摸摸这些画。"

站在山岗远眺，柔美起伏的沙漠笼着一层晨曦的金黄纱巾。它们仿佛是海，等待着白帆的船只驶过。而远处那些白云，像即将进入港口的船，正缓缓朝这边飘过来。

乡 居

在门前拴一匹马，是何等气派。而这在乡间才会成为可能。

白马伫立门前，阳光洒在身上，好像在揣摩一天的农事。黎明，家里人把门打开，传出许多喧哗，炊烟、吆喝、柴草在锅下的毕剥，如此正规地揭开一天的序幕。

在胡四台九月的早晨，我的堂兄拎来一桶清亮的井水饮马。他用刷子耐心地刷着白马的脖颈和臀部。马的筋肉在皮下舒服地弹跳。我嫂子打开鸭栏，鸭子像网中的银鱼一样飞泻入塘。猫蹲在窗台，默不作声地看着这一切。

这时，孩子们在门前次第出现。他们踉跄、懒散，揉着眼睛，刚刚醒来就互相指责。摇着尾巴的狗，急匆匆地进屋并跑出来。

一个乡间的家展示的活力让人羡慕。就是说，当人的身影在动物们中间交错闪映时，才觉出家的丰足。所谓人丁兴旺并非是一张挨一张的人的面孔，还有动物——也是家的成员，还有树木和天气。

堂兄拎着钉着铜钉的鞍鞯走过来时，白马竖起耳朵，它的眼神俊美，睫毛遮映着亮晶晶的眸子。风吹过，钻天杨哗然细语，露出绿叶背面的浅灰。而窗下骤起尖叫,这是我嫂子抓住一个孩子为他洗脸。这尖叫仿佛受到了屠杀。

孩子被洗净手脸,反而变得怯生生的,茫然注视着母鸡啄食。瘫痪的大伯颤抖的低音从后屋传出——

"酒啊,我要酒……"

在这样的早晨,喧哗很快转移到餐桌上。在炒米、茶、玉米饼子、酸奶和粥之上,笼罩一片"稀哩嗯噜"震天的吃饭声,争吵又在孩子们中间发生。饭后,男人到草场去,女人收拾碗筷并打孩子,阳光已经斜着照在墙上装满合影小照片的镜框上面。

我看到这些,看到堂兄骑在马上走远,看到嫂子扬玉米粒的手在空中松开,鸭群优美地攒集岸边的时候,感到创一个家多么艰辛,又多么诗意,满足感从四外包围过来。难怪我大伯即使在早上也以低沉的喉音呼叫:

"酒啊,我要酒……"

在乡间,家的概念被融化在草木牛羊之间,丰饶无尽。

行走的风景

草原上的风景并不会行走,即使秋空的云朵也不易流散——孤悬于海子一样湛蓝的天幕,远远地羞涩地打量我们这些闯入者。云的样子一如牧区的孩子。听到吉普车的马达声,这些孩子像羊粪蛋似的滚出来,三五成群地聚在一起。他们远远地观察着外来人,眼睛眨也不眨,用牙咬着衣襟。

在草原上,行走的是我们乘坐的吉普车和面包车。草原上的山形水势,造就得浑然大气。眼前的一座山,在草色的金黄中漫漫矗立起来,可以驱策坐骑一口气跑上山顶。这样的山自然不崎岖,也不勉强。草原上的景物无一样在眼里看着勉强。河流像一条镀银的鞭子曲折而来,草地在秋风中苍茫而去。所谓山——其实是丘陵,只在草地的背景下起伏而已。若在黄昏,天空将暮色像铁锅一样罩在草原上。在弧圆的天边,如有火烧云,地平线上便翻腾熔流金汁。如宁静无云,天幕则一派澄蓝,浮几粒金星,天地之交是白茫茫的光带。

在草原俯仰天地,很容易理解生活在这里的人为什么信神,为什么敬畏天地。人在此处是渺小的。在暮色中,你若发现一个牧归的人在行走,那个移动的剪影,无异于一棵树、一头不关四季变化的狼或狗，或如帕斯卡尔较体面的说法——人是一棵会思想的苇草。站在草原，会感到这里的主人绝不是人，而是众生。你能够理解，蒙古人赶着羊群漫游，人与羊那样和谐，已然融为一体。在天地威重的注视下，人仿佛不敢凌驾于其他生灵之上。外边的人还会发现，居于草原深处的蒙古人为什么谦逊，即使高龄的老人也很卑微。在他漫长的一生中，骨子里浸透了天的辽远和地的壮阔，他只能缩紧筋骨劳作，仰仗天地活下去。最好的人生姿态莫过于谦逊，你如果仰面躺在草地上，咬着一根草茎痴望高天，这时有人走来向你皱眉瞪眼，宣布指示或发脾气，你会觉得他的举动古怪、可笑以至于软弱。这里只能顺应天地，而无法在天地的睽视之下树立所谓人的权威。因此，在草原上无法开展"文化大革命"，因为人的力量过于单薄，缺乏天安门广场那种人头攒动，也没办法群情激奋了。克什克腾草原，任何一个嘎查（生产队）的草场都比天安门广场辽阔。在牧人的眼里，朝岚暮霭，流年丰歉，山高水低，人事悲欢，必由一只比人的手更有力的手、比人的脑更深远的脑在安排。

　　有关神的事迹或心迹，蒙古人并不热心追问。不像在实证主义影响下的西方人到处探听挪亚方舟在哪里，耶稣是不是真的复活了。蒙古人目睹了眼前的秩序，以为是大道，便默不作声了。这种顺应，使他们的人生观更近于老子的哲学。草原的景物，熔铸了蒙古人浑和自然的个性，蒙古人也给草原的天廓地辐贯注了懒散厚重的心思。可以说，江南园林全由勉强而来，炫耀着人的机巧，因而那里精明的人们常常恨自己不够精明。精明的结果是更多的钱或名。在草原，钱只是天地手指缝漏下的微不足道的副产品。老天爷垂爱施舍些雨水，草儿长起来，牛羊肥了，牧人就有好日子过。

摇 篮

在内蒙古牧区，家家顶棚下面系着一个摇篮。有的摇篮用了好几代。想到壮硕如熊的男主人曾在其中酣睡，想笑。然而，得知颤巍巍的老者也是摇篮的主人时，便要生出敬意。

和"摇篮"同样发出悠远意味的另一个词是"襁褓"，它是包裹婴儿的被子，是诞生者光鲜的皮肤第一次接触到的布。然而"襁褓"很少被保存下来作为纪念，更不会像摇篮这样诗意地吊到棚顶。

如果一个成年人能够不时地看到摇篮——降生于世的最初的领地，会感到"成长"一词里托举着多么深远的含义。在牧区，有的人家孩子大了，摇篮里装着一些平日不用的什物。一次，我在亲戚家的摇篮里看到了一本蒙古文的《红旗》杂志。

人的一生，想找到一个阶段式的象征不太容易。现代人惯常的纪念方式是照片，但照片仍是一种媒介，而并非事物本身。那些在生的道路上的伴随物，大多随风而逝。有时候，当人想检视走过的路时，不免茫然，因为手里找不到可以把握的历史。而历史对一个普通人来说，大多只是一条红领巾，一截铅笔，一只球拍或其他的什么。

那么，一个家庭里没有比拥有一只摇篮更令人倾心的物品了。如果一只摇篮中躺过祖孙三代人，此物已近神圣了。如果以摇篮为题作诗，第一句多半是：

"当我还是个孩子的时候……"

如果把摇篮比作一个桥，这一边是孩子，那一边则是母亲。母亲的手一直在摇篮上摇啊摇。摇篮内外是孩子的笑脸和母亲的眼睛。它又与音乐相连。无论是舒曼或印尼巴厘岛的民歌，都是音乐史上的珍宝。它们的风格，无例外地弥漫着静谧的柔情。这是母亲传给孩子的第一个信息：

这世界原本是安宁的。

如同众生原本是娇嫩的婴儿，摇篮原本是青青的柳条。

珊 瑚

　　珊瑚的红不通向桃花的渡口，不偏心于牡丹。对我来说，走进珊瑚的红里，会走进蒙古高原，就像红茶的红通往科尔沁。

　　珊瑚那种说不出来的红让人喜欢，人喜欢它说不出来的色阶。说它浅红吧？它比谁浅？不是比胭脂浅，跟胭脂没关系。当然也不能说比红浅，它就是红。它是珊瑚的浅红。鲜红的珊瑚属于深红。深不深不是跟红比，比不出来的，这是深水的深，从这一边看不到那一边的深。珊瑚之深红如一滴血的深与红，纯净的血深不见底，血的红在红里面最为中正。

　　珊瑚坐在白银的摇篮里变成一枚戒指。人的手指开发了一朵有银子的花。植物的花朵美固美，可惜花朵上没镶白银的边款。我觉得生活里面的白银太少了，我觉得白银不是金属，它是硬朗的花，应该开遍我们的手足衣衫。银扣子多美，它缀在衣服上。银泡钉多美，钉在马鞍上。银戒指戴在人手上，手被赋予沉静的美。半夜醒来，我曾经想银子现在干啥呢？戒指、手镯、包银边的木碗，它们干啥呢？不必点灯，我已猜出银子在黑夜里微笑，在手指、手腕或者喝茶的木碗上露出乡村儿童的微笑，银子根本不睡觉，它们精力充沛，日夜睁眼待着，白而亮。

银子跟谁最好？不用问，银子跟珊瑚最好。不知是谁最早把银子和珊瑚交集一体，这个人了不起，懂得造物的秘密。我老家的汉人管珊瑚叫"山虎子"，挺亲呢。我觉得珊瑚可能真是山虎子。矿物质里面也分飞禽走兽。绿松石像小翠鸟，琥珀像猞猁，孔雀石就是孔雀，而珊瑚竟然是虎，是这样吗？有可能。它是一只红虎，像一团火苗在石头里窜跑，它的前额有"王"字，尾巴也很厉害，啪！啪！树干被扫断。只是，所有矿物的走兽飞禽在岩石被开采粉碎提炼之时中了定身法，动不了了。这没什么奇怪，人经过此生进入彼岸后也动不了了。变成了什么，我说不清楚。

珊瑚见到了银子情投意合，如果它们不合，人把戒指戴在手上怎么能吉祥呢？我看到白银镶嵌的珊瑚戒指，觉得它们俩正用人耳听不到的波长唱蒙古歌呢。珊瑚（女）唱道："赶上流水似的马群呀，脸上照着初升的阳光，日轮花随风飘来芳香。羊群在远处涌动，像浮云抱住了山梁。多美呀，这就是我的家乡。"白银（男）唱第二段："清清的河水那么明亮，像银带子飘向远方。想念我的达古拉啊，她的情谊比流水还长。草原上所有心灵手巧的姑娘，没一个比她更强。"

白银唱的"达古拉"正是珊瑚。达古拉是女孩名字，意思是"领着"，暗指领来一个弟弟。牧区的珊瑚有许多蒙古名字——达古拉、山丹、纳仁花等。白银也有蒙古名字——孟根巴雅尔、恩克哈达等。这首歌叫《山的褐色的影子》。在绿的没有边际的草原上，山的影子像山的褐色的披风。一座连一座的山蹲在天边，像准备起飞的鹰。

白银包住了手指，如河水包住了草原。银子想包住草原的一切，怕美好的一切在某一天消失。银子包住老汉的烟袋锅，银簪包住女人的头发，银碗包住飘荡蓝火苗的酒水。银子最想包住并抱住的东西是珊瑚。银子无数次问珊瑚你从哪里来的？珊瑚不答话，说出来，银子也不懂珊瑚的方言。

　　珊瑚的话语属于大海语系，大约属于青藏高原语族，蒙古高原语支。鄂尔多斯人把"浑"读作"昆"，这是十三世纪的读音。珊瑚保留的单词比这更早，它们把"西伯利亚"读作"鲜卑利亚"，把"额尔古纳"读为"多尔衮"。珊瑚的语言华丽典雅，像树上的山丁子。

　　珊瑚是一个湖，比鹰的眼睛还要小，湖水结成了冰，在白银里打坐。珊瑚像飞来的红甲虫，落在女人的头发上，编成串，把女人的脸庞变成了一个珠宝箱。珊瑚是不是远古的蜂蜜结成了化石？世上有红蜜吗？火山爆发之后，蜜化为红色也未可知。珊瑚是谁的眼睛？鸟的眼睛黄色，人与鱼的眼睛黑色，杨树的眼睛灰色，铜的眼睛绿里带黑。珊瑚是地下黑石和黑水的眼睛，能过滤掉天空的蓝色，看得懂远古的壁画，它是山的眼睛。我每次看一眼手上的戒指，珊瑚就跟我笑一下。我带它走在风里，伸手把它摊在雨水下，让珊瑚在白雪里待一会儿，戴着它走到山顶上迎接风。珊瑚不增加也不减少红，珊瑚在白银里享尽富贵荣华，越来越爱笑。

夏季从阿龙山开始

一位在卢旺达做过"赤脚艺术家"的美国作家泰丽·威廉斯在她的书《沙漠四重奏》中说:"风,说出这个字,就有一小股微风从你嘴边送出。对着一根点燃的火柴说出这个字,火焰就会熄灭。"

今年夏天,在呼伦贝尔草原上,我天天遇到风的拥抱。我什么也没说,风已经把我的头发捋到后边。到草原,你迎接的是无边的绿色,迎接你的是风。当绿色满目,我们忘了透明的风。风拂过你的耳垂,翻你的口袋,把女人的裙子变成长裤的样式。清晨的风湿润文静,是吹排箫一般轻轻的气息,风里有一些白雾。傍晚的风如同散步的人,像水从高地流入一个宽阔的池子,向四面八方散去。草原的夏季风不生硬,不冲撞门窗。它们像歌声一样韵律整齐,风中带着太多的树的、草的、河流的体香,因而不粗暴。城里的风——夏季常常没有风——会突然冲进屋里,门窗叮咣,强盗也不过如此,或者像贼,偷偷地溜进来。城里的风没有衣裳,没有树与河流的生命气息,它们是被工业化激怒的发脾气的人。

我在草原的风里感受流动，感受这些风穿过一万片树叶之后吹到我的前额上，稍作停留，再赴远方，这与生命或时间的生长与流动是一样的。如果有人不知道什么叫时间，让光溜溜的风吹过他的脸和手臂，他就知道刚才路过他皮肤的轻微的抚动就是时间。风走了，它像时间一样永不停留。去了谁也不知晓的地方。世上有那么多椅子，体育场空着数不清的白色台阶，但时间与风从不在上面坐一会儿歇一歇。谁也没见过坐在路边歇息的时间。今年夏季，我常常想起泰丽·威廉斯说的话："风，说出这个字，就有一小股微风从你嘴边送出……"接着，我感到风从四面走过来，它们手拉着手。如果在傍晚，能猜出这些风带着微微的笑容。我曾经划亮一根火柴，对它说：风，声音再大一点；风，看威廉斯的咒语灵不灵。火苗依然袅娜地燃烧着，我用英语说：就像泰丽·威廉斯当年说的——Wind，英语也没管事，因为这是中国风，或者叫从大兴安岭吹过来的呼伦贝尔风。

　　阿龙山是根河市的一个镇，在大兴安岭腹地，镇内有三十万公顷林地。在这里，我没见到阿龙山，但登上了奥克里堆山，山顶有古冰川遗迹。我们去过的地方还有蛙鸣山和鹿鸣山，这两座山均有一块飞石矗立。我对石头长得像什么没兴趣，各地都有一些智障者为当地的石头起名，问游客这石头像不像某某？好像帮助患失忆症的游客恢复关于人间的记忆。我喜爱植被，如果每一棵树、每一株草都是人，我在根河已见过了成千上万的人。他们青翠、干净、洁身自好；他们安于本分，满意于自己安居一隅。在云彩的影子和雨水下面，我觉得草木都发出了笑声。恍惚间，我似乎看到青草与树正发出意味深长的微笑，虽然我找不到他们的面孔。没有面孔的植物用整个身体来笑。风来，草的腰身和叶子前仰后合，好像拔腿去一个地方；又犹疑了，而后再往前走。他们拉着其他草的手，揽着它们的腰，哈哈大笑，笑得前仰后合。我想跟它们一起笑，却怕笑声太突兀。荒野里传出人的"哈哈"的笑声似不妥当。草的笑声是"唰唰"，树的笑声是"飒飒"，"哈哈"显得愚蠢，但人的声带也只能发出这么一种声音，人还没进化到草的程度。

  我在阿龙山的树林里行走。如果说阿龙山一无所有的话，它没有的只是高楼大厦、超市和雾霾。这里盛产树和草，树长在了山上的每一寸土地上。从山顶看过去，只有河流和公路没长叶子，不绿。再往前看，村庄中有一个养狐狸的饲养场，几百个长方形的笼子像棺材一样横置在饲养主面前，其余地方都被树木覆盖。树和树在这里相遇，就像人和人在超市里见面一样，只不过树不推购物车。山上长满原始次生林，由于多年禁伐，这些树形成了森林的样貌。在山上，我见过一棵老死的树，我特别高兴，围着这棵树看。别人奇怪于我的兴奋，我说，我从小看到的树都不幸变成了木头，之后变成家具、房梁、窗框、斧把和马勺把，高雅的存在是琴的音箱。它们是在生长中被伐掉剖解的树，永久性地离开了树根和绿叶。我所看到的另一些排成行、长树叶的树也不过在等待砍伐，就像我看到的羊肉和羊群一样。我看过唯一的老死而不是被砍死的树，是在四川海螺沟风景保护区。在阿龙山看见了第二棵老死的树，我当然高兴，就像我见到一位百岁寿星而高兴一样，不一定他非是我爷爷才高兴。这棵寿星树倒向山下，一部分泡在溪流里。它的直径约有七十厘米粗，已经腐朽了。看这棵树，顶算看到了它肚子的解剖图，最里层的树心已朽掉，树干变得像一条长长的独木舟，树干外层还很坚硬。独木舟可能就是这么来的，一棵老树死后还能变成船，这个能耐为人所莫及。人死后也是内脏先烂，但外壳连个口袋都做不成，人的用处都体现在活着的时候。这棵大树没被抬到河边当船用（太沉），它的树皮结着几钱厚的苔藓，有的苔藓开着针鼻大的小黄花。树的肚子里被风刮进土壤,长出了草和小指粗的新树。树身的蛛网上挂着蜘蛛的膏粱厚味,这是一些昆虫的肥硕尸体,蜘蛛不要吃太胖才好。

在树林里走,从树叶声即知风大风小,但弄不清风从哪个方向吹来。我觉得,所谓风是树叶的教员,它一来,树叶纷纷拿出课本朗读,朗读声连成含混的一片,此起彼伏。你看那树叶在枝上簌簌翻动,分明是书页翻动。树叶读书,读的一定是大自然的诗,像惠特曼的《草叶集》,朴素浩荡。

"哗——哗——"树叶的响声越来越大。我想象树叶们——山杨林、蒙古栎树、白桦树的叶子——一起朗读德博拉·迪吉斯的《美洲梧桐》。这首诗见于这位在大学执教的美国女诗人的诗集《高空秋千》。诗的结尾处写道:"美洲梧桐今晨几乎空无一叶。\ 它们白色的肢体高高矗立于十一月蔚蓝的云霄\ 仿佛它们已被主召回,经过\ 古希腊彩色棺木\ 经过着火的房子,经过漂向岸边的\ 沉船,经过上了锁的\ 门,像下一生的树\ 在这里,沿着这山脚\ 和它们无数的硕大的拂不平的落叶。"

我在心里默念这首诗,树用树声为我伴奏。在无边际的树里,我突然想到一个词:夏天。是的,今天是6月22日,现在是夏天了。对我来说,今年夏天从阿龙山开始。

世界的壁画都是这几种图案

初秋,我站在巴彦汉山往下看,河道、河流和河畔的杨树都像沙盘模型一样。从山顶上看不清河里游的小鱼,就像上帝分不清人和蚂蚁一样。

巴彦汉山的松树和柏树都长在石缝里,不知它们怎么扎下的根。扁扁的柏树叶落下来,干枯后分解成花纹的颗粒,像蚯蚓拉的屎。我饲养过蚯蚓,它们吃土拉土,拉出的土带小花纹。山顶弥漫着松香味,琥珀似的松脂洒在树的鱼鳞皮上。从红铜柱子一般的松树望过去,是山上的白云,云朵好像是埋伏在松树脚下的大蘑菇。

走到悬崖处,人不能往下走了,可松树依然往前走,它们沿着悬崖的峭壁长下去,像挂在石头上。我想,假如有人从身后突然把我推下去,有两种结局。一是我张开双臂,喊道:"啊——"山谷回应无数"啊——",最后的啊还没啊完,我已像牛粪饼一样趴在谷底,在小溪边或什么边。第二种可能就是被松树的胳膊接住,即使上面几棵松树的胳膊没接住,我也会被离地最近的最粗的松树接着。

坏人往悬崖下面推我的时候，我反手抓住他的裤子，无疑，他也要跟我坠下悬崖。在接近松树的一瞬间，我松开手，他和他的裤子到下面玩去吧，拜拜。

我在山顶发现一只蝴蝶，咖啡色的翅膀镶着两只黄眼睛。它对着一块石头跳舞或采蜜，石头上有什么蜜？不懂。我小时候见到蝴蝶就箭一般跑过去捕捉，现在不这样了。这彩蝶好不容易上了山，别把它们吓跑。几十只松鼠跑过来，它们首尾相连跑，我以为遇到了蛇群。跑着，松鼠上树，一眨眼到了树尖。实话说，我并没真切地看见松鼠怎么上树，只看见一根尾巴上树了，后来尾巴又下树了，在石上蓬松直立。松鼠吃什么东西都爱坐下来，双手捧着吃，像报务员拿话筒向后方报告前线战况，它的大尾巴是二战时期的步话机。松鼠的尾巴虽蓬松，拿来做大衣领子还是太小，做掸子更小。把它染黑了粘在眼睛上边，可以冒充冷战时期的苏共总书记列昂尼德·勃列日涅夫。勃列日涅夫的眉毛太浓厚了，似有皮帽子的功效。人说，现在的科学家正研究把一切都变成转基因，那不妨把非洲鹦鹉的基因转到松鼠尾巴上。届时，树上飞蹿红、黄、蓝、绿之蓬松尾巴，我们还看焰火干什么？树林里有一切美景。科学家在转基因时假如剩余一点材料，就给我用上吧，把鹦鹉羽毛基因弄到我的头发上，弄得像花盆一样绚丽。说实话，我太喜欢鹦鹉鲜艳的羽毛了，虽不能生，心向往之，估计转基因完全可以满足人类这个渺小的、无害于他人的美好愿望。

从山上往北看，是贺升格草原。那一片地方草长得高，中间藏着星星点点的湖泊，当地人叫"泡子"。有的泡子只有两三平方米，它不扩大也不缩小，倚着自己的草，拢着自己的小鱼和水中的小虫度日。有的泡子方圆几亩多，天鹅在上面游。这样的草原看多了，你觉得所有的草下面都有水，草只是水塘的伪装物。其实不然，那里土是土水是水,草里边野鸭蛋很多,走路别给"啪叽"喽。

巴彦汉山顶有一座房子。此房不知何人所盖,一尺厚的石板立成四面墙壁,上盖石板,没有门也没有窗。以现代计量单位说,每块石板都有一吨重。谁弄的呢?外星人?我知道你会这样说。有人想进屋里看看,没吊车拆开石板,只好作罢。乐观的人觉得屋子里一定有珍宝,悲观的人说里面是带暗器的墓穴。蒙古人不想知道或揭秘这些事,顺其自然。某一天,石房的消息传到内地后,一定会有人把这五块石板搬开,看里边到底有什么。

里面一切乌有,这是我的判断,它可能是古人开的一个玩笑。论幽默感,现代人远远不及古人。一如论焦虑,古人不及现代人一样。

巴彦汉山腰还有壁画,画人、鹿、太阳和马(我纳闷,全世界各地的壁画为什么都是这几种图案,而且构图、笔触都差不多)。不知壁画用的是什么颜料,这么多年不氧化也不褪色。这些画壁画的古人均可爱,画几笔就走了,满手红颜料和白颜料,画完画跳舞去了。在山上画画比造建筑好得多,在山上建哪管一点点人造的东西——亭、台、阁或狗窝,都和山不搭调。山已经是自然里的建筑物,其上无须再建筑什么。

勃隆克

雨滴钻进沙漠里就再没出来过。铅色的低云下，沙漠由耀眼的白色变为明黄，好像穿了一件新衣裳。

雨在沙漠上一个脚印也没留下，没有滴痕，没有水洼，雨水没了。

不一会儿，雨停了，太阳出来，空气立刻蒸发一股潮湿气味。太阳如同开了一个玩笑，拉开铅云的门帘对人们笑，好像在沙漠下雨是个笑话。

这个地方叫勃隆克，是沙漠而不是沙地。我自己觉得，草原被耕种、被开垦、被采掘造成的沙化是人插手自然形成的荒漠化，叫沙地。草原表面由草的根须织成的保护层被撕破，土没有根须的保护被风刮跑，变成尘。地死去，流沙成了统治者。而沙漠是另一回事，它是大自然的杰作之一，像河流、岩石、土壤一样，古今如一。它哪儿也不去，只留在原初的家园。沙漠有自己的生态系统，生长只在沙漠存活的红柳（红柳在沙地里活不成，什么植物在沙地里都活不成），有动物和昆虫，也有草。没下雨时，我的手像铲子一样嗖嗖插进沙漠，不到二十厘米，手觉出清凉，铲出来的沙子全是含水分的湿块。

　　鸟飞过沙漠上空，最是好看，即使没读过柳宗元的诗也能体会出"千山鸟飞绝"的意境。鸟飞得太孤单，好像有人从沙漠后扔出一块抛物线的石头。站在沙峰上，风大到人站不住脚。看见鸟在下面逆风飞（顺风早被吹跑了），它抬着胸，几乎站起身子。这样的鸟留一头长发会飘得多么好看，套一件裙子更好看。鸟来这里纯粹是玩来了，像人一样。

　　人从沙的悬崖上如八女投江一般头朝下栽下去，结果变成了长距离的滑行。在沙漠戏耍，没有摔伤、磕伤，沙子有巨大的缓冲力，还干净。

　　人说，七八月份，游人戴墨镜躺在沙子上，用滚烫的沙熨腰，既舒服又治腰伤。当地人用细腻的白沙做婴儿的尿不湿，如猫砂一般。

　　沙漠表面有一层矩阵的花纹，像海浪凝固了，一排距另一排二十多厘米。用手在沙漠里掏玩，边缘的沙子以人眼看不清的速度塌下来，保留顶端均匀的圆形。

　　勃隆克沙漠方圆十多公里，有冰川时期漂来的巨石，石褐色，方形。有一个湖宛然泊于沙漠谷底，蓝色，不沉也不涨。湖里有野鸭子，它们从此岸往彼岸游，脚蹼分出水波的"八"字越划越大。它已游到对岸，"八"的水痕还在，见出湖水的静。我觉得在这里当野鸭子比当人强多了，尽享世间胜景；不用装，但比装拥有更大的美感。湖里的鱼没人捕，蒙古人不吃鱼，鱼在湖底比闹市的人还多。

　　我赞叹的不是沙漠，是胜景。给自然造成灾祸的是土地荒漠化，而不是沙漠。沙漠是大自然的儿孙之一，它一直待在自己的故乡，有其他地方看不到的美。

记 忆

我每当闻到新鲜的牛粪的气味时,内心世界立刻回到了七岁那年的夏天,完整而清晰。大舅照日格图的三间房子,屋顶的柳条苫颜色金红,稀泥从缝隙里要淌下来,但已经干了,泛白。他们家的狗、母鸡、猫、洋井都是一个,猫和狗始终向外张望。

那是我第一次到草原,当夕阳恋恋不舍地退隐之时,牛羊低着头朝家里走,西天有几块云彩像呼喊一样明亮。那时我第一次体会到忧伤,刚刚体会到世间有一种没有理由的哀痛,仿佛有人伤害了你。于是不愿意走进灯火处,愤恨喧哗和歌唱的人,在山冈上站着,直到天黑。

当我回忆与叙述这些情景的时候,如同虚假。我回忆我的许多往事都感到它们是不可能发生的,无法相信,而气味会告诉心灵,所有往事的真实。

与之相反,我在遇到一些事的时候,会"发明"一些气味,与这些事共同贮存在记忆里。听莫扎特的时候,我会想起雨点的气息,潮湿的，伴有"滴答"之声的寡淡，有些甜。我常常说我不喜欢莫扎特，特别是在运动后大汗淋漓的时候，看到老人摸索着砖墙走路的时候，看到找活儿的民工抱膝坐在路边，后背盐渍斑斑的时候，一放莫扎特的曲子，就觉得他的精美甘醇毫无道理。但我发现，每次放莫扎特的时候，我心中有一个地方在悄悄地偷听。如果说这个"地方"是许许多多的"我"的一个的话，他敏感、整洁、多疑、懦弱，躲在重重房间的最里层。他偷偷地听，并流泪。因此，我又奇怪，为什么别人说我不喜欢莫扎特呢？雨水像时间一样到处都是，悄悄填平路上的坑凹，使屋顶的红瓦十分醒目。

听巴赫的时候，我想起麦浪的馨香，有秸秆的甜味。麦子整整齐齐地站在平原，云的黑影不断从上面降落并升起。尖锐的麦芒长在麦子身上竟很和善。麦浪使空气暖烘烘的，使人想站在麦浪的岸上脱帽致敬。麦子和巴赫都充满天意，朴素到无懈可击的程度，则可以辉煌。数学家巴赫，母亲和父亲的巴赫，农夫与皇帝的巴赫，像麦子一样无边无际地生长。

而我不怎么听贝多芬的原因，是找不到与之契合的气味。他的作品常使我目瞪口呆，使海水一样博大喧哗。我不熟悉海水的气味。

扎西德勒、一二三四、茄子！

　　车行驶在距离青海湖五十多公里的路上，青海湖已经像一条折叠的无限长的蓝缎子被垛在蓝天下面，比天的色泽青翠，如玉色。车在公路上疾驰，离湖近了，蓝缎子被越垛越厚。忽然想起环青海湖国际自行车赛的选手们，他们环湖骑行四百多公里。说起来，一个人环青海湖骑行一圈儿，这辈子也没白过。

　　离湖近，车上不断有人提这样的问题：青海湖不是湖吗？为什么叫海？当地人回答，当年（亿万斯年之年）这里是海，后来海水退了，露出了北京、伦敦等地，但青海湖没有退（就像有乘客拒不登机一样），于是叫海。

　　这种回答倒也算回答，但纯属猜臆。不光青海湖的名字里有海，青海省也叫海，这是蒙古人留下的名字。蒙古人把大湖称为海——达赉。看一看地图，内蒙古、青海、新疆有很多地方叫达赉诺尔（诺尔是湖）、达里诺尔等，那里必有一个湖。把湖叫海一点不奇怪，北京的什刹海、中海、南海和北海的海都是元朝留下的地名，而不是没有退去的海水。

达赉湖近在眼前。眼下九月，日丽风和，湖水以小小的涟漪拍打陆地，连浪花都看不到。蓝天空荡荡的，连一根鸟的羽毛都没有，鸟儿上南方了。

我们看到的青海湖就是这样——它虽然浩瀚无边，而我们下车走一条路，在大约一百米宽的湖畔活动。活动的全部内容仅仅是照相。不照相，蹲在湖边托腮沉思固然美，但没什么道理。藏民拉牦牛的鼻环，让它靠岸；游客骑上去，主人再斥它后退两步回水里，照相。四头牦牛的表情均天真倔强，它们对人这种骑上去退两步照相的行为不理解，说气愤也行。为了鼻子的安全，它们只好进进退退。这时跑过来一对藏族小孩，一男一女，五六岁，脸蛋红得像用盐渍过一样。这对金童玉女的小藏袍鲜艳夺目，女孩子头梳麦秸那么粗的一百多根小辫子。他们俩要求游客送他们一些钱，或者收一块钱跟游客合影。游客们蹲下来跟这两位可爱的小朋友照相，他们噘着小嘴对照相机大喊：扎西德勒、一二三四、茄子。这十个字说出来，足够按快门的时间。

在景区吃饭，我到餐馆的后院溜达。一只羊拴在水泥板的钢筋上，身上的绒毛弯曲细密，长一对锋利的羊角。羊小巧的蹄子踱来踱去，泥土上紫色的血渍已经深浸入地。它抬头往树上看。这块两米见方的泥土上，可能渗进了一百多只羊的血。我远远地看这只羊，它也许一小时后就被宰杀了，没人能见到它。这只羊的眼睛是蓝灰色的，脖颈和臀部有两抹棕黄。它立起耳朵听，树上鸟叫。我顺羊的视线看去，栗子树上有两个麻雀跳闹。它们不知道，有一只羊正用温柔的眼神看着它们。

对酒当故乡之歌

不知为什么,我一听腾格尔的歌就想喝酒——白酒,寻找热肠的感受。仰面喝下一杯烈酒,憋着眉眼散发满口辣气时,酒高举着火把从喉咙飞抵丹田,整个肠子都热了,温暖感像天朗音箱的乐音一样扩散。这就是听腾格尔歌声的体味。因此我一放腾氏的带子,就低头看床下桌上有没有酒瓶子,拎过来呷一口,非此不能行进。因为听一个人的歌,就是跟随他旅行。听了腾格尔的歌,倘若还有机会与酒一遇的话,我常常静穆而镇定了,忘记自己置身于一座窒滞的大都市的旧房,惦念对面山坡的草长出来没有,牵挂拴在门前枣木桩子上那匹紫骝马。然而我家虽然有门,但无"前"可言,出门就是楼梯,没有大气弥漫的草地、贴草地疏散的淡绿雾气和古老的勒勒车辙印。我所没有的,腾格尔的歌声次第送过来:被牛粪火熏黑的炊间的土壁,浮漾在陶罐里的牛奶,我的同胞们在油灯下金红闪亮的脸膛。我这个城里长大的蒙古人,按说并不熟知牧区的事情,但血统像一条河流,随着歌声——最广泛有力的生存与文化气息——携我返回祖先的栖居地。

祖先的栖息地很辽阔啊。如今,祖先把灵魂栖居于腾格尔的嗓子或心里,让我们的目光能够穿透工业污染的烟雾瞩望故乡。而如此,我在听腾格尔的歌饮烈性白酒的同时,提笔写一点东西,便自觉这是特别适当的一件事,就如同球员踢球入网,转而举臂奔呼一样。酒,当然是独饮,不去灯光暧昧的歌舞厅,也不喝翻鬼佬的洋酒。在歌酒之中,我稳坐地毯中央,挺身,双手软绵绵地放在膝上,咱们随着歌声往前走吧。前面是额尔古纳河,是野情谣和红浆果的小兴安岭。我的那些父兄就这样在飘忽的油灯中盘膝端坐,像一尊尊黑檀木的雕像。

然而我戒酒了,平时不忍听腾格尔的歌,怕对不起腾格尔也对不起自己。人就是这样异化或被同化着——当文化信息已不对你发生作用时。以后我女儿听腾格尔的歌时,也许在喝咖啡。

春天喊我

街上有今年的第一场春雨。

春雨知道自己金贵,雨点像铜钱一般"啪啪"甩在地上,亦如赌徒出牌。

下班的人谁也不抱怨,这是在漫长的冬天之后的第一场天水;人们不慌张,任雨滴清脆地弹着脑门。在漫长的冬天,谁都盼着探头一望,黄土湿润了,雨丝随风贴在脸上。但是在冬天,即使把一瓢瓢清水泼在街上,也洒不湿世界,请不来春意,除非是天。

然而在雨中,土地委屈着,浮泛腥气,仿佛埋怨雨水来得太晚。土地是任性的情人,情人总认为对方迟到于约会的时间。在犹豫的雨中,土地扭脸赌着气,挣脱雨水的臂膀。那么,在眼前已经清新的时刻,凹地小镜子似的水坑向你眨眼的时刻,天地融为一体。如同夫妻吵架不需别人苦劝,天地亦如此。

在下雨之前,树枝把汁水提到了身边,就像人们把心提到嗓子眼儿,它们扬着脖颈等待与雨水遭逢。我想,它们遭逢时必有神秘的交易，不然叶苞何以密密鼓胀。

路灯下，一位孕妇安然穿越马路，剪影如树的剪影。我坐在街心花园的石椅上，周围是恋爱的人。雨后的春花，花园中恋爱的人即使增加十倍也不令人奇怪。我被雨水洗过的黑黝黝的树枝包围了，似乎准备一场关于春天的谈话。树习惯于默不作声，但我怎能比树和草更有资格谈论春天呢？大家在心里说着话。起身时，我被合欢树的曲枝扯住衣襟。我握着合欢的枝，握着龙爪槐的枝，趴在它们的耳边说："唔，春天喊我！"

春是春节的春

春是春节的春。小孩子像一堆红萝卜四处滚动。他们的兜里多了钱,还有鞭炮,眼睛东张西望。柴火垛的积雪把孩子脸蛋映衬得鲜红。春节驾到,它被厨房大团的蒸汽蒸出来,天生富足。人们集体换上同样的表情:憧憬的、采购的、赴约的、疲倦的,打底是豪迈的表情,即春节的表情。一只小白狗往桑塔纳车轮撒尿做记号,一会儿车开了,上哪儿找这个记号呢?春节把小狗乐糊涂了。春节是家家召开的总结表彰大会、烹饪大会、时装发布会、项目规划会,参与人士为全体国民。

春是春雪的春。正月的雪,是天送给地的一笔厚礼。若半尺厚,春小麦就有了一床暄暖的厚被。雪沃大地,黑龙江省进入童话,吉林省进入版画,辽宁的雪待不上几天就化,气温高。春雪飘落,带着伞翼,旋转而下,把枯草包裹晶莹。屋顶的雪借阳光变为参差耀眼的檐冰,一边淌水,一边延伸。

春是春分的春。每年三月二十一日前后,太阳抵达黄经零度,昼夜均，寒暑平，阴阳相半。这天正午，在太阳的脚步落下那一刻，被天文学视为北半球春季的开始。保定农谚唱：春分麦起身，一刻值千金。

春是春水的春。庾信《燕歌行》："洛阳游丝百丈连，黄河春冰千片穿。"春冰薄如翼，捡一片放在手心，透出鲜红的掌纹，与玻璃一般。俄尔缩为水。春水浩荡，越岭翻山。旧日的东北土匪，此际出山拆冰。桃花水下来，冰块壅塞河道，影响木排运输。商人请胡子（匪）拆冰，匪们喝过酒，上冰，撑木杆左支右绌，"轰隆"一声，冰泄河通。胡子或永久失踪，或从哪个地方爬上岸，挣的是舍命钱。大部分江河，冰化水，如鱼下锅，酥了，碎了。我的感觉，冰在春夜比白昼化得快。春水流桃花，落红搭上了薄冰的小舟。想起黎锦晖那首《桃花江》："我听得人家说，说什么？桃花江是美人窝。桃花千万朵，比不上美人多。"

春是春草的春。柳枝在河面练习书法，字被波纹抹掉。不觉间，地上浮现密密麻麻的字，连成片是草书，它们是春草。草是春天的信函，连篇累牍，蘸着绿色的墨汁，写到天涯海角。有人说，画兰须备书法功底，苛求于"笔"，"墨"则次之。而草的象形书法，撇捺通脱，开张奔放，是米芾的行草。这些草书，叫"大地回春帖"，被大地当衣裳披在身上，向夏天走去。

春是春耕的春。祭土神的春社过了，"桑柘影斜春社散，家家扶得醉人归"。春牛登场，地表阳升。农人扶犁挥鞭，头顶有燕子飞掠。庄稼人开始忙了，把粮食从地里忙进仓里，春耕是头一天。

春是春天的春。唐代称酒为春，"软脚春""垆头春"等。曲艺界称相声为春，"宁送一锭金，不教一口春"。《诗经》里，思慕异性是春，"有女怀春"。在大自然看来，只有春天才是春。杜甫《腊日》诗："侵陵雪色还萱草，漏泄春光有柳条。"春天之所以为春，是万物皆萌,四季轮回的新一轮又开始了。春天之所以叫天,是天的心情很好,江河风雨,温润和顺,柳絮乱飞也没惹老天爷生气。春天里,管弦乐队应该去田野里演奏。鲍罗丁《在中亚细亚草原上》或者德沃夏克《斯拉夫舞曲》,均广大深厚,田野吐出带甜味的呼吸。在春天,大地的胸膛潮湿澎湃,让生长的生长,让冬眠的醒来,让花朵在坚硬的枝头站成一排排蝴蝶,让孩子在乡村的学堂里朗读。

教员(温柔):春……

孩子(倔强):春!

教员(端正):春天的春……

孩子(强烈):春天的春!

喊声太大了,屋檐下的小鸟惊飞,风从树林跑过来,看这里到底发生了什么事。

不要跟春天说话

春天忙。如果不算秋天,春天比另两个季节忙多了。以旅行譬喻,秋天是归来收拾东西的忙,春天是出发前的忙,不一样。所以,不要跟春天说话。

蚂蚁醒过来,看秋叶被打扫干净,枯草的地盘被新生的幼芽占领,才知道自己这一觉睡得太长了。蚂蚁奔跑,检阅家园。去年秋天所做的记号全没了,蚯蚓松过的地面,使蚂蚁认为发生了地震。打理这么一片田园,还要花费一年的光景,所以,不要跟蚂蚁说话。

燕子斜飞。它不想直飞,免得有人说它像麻雀。燕子口衔春泥,在裂口的檩木的檐下筑巢,划破冬日的蛛网。燕子忙,哪儿有农人插秧,哪儿就有燕子的身影。它喜欢看秧苗排队,像田字格本。衔泥的燕子,从不弄脏洁白的胸衣。在新巢筑好之前,不要跟燕子说话。

如果没有风,春天算不上什么春天。风把柳条摇醒,一直摇出鹅黄。风把冰的装甲吹酥,看一看冰下面的鱼是否还活着。风敲打树的门窗，催它们上工。风把积雪融化的消息告诉耕地：该长庄稼了。别对风说："嗨！"也别劝它休息。春风休息，春天就结束了。所以，不要跟春风说话。

雨是春天的战略预备队。在春天的战区，风打前阵，就像空军进行第一轮攻势一样，摧枯拉朽，瓦解冬天的军心。雨水的地面部队紧接着赶到，它们整齐广大，占领并搜索每一个角落，全部清洗一遍，让泥土换上绿色的春装。不要跟它们讲话，春雨军纪严明。

草是春天的第一批移民。它们是老百姓，拖儿拉女，自由散漫。草随便找个地方安家，有些草跑到老房子的屋顶，以及柏油路裂缝的地方。草不管这个，把旗先竖起来再说。阳光充足的日子，草晾晒衣衫被褥，弄得乱七八糟。古人近视，说"草色遥看近却无"。哪里无？沟沟壑壑，连电线杆子脚下都有草的族群。人见春草生芽，舒一口气，道：春天来了！还有古人作诗："溪上谁家掩竹扉，鸟啼浑似惜春晖。"（戴叔伦《过柳溪道院》）"渭北春天树，江东日暮云。"（杜甫《春日忆李白》）春晖与春树都比不过草的春意鲜明，它们缝春天的衣衫，不要跟忙碌的缝衣匠说话。

"管仲上车曰：'嗟兹乎！吾不能以春风风人，吾不能以夏雨雨人，吾穷必矣。'"（《说苑·贵德》）没有谁比春天更厉害，管仲伤感过甚。看春天如看大戏，急弦繁管，万物萌生。在春天，说话的主角只有春天自己，我们只做个看官。

春如一场梦

每年近春,我的脑海里会冒出一个念头,内心被这个念头诱惑的高瞻远瞩,双腿奔忙如风火轮。静夜想,我想我可能找到了人生的真谛,年华从此不虚度。但每次——已经好几次——我的念头被强大的春天所击溃,我和我的计划像遗落在大地上的野菜一般零落不足惜。

我的念头是寻找春天从哪里开始。这不是一个伟大的计划吗?当然是,但是春天到底从哪里开始的呢?

众人所说的春意,对我住的地方而言,到了三月中旬还没动静。大地萧索,上面覆盖着去年秋天饯伏的衰草,河流也没解冻。但此为表相,是匆匆一瞥的印象,是你被你的眼睛骗了。蹲下看,蒲河的冰已经酥化起层,冰由岩石的白化为鸡蛋壳的白。它们白而不平,塌陷处泛黑,浸出一层水。底层的河水与表面的冰相沟通。这是春天的开始吗?好像不是,这可算春天来临之前河流的铺垫,距人们所说桃红柳绿相距甚远。或者说,这是冬天的结束?说当然是可以这么说,然而冬天结束了吗?树的皮还像鳄鱼皮一样灰白干燥,泥土好像还没活过来。我读一本道家谈风水的书,书上说阳春地下有气运行。大地无端鼓起一个包,正是地气汇聚所致。此时看,还看不出哪个地方鼓起土包。

有一件事我们要厘清:塞地冬季的结束与春天的到来会分明吗?这事说不好,谁也不敢定。冬天有多少种迹象代表冬?春天有多少种迹象代表春?我们作为渺小的人类真的说不清,政府也说不清。你说冬天有白雪,然而春天有春雪。大自然或曰天道不会把季节安排得像小学一年级、二年级那么清楚。

大地寂寥,现在是三月下旬,四周依旧静悄悄。田野没有绿衣、野花和蝴蝶。大地仿佛入定了,没谁能改变它。谁能让这么大一片土地披上新装,谁能让小鸟翻飞缭绕,谁能让小虫在泥土上攀爬,谁能让毫无色彩的大地上开遍野花。渺小的人类不能,政府也不能。所能者只有春天。在这个时刻瞭望春天——假如他从未经历春天的话——会觉得春天可能不来了,一点消息都没有。我回想往年的春天每每像不来了,每每轰然而至。它之到来如卸车,卸下无数吨的青草,更多吨的绿叶,一部分吨的鲜花,更少吨的小鸟、甲虫和云母片一般天上的轻云。那是哪一天的事,某确实记不得了。这只是某一天的事,是去年春天的事,是往事。

作为一个悭吝的人,我不情愿让春天就这样冲过来了事,不如捕捉一些线索,看它怎样动作。我住在沈阳北三环外的远郊。此处无所有,聊备大野荒。政府把这里几十平方公里的耕地买下卖给开发商,由于楼市低迷,后者不敢再盖楼,四处荒芜。政府在此造好道路,路两厢栽上桃树、杏树、樱花树等应有尽有的一切树,春天一并开放。花树与撂荒的土地构成史前时期的粗粝地貌,使我不负责任地感到十分美好。我在荒地上奔走,虽不种地但比种地的农民还忙,我要找眼前哪管一点点绿的痕迹,没有。坐下来歇息时,却见柳条软了,柳枝在褐色外面覆盖一层微黄。我跳起来去看那黄的柳枝,此色如韩愈所说"近却无"矣。手在地上抓两把土,土松软,

141

并有潮湿的凉意。

春天在某一个地方藏着呢。它藏在哪儿呢？地虽大，但装不下春天。天上空空如也，也藏不了一个春。我如果没误判，春藏在风里，它穿着隐身衣在风里摸一下土，摸一下河水，摸一摸即将罗列蓓蕾的桃树枝——以此类推——摸一摸理应在春天里苏醒的所有生物含蚂蚁。这就像解除了束缚万物的定身法，万物恍然大悟，穿上花红柳绿的衣衫闯入春天。

三月末，我赴长春勾留两日，办完事装模作样地在净月潭环潭跑步十八公里，要不当天就回来了。回来一看，糟了！荒地的低洼冒出了青草，大地悄悄流淌着青草的溪流。它们趁我不备，搞了一场偷袭。我走过去，蹲下，连哭的心都有了。这才两天的事，你们却这样了。我本想让青草在我的眼皮底下冒出来，接受我的巡礼与赞美，我却去了长春。知道这个，我去什么长春呢？青草——我本想对它们说我待你不薄，细想也没对人家怎样就不说了。大地之大部分仍被白金色的枯草所占领，但每一块枯草下面都藏着青草的绿芽，它们是今年的春草，无所畏惧地来到了世上。

我知道春天并非因我而来，却想知道春的来路，然而这像探寻时间的起点一样困难。相对论说明，时间的快慢取决于物体穿过空间的运动的快慢以及它们靠近通过引力牵引它们的大质量物体的程度。量子力学显示，在最微观尺度下，事物的实质和存在变得很奇怪，比如两个粒子可以以某种方式纠缠起来，且不管两者距离有多远。我尽可能通俗地引用物理学论述，但足以说明所谓"时间"是一个含糊的表达，它没有开始，同样没有开始的还有春天。

归来两日，大地每日暴露一些春的行迹。桃花迟迟疑疑开了，半白半红。而没开的蓓蕾包着深红的围脖。连翘是春天的抢跑者，举着明黄的花瓣，堂皇招摇。若醒得早，会听到鸟儿在曦光里畅谈古今（天亮时间五点三十分左右）。此乃春之声，冬日窗外无鸟语，因为无鸟。跑步时，我发现了一只纽扣大的蝴蝶，紫色套金边（暗含柬埔寨首都之名）。它像不会飞，它却一直飞，离地二十厘米许。我跑步掐表，本不愿停下，却面对这只二〇一六年第一只蝴蝶发了一阵呆，它是蝴蝶还是春？春云呢，它是那么薄。夏日里成垛的云，春天可以扯平覆盖整个天空，如蚕丝一般空灵。云彩们还在搞计划经济，该多的时候多，该少的时候少，无库存。这样说来，春天到了或基本上到了。但春日并不以"日"为单位，春不分昼夜。站在阳台上看，草与木早上与下午已有不同。刚刚看，窗外五角枫的枝条已现青色，上午还不是这样。春天之不可揣摩如上面说的，其变不舍昼夜。夜里什么草变青，什么花打苞，什么树萌芽完全处在隐蔽战线，即便我头顶一个矿灯寻查也难知详尽。春天太大了，吾等不知它的边际在哪儿，也不知它怎么搞，探春不外妄想，知春更是徒劳。

今日，我骑自行车沿蒲河大道往东走，没出两公里，见前方路边站满了灼灼的桃花，延伸无尽。这阵式把我吓得不敢再走。我只不过寻找枝头草尖上面小小的春意，而春天声势浩大地把我堵在了路口。春天还用找吗？这么浩荡的春天如洪水袭来，让我如一个逃犯面对着漫山遍野桃花的警察不敢移步。我不走了，我从前方桃树模糊的绯红里想象它们一朵一朵的桃花，爬满每一棵树与每一根枝条。它们置身一场名叫"花"的瘟疫里不可拯救。再看身边的杨树，它们虽不开花，但结满了暗红的树狗子，树冠因此庞大深沉。再看大地，仿佛依旧萧索，青草还没铺满大地。我仍然不知春天到还是没到，桃花占领了路旁，大地却未返青。春天貌似杂乱无章，实则严密有序地往外冒。春天蔑视寻找它的人，故以声东击西之战术把他搞乱套。用眼睛发现的春天似可见又不可见，远在天边，近在眼前，人是搞不赢的。我颓然坐在杨树下，听树上鸟鸣，一声声恰恰分明，而风温柔地拂到脸上，像为我做个石膏模子离去。我知道在我睁开眼睛之后，春色又进驻了几分，我又有新的发现，这一切如同一个梦。

春天是改革家

四季当中,春天最神奇。夏季的树叶长满每一根枝条时,花朵已经谢了,有人说:"我怎么没感觉到春天呢?"

春天就这样,它高屋建瓴。它从事的工作一般人看不懂,比如刮大风。风过后,草儿绿了;再下点雪,然后开花。之后,不妨碍春天再来点风或雨或雨夹雪,树和草不知是谁先绿的。河水开化了,但屋檐还有冰凌。

想干啥干啥,这就是春天的作风。事实上,我们在北方看不到端庄娴静的春天,比如油菜花黄着,蝴蝶飞飞。柳枝齐齐垂在鸭头绿的春水上,苞芽鹅黄。黑燕子像钻门帘一样穿过枝条。这样的春天住在江南,它是淑女,适合被画成油画、水彩,或被拍照和旅游。北方有这样的春天吗?没见过。在北方,春天藏在一切事物的背后。

在北方,远看河水仍然是白茫茫的冰带,走近才发现这些冰已酥黑,灌满了气泡,这是春天的杰作。虽然草没有全绿,树未吐芽,更未开花,但脚下的泥土不知从何时泥泞起来。上冻的土地,一冻就冻三尺，是谁化冻成泞？春天。

像所有大人物一样，春天惯于在幕后做全局性、战略性的推手。让柳叶冒芽只是表面上的一件小事，早做晚做都不迟。春天在做什么？刚刚说过，它让土地解冻三尺，这是改革开放，是把冬天变成夏天——春天认为，春天并不是自然界的归宿，夏、秋和冬才是归宿或结果——这事还小吗？

春天既然是大人物，就不为常人所熟知。它深居简出，偶尔接见一下春草、燕子这些春天的代表。春天在开会，在讨论土地开化之后泥泞和肮脏的问题。许多旧大员认为土地不可开化，开化就乱了，泥泞的样子实在给"春天"这两个字抹黑。这些讨论是呼呼的风声，我夜里常听到屋顶有什么东西被吹得叮当响，破门拍在地上，旧报纸满天飞。这是春天会议的一点小插曲。春天一边招呼一帮人开会，另一边在化冻，催生草根吸水，柳枝吐叶，把热气吹进冰层里，让小鸟满天飞。春天看上去一切都乱了，一切却在突然间露出了崭新的面貌。

春天暗中做的事情是让土地复苏，让麦子长出来，青草遍布天涯。"草都绿了，冬天想回也回不来了。"这是春天常说的一句话。春天并不是冬天到达夏天的过渡，而是变革。世间最艰难的斗争是自然界的斗争，最酷烈的，莫过于让万物在冬天里复苏。冬天是冷酷的君王，拒绝哪管是微小的变化。一变化，冬天就不成其为冬天了，正如不变化春天不成其为春天。春天和冬天的较量，每一次都是春天赢。谁都想象不到，一寸高的小草，可以打败一米厚的白雪，白雪认为自己这么厚永远都不会融化。如果它们是钱，永远花不完。积雪没承想自己不知不觉变成沟壑里的泥汤。

春天朴素无物，春天大象无形，春天弄脏了世界又让世界进入盛夏。春天变了江山即退隐，柳枝的叶苞就是叶苞，它并不是春天。

青草也只是一株草，也不是春天。春天以"天"作为词尾，它和人啊树啊花啊草啊牛啊羊啊官啊长啊都不一样，它是季候之神，说来就来，说走就走。爱照相的人跟夏天合影，跟秋天合影，跟冬天合影，最难的是跟春天合一张影，它们的脚步比"咔嚓"声还要快。

春雪的夜

雪下了一天。作为春雪，一天的时间够长了。节气已经过了惊蛰和春分，下雪有点近于严肃。但老天爷的事咱们最好别议论，下就下吧。除了雨雪冰雹，天上下不来别的东西。下雪也是为了万物好。

我站在窗边盼雪停是为了跑步，心里对雪说：你跑完我跑。人未尝不可以在雪里跑，但肩头落着雪花，跑起来太像一条狗。穿黑衣像黑狗，穿黄衣像黄狗。这两种运动服正好我有，不能跑。

雪停了，在夜里十一点。这里——汤岗子——让人想起俄裔旅法画家夏加尔笔下的俄罗斯乡村的春夜。汤岗子有一些苏联样式的楼房，楼顶悬挂雪后异常皎洁的月亮，有点像俄国。白天，这里走着从俄罗斯来治风湿病的患者，更像俄国。

雪地跑不快，眼睛却有机会四处看。雪在春夜多美，美到松树以针叶攥住雪不放手。松枝上形成一个个雪球，像这棵松树把雪球递给边上的松树，而边上的松树同样送来雪团。松树们高过两层楼房,剪影似戴斗笠披大氅的古代人。摩西领以色列人出埃及,是否在野地互相递雪团充饥呢?埃及不下雪。

  道路两旁,曲柳的枝条在空中交集。夏天,曲柳结的小红果如碎花构成的拱棚。眼下枝头结的都是白雪,雪在枝上铺了一个白毡,路面仍积了很深的雪。哪些雪趴在树枝的白毡上,哪些雪落在地上卧底,它们早已安排得清清楚楚。

  路灯橘红的光照在雪上,雪在白里透出暖色。不好说是橘色,也不好说是红色,如同罩上一层灯笼似的纱,而雪在纱里仍然晶莹。春雪踩上去松软,仿佛它们降下来就是准备融化的。道路下面有一个输送温泉的管子,热气把路面的雪融为黑色。

  近十二点,路面陆陆续续来了一帮人。他们男女一组,各自扫雪。他们是邻近村里的农民,是夫妻,承包了道路扫雪的任务,按面积收报酬。我在农村干过两年活儿,对劳动者的架势很熟悉。但眼前这些农民干起活来东倒西歪,一看就知道好多年不干活了。他们的地被征用,人得了征地款后无事干,连扫雪都不会了。

  我在汤岗子的林中道上转圈跑,看湖上、草里、灌木上都落满了雪,没落雪的只有天上橙黄的月亮。雪安静,落时无声,落下安眠,不出一丝声响。扫雪的农民回家了,在这儿活动的生物只剩我一人。我停下来,放轻脚步走。想起节气已过春分,可能这是春天最后一场雪了。而雪比谁都清楚它们是春天最后的结晶者,它们安静地把头靠在树枝上静寐。也许从明天早上开始,它们就化了。你可以把雪之融化想象成雪的死亡——虽然构成雪的水分不会死,但雪确实不存在了——所以,雪们集体安静地享受春夜,等待融化。

  然而雪在这里安静下来,它下面的大地已经复苏了,有的草绿了,虫子在土里蠕动。雪和草的根须交流,和虫子小声谈天气。雪在复苏的大地上搭起了蓬松的帐篷。

我立定，看罢月亮看星星。我感到有一颗星星与其他星星不一样，它在不断地眨眼。我几次擦眼睛、挤眼睛看这颗星星，它真的在眨眼，而它周围的星星均淡定。这是怎么回事呢？我说这颗星眨眼是它在飘移、晃动、隐而复现。它动感情了？因为春天最后一场雪会在明天融化？这恐怕说不通。我挪移脚步，这颗星也稳定了。哦，夜色里有一根看不清的树枝在风中微摇，挡住了我视线中的星星的身影。而我希望世上真有一颗（哪管只一颗）星星眨眼，让生活有点惊喜。

睡觉吧，春雪们，你们躬着背睡吧，我也去睡了，让月亮醒着。很久以来，夜里不睡觉的只有月亮。

小鸟与春天

　　小鸟没听过"春天"这个词，春天是人类为这个万物生长的季节所做的命名。小鸟知道的事情是天气暖了，河床里原来像岩石一样坚硬的冰化为春水。坚冰化为河水之后开始流淌，春风把河水吹起一层皱纹，河水仿佛穿了一件亚麻的外衣。小鸟在河水上空飞过来，飞过去，它嫌河水流得有点慢，它想知道河水要流到哪里。小鸟飞累的时候，就落到河边喝点水。你要知道，小鸟在冬天找不到水喝，它们等待雪被太阳晒化之后喝一点泥泞的水。现在好了，有一眼望不到边的河水供它喝，小鸟喜欢春天的第一条理由是河水复活了。

　　小鸟在春天里飞翔，看到大地不知从哪一天开始变绿了。冬天的大地只有黄土，没有生机。春草长出来之后，像有人用颜料把大地刷上一层绿色。绿色起先还不均匀，后来刷来刷去，每一块土地都变绿了。这个人一定是巨人，他有着隐形的身体，手里拿着大刷子，刷刷刷。他用刷子刷过土地之后，小草长了出来。再刷一遍，更多的青草长出来。有人说，这个巨人叫春风，它吹到哪里，哪里就有绿草长出来。小鸟因此喜欢春天也喜欢春风，它让大地铺上了绿色的地毯。小鸟从天空俯冲下来，钻进青草里。青草伸开一左一右的绿袖子，像做体操。所有的青草都以做操的姿态站在阳光下，这可太好看了，小鸟在心里这样赞叹。小鸟喜欢春天的第二个理由是大地长满了青草。

　　桃花是什么？每年春天小鸟都这样问自己。桃花是桃树枝头开的花朵，粉颜色，圆圆的花瓣像小手指肚那么大。春天原来是寂静的，桃花一开，大地一下子热闹了，好像有人举着花枝游行。小鸟觉得这简直是一个节日，它想落在桃花枝上又舍不得落，怕踩落花瓣。小鸟后来还是落在桃树上。它身旁全是漂亮的花朵，觉得自己美得很。小鸟太喜欢春天了，第三个理由是桃花开满枝头。

早 春

上午九点多,我到公园的树林里漫游。练拳的人见背剑的人往回走,问:"咋不练了?"背剑者说:"再过一会儿地就化泞了。"

我看脚下,地黑而润,像眨着苏醒的眼睛。眼下二月末,略观物候,冬天好像还没过去,但地润了。如果冰冻的大地开始化泞并撵走背剑的晨练人,不就开春了吗?

"春天"后面的字虽然叫"天",但春从地里走过来,夏天、秋天和冬天都由土地裁决节令,包括长草、开花和封冻。天只是刮刮风而已。

我说的"略观物候",是以冬日的麻木心态看风景。若细瞅——假如以小鸟精准的视力和盼春心态辨察周围,与隆冬已有不同,垂柳从行道树的褐黑中透出微黄,枝条软了。枝软比微黄更可作为立春的证据。走在土上能觉出地厚,冻土跟钢铁差不多,无所谓薄厚。说到鸟,鸟比冬日更大胆活泼,灰喜鹊"扑啦"落在离人不远的地面打量周遭。我猜它想在地下打一个滚儿,表达高兴的心情。灌木的枝杈还在尘埃里萧条，但叶芽在前端已露破绽，像用指尖捉一只蚂蚁，也像过去的商人捏手指头谈价钱。灌木和春风讨价还价的结果是每枝萌发三十六片叶芽。

对敏感的人，春夜比白天更有微妙的变化。夜空广大澄明，星星好像换了一拨值夜者，个头矮，且陌生。春夜观天，如在海底仰望。月夜，像一块蓝玻璃盒子，动荡、有波纹（流星的身影）。春天的夜色堆在天上放不下，从边际的地方流淌人间。月亮表面好像包一层透明的冰，比夏天白净。

观物候，除草木的渐变，还有小孩的征象。孩子属于大自然而非社会。归大自然所管的孩子透露季节的变化。孩子在春天里好动，如实说是盲动。在公园和大街上玩耍的孩子，脸上的粉红与冬夏都不相同，他们把花先开在脸上。孩子眼里笑意更多，跟放假、天气和暖有关，跟春天更有对应的缘由。春让大地松软，让柳枝轻柔，孩子怎么会无动于衷？"天人合一"，原本在说孩子，他们元神饱满，比老年人更早与更多接到春天的暗示，筋骨难耐，最宜生发。

假如以中医诊脉的手法为树、小鸟和大地把一把脉，结论一定是春天到了。墒在土里行走，水在树皮里行走，还有看不到的东西在万物间膨胀勃发，它是领跑者和启动人。在春天，它的名字叫春。

"春江花月夜"这五个字写尽了所有良辰美景，打头的是一个"春"字。春如果不站在头一排，万物都跟不上来。我对名字里带"春"的人素有敬意。春把花朵、河开、雁来这些意韵浓缩成一个字——春。"春"在汉字里的读法也有诗意，是一个唇音，跟"吃"的音接近，跟"恩"的音也接近。春是庄稼人吃饱饭的第一道门坎，春对每个人都有大恩。吃唔恩——春。在春天，对着绿叶与小鸟念几声"春"，都让人心里轻快。

三月的预言

　　古希腊底比斯城邦的盲人先知提瑞萨斯手执圣杯，做出许多预言。时间太久，人们忘记了拿现实与他的那些预言相对照，没验证他说得准不准。然而该发生的事，不管有没有人预言，全都发生了。
　　在春天，人们会看到许多预言。我在蒲河岸边走，见到一棵柳树同其他柳树一样还没有返青。但这棵树有一枝柳条青了，树皮比其他柳枝更鼓胀。它与未青的柳枝一起在微风里晃动，显得惹眼，仿佛一盒白火柴中躺着一根绿火柴。它的枝条往南岸摇动，如同指路。不用问，蒲河南岸一定有事发生。
　　到南岸，没发现这儿与地球其他地方有什么异样。泥土、树和草均平凡，也没发现白狐狸在树上坐着。往前走，见到一片好桃花。这是新栽的桃花，四五十棵，树干约有拇指粗，全都开花了。幼小的桃树开花，如同早恋，但更像小孩奔跑。它的细细的枝上缀着更小的花蕾，都未开，但全打骨朵了。这些带骨朵的桃枝在风里晃，像合唱队员吟唱时那样晃身子。这是什么意思？我想它们在骄傲吧？

是的，它们每一棵树都在骄傲。这些小桃树有可能第一次开花或第一次在蒲河岸边开花，喜不自胜，于风中摇晃得意。用陶渊明的话说，乃是"黄发垂髫，并怡然自乐"，陶渊明"并"字用得好。在桃花源这个好地方生活，黄发者与垂髫者都已很好，但陶渊明在他们的好之外，看出他们怡然自乐的好。这是两样好，所以"并"之。我的小桃树的花朵都没完全开放。对，你们是小孩，让着大人点儿。让他们先开。他们开着开着就开累了，就退居二线了。你们上阵适逢其时。这些小蓓蕾让我想起了糖葫芦。它们好像是拿树枝在糖水里蘸的小蜜疙瘩。一串儿一串儿，数不过来。河北岸的柳枝预言得很准，如瞿秋白说"此地甚好"。

初春的许多事情在冬末见不到，出现了就像一个预言。头几天，一只橙色的七星瓢虫趴在我家北窗台上。它是怎样来到这里的？是风吹来的吗？风从树上（树离窗台还有十几米远）把瓢虫吹到了窗台上？或者它们从一楼爬上了三楼的窗台。瓢虫安静地——我不知用坐还是趴或蹲来形容瓢虫此时的状态——待在那里。即使你想招待它，用小米或清水，它都不需要。过了一会儿，它还在那里，没被风吹走，也没去其他地方。它想预言什么呢？我埋怨自己没有瓢虫的脑筋，不然完全可以破解它的预言。第二天，瓢虫没了。我观察它趴过或蹲过或坐过的窗台，看留下什么字或迹象没有，没有。但我从这里往下看，一棵桃树（又是桃树）露出棉絮般的花苞。明白了，瓢虫预言这棵桃树要开花了，就在我家北窗下面。我搬进这座新房子已有五个月，都不知窗下有桃树，而且是两棵，都是小桃树。以后，办什么事要上窗台看一下，听取瓢虫的意见。可是，它好多天没来了，到别人家预言桃花去了，我觉得它预言不过来。桃树太多了。我觉得它不如改行预言股票之涨落，这个事时髦。

在西方的传说里，预言者多是盲人，眼睛看不到的人心里清晰。

现代物理学认为时间可能也是不存在的。未来发生的事情或许为某些禀赋异常者察觉，即被他（它）提前看到了。他（它）并不能改变这些事，只是看到。按物理学的解释，说提前看到也不对。既然没有时间，事物就没有先后。我以为那些先知先觉者都是不幸的。一则没人相信他（它）的预言。多数人只相信时间，把时间跟事实绑在一起，所以不相信有人能看到未来的事。二则，已经发生的事如果是好事，人们认为跟预言者无关。三则，人们妒忌预言者竟然可以置身于未来之事的现场，这是僭越。其实，预言者也只是个旁观者，只是观早了。

　　有人对未来之事具有预先的觉知，但不会提前说出来。他们知道，必然发生的事一定会发生，说有何益？不如来说一说春天。田野上的电线上站着一排鸟儿。我走近，看到三只鸟儿站在一起，另一只单独站在一边。这情景的预言是什么？差一天就到四月了吗？我算了一下，今天是三月三十日，是的，再过一天就进入四月这个艾略特所说的残忍的季节了。鸟儿连这个都知道，看来人上学真没什么用。但是，围绕松树的土坝露出新鲜的黄泥预言什么？迎春花的花蕊全都向下预言什么？喜鹊在枝头拍翅，仿佛要拍掉它翅上沾的面粉，野菜比青草先出来是方便那些踏青者撅着屁股来挖吗？开白花的桃树和开粉花的桃树站在一起是因为什么？春雨不再渗入地面，地面潮黑是在预言什么？春天已经切实来到，在土里、雨里、花里、鸟和虫里，我都学会了预言。

四　月

　　四月的树，如一班出门的人。它们要去的地方是一个季节，曰春天。现在已入四月，刚刚过清明，花与草的萌发正在蓄谋之中。看不到满目芳菲，但有隐藏的春意，天地间充满了秘密。

　　蒲河大道两侧栽满了树，树都活了。这些景观树高矮不一，开花时间不一，花色叶色也不一样。看过去就看到了景观。

　　桃花刚开，它是这片天地最早开的花。连翘也露出黄骨朵，等桃花开烂了它才开。植物开花如开会一般秩序井然。

　　我在这条大路上走，像一个势利的人，专看开放的桃花。透过光秃秃的树枝往前看，桃花是暗藏其中的粉色的云。像几十个粉色的气球被系在树杈上。近看，桃树枝上缀满花朵。它的枣红的树枝上无叶，只有花。桃花对于沉寂的、灰暗的北方大地如同惊醒。桃花先醒了，它比看到它的人还吃惊，大地怎么如此荒凉？其实不荒凉。桃花没经历过冬天，不知道此时的土地已开始复苏。比桃花先醒来的是河流，它们身上的冰块被春风卸掉，河水一身轻松，试着流淌。河水一冬天没流，实话说不怎么会流了。它先瞭望四周，在水面做一些涟漪，做流的准备。春天的河水如乌黑的柏油路，上面漂着风吹不动的枯叶。

　　桃花惊讶地看望周遭，它们的衣领开得太大，雪白的领子在寒气里扎眼。草绿了三分之一，大部分还不敢绿，在等什么呢？桃花不像连翘那样齐刷刷地开放，展露大小如一的金黄叶片。桃花觉得集体主义或团体操在花朵界没什么意思。桃花的花朵或开或半开，还有蓓蕾包在粉红的头巾里。枝上的一串花，如同画家点染。用墨有浓有淡，烘托参差的意态。桃花亦浓亦淡，欲开似合，与春天的节奏合拍。风不妨大一些或小一些，也可无风，让柳条不知往哪个方向摆动。如果春天愿意，可以先下一场雨，洗刷看不清纹理的石头，洗刷看不清白云的白垩色的天空。然后下一场薄薄的雪，厚一点也无妨。雪花卧在干净的草地里，睡一觉，睡醒了看看月亮到底是黄还是白。春天过后，春风起，把雪刮到树下或高坡上，使之均匀。你以为春天在干吗？在玩。从古到今，春天一直在玩，玩一个春季，潜入夏季休息。

　　四月里有树木出门，它们互相打量谁带了哪些东西。连翘手上胳膊上全是花瓣，穿上了出门才穿的花衣。柳树在枝上攥紧了拳头，掰也掰不开。再过十天，那些拳头松开了，柳叶的芽假装是花，一瓣一瓣地露出尖头。开着开着，柳树就露了馅，花朵变成树叶，如一片绿唇飞吻天下。树们要去的地方曰四月，它们带领大地返青。树们走在路的边上，如羞涩的农妇，不好意思在大马路中间行走。这些农妇脚踩在松软的土里，枝丫搭在前后旅伴的肩膀上。在四月，轻淡的云飘在树的头顶，云不想比树的步伐更快。云可以随时分成两片或六片，飘在一片片树林的头顶。桃花站在大地上开放，已无须走动看风景，它就是风景。大队的树绕开桃树，不妨碍它探出的水袖。桃花的枝像戏曲人物那样向虚空伸出手指，欲摘其他的花。桃树身穿枣红色的缎子轻衫，其他的树都没有。桃树手抓一把蓓蕾散出去，被风吹回，或浓或淡挂在枝头。这就是腕儿，科班出身，懂得表演的程式。倘若桃花身边有胡琴、月琴和梆笛，奏一曲昆曲的曲牌，它的身段比现在还要绰约迷离。

　　大地返青之前泥土先返黑。雨水和雪水挤进土的被窝，让它苏醒。草叶以百分之十的速率变青，每天绿十分之一，这样不累。与跑步训练的百分之十原则相通。绿不是什么难事。对草来说，没有比绿更容易的事情了。难就难在安排枯草的离退工作。四月末，你看到大地一片青葱，地上无一叶枯草。枯草去了哪里？你想没想过这个事？这是很大一个工程，比南水北调、西气东送的工程量还大，是谁把枯草一根一根拣走，运到一个地方掩埋？这是人干的事，天不这么干。枯草被青草吞噬了。或者说，枯草在青草生长中转世轮回了，总之在新鲜的草地上看不见一根枯草。这是大自然无数秘密中的一项。大地不会丢弃自己的子孙，不会因为它们是草、因为干枯就抛弃它们。枯草在盛青到来时已经整齐地去了一个很好很干净的地方。

　　树在行走中遇到雨和风，它们打开叶子。它们身后跟着看不到尽头的青草，头顶环绕着叽叽喳喳的鸟儿。

初　夏

　　初夏羞怯地来到世间，像小孩子。小孩子见到生人会不好意思。尽管是在他的家，他还是要羞怯，会脸红，尽管没有让他脸红的事情发生。小孩子在羞怯和脸红中欢迎客人，他的眼睛热切地望着你，用牙咬着衣衫或咬着自己的手指肚。你越看他，他越羞怯，直至跑掉。但过一会儿他还要转回来。

　　这就是初夏。初夏悄悄地来到世间，踮着脚尖小跑，但它跑不远，它要蓬蓬勃勃地跑回来。春天在前些时候开了那么多的花，相当于吹喇叭，招揽人来观看。人们想知道这么多鲜花带来了什么，有怎样的新鲜、丰润与壮硕。鲜花只带来了一样东西，它是春天的儿子，叫初夏。初夏初长成，但很快要生产更多的儿子与女儿，人们称之为夏天。夏天不止于草长莺飞，草占领了所有的土地，莺下了许多蛋。夏天是一个昏暗的绿世界，草木恨不能长出八只手来抢夺阳光。此时创造了许多阴凉，昆虫在树荫下昏昏欲睡。

　　然而初夏胆子有点小，它像小孩子一样睁着天真的眼睛看望四外。作为春天的后代，它为自己的朴素而羞怯。初夏没有花朵的鲜艳。春天开花是春天的事，春天总是有点言过其实。春天谢幕轮到初夏登场时，它手里只带了很少的鲜花。但它手里有树叶和庄稼，树的果实和庄稼的种子是夏天的使命和礼物，此谓生。生生不息是夏天之道。

　　初夏第一次来到世间，换句话说，每一年的初夏都不是同一个夏天，就像河流每一分钟都不是刚才那条河流。在老天爷那里，谁也不能搞垄断。夏天盼了许多年才脱胎到世间，它没有经验可以利用。往年的夏天早已变为秋天与冬天。夏天的少年时光叫初夏，它不知道怎样变成夏天。每当初夏看一眼身边的葱茏草木都会被吓一跳，无边的草木都是奔着夏天来的，找它成长壮大。一想这个，初夏的脑袋就大了，压力也不小。初夏常常蹲在河边躲一躲草木的目光，它想说它不想干了，但季候节气没有退路，不像坐火车可以去又可以回来。初夏只好豁出去，率领草木庄稼云朵河流昆虫一起闯天下，打一打夏天的江山。

　　初夏肌肤新鲜，像小孩胳膊腿儿上的肉都新鲜，没一寸老皮。初夏带着新鲜的带白霜的高粱的秸秆，刚开化才几个月的河流，新鲜的带锯齿的树叶走向盛夏。它喜欢虫鸣，蛐蛐儿试声胆怯，小鸟儿试声胆怯，青蛙还没开始鼓腹大叫。初夏喜欢看到和它一样年轻幼稚的生命体，它们一同扭捏地、热烈地、好奇地走向盛大的夏天。

　　人早已经历过夏天，但初夏第一次度夏。它不知道什么是夏天，就像姑娘不知道什么叫妇人。这不是无知是财富。就像白纸在白里藏的财富、清水在清里藏的财富，这是空与无的财富。人带着一肚子见识去了哪里？去见谁？这事不说人人都知道，人带着见识与皱纹以及僵硬的关节去见死神，不如无知好。如果一个人已经老了，仍然很无知，同时抱有好奇心与幼稚的举止，这个人该有多么幸福。

只可惜人知道得太多，所知大多无用，不能帮他们好好生活。

初夏走进湿漉漉的雨林，有人问它天空为什么下雨，初夏又扭捏一下，它也是第一次见到雨。这些清凉的雨滴从天空降落，它是从喷壶还是筛子里降落到地面？天上是不是也有一条河？初夏由于回答不出这些问题而脸红了，比苹果早红两个月。

初夏跑过山岗，撞碎了灌木的露水。它在草地留下硕大的脚印，草叶被踩得歪斜。初夏的云像初夏一样幼稚，有事没事上天空飘几圈儿。其实，云飘一圈儿就可以了，但初夏的云鼓着白白的腮帮子在天空转个没完，还是年轻啊。你看冬天那些老云窝在山坳里不动弹，动也是为了晒一晒太阳。初夏的云朵比河水汹涌。大地上的花朵才开，大地的草花要等到夏天才绽放。开在枝上的春花像高明人凭空绣上去的，尤其梅花，没有叶子的帮衬。而草花像雨水一样洒满大地，它们在绿草的胸襟别上一朵又一朵花，就像小姑娘喜欢把花朵插在母亲的发簪上。

初夏坐在河流上，坐在长出嫩叶的树桩上。初夏目测大地与星空之间的距离。它寻找春天剩下的花瓣，把它们埋在土里或丢在河里漂走。初夏藏在花朵的叶子下面等待蜜蜂来临。初夏把行囊塞了一遍又一遍，还有挺多草木塞不进去。要装下这么多东西，除非是一列火车。

仲 夏

　　夏天好似乐曲里的中板，它的绿、星斗的整齐和蛙鸣呈现中和之美。夏日与夏夜的节奏匀称，它的织体饱满。夏天的一切都饱满，像一池绿水要漫出来。庄稼和草都在匀称之间达到饱满。夏日的生命最丰富，庞杂却秩序井然。生命，是说所有生灵的命，不光包括庄稼和草，还有几千种小虫子。有的小虫用一天时间从柳枝的这一端爬到那一端，而它不过活十天左右。小虫不会因为一生只有十天而快跑或慢爬，更不会因此哭泣。每一种生物对时间的感受都不一样，就像天上神仙叹息人生百年太短，而"百"和"年"只是人发明出来的说辞。小虫的时间是一条梦幻的河流，没有"年月日"。命对人来说是寿，对小虫来说是自然。虫鸟比人更懂缘起情空的道理。

　　夏天盛大，到处都是生命的集市。夏天的白昼那么长，仍然不够用。万物籍太阳的光照节节生长。老天爷看它们已经长疯了，让夜过来笼罩它们，让它们歇歇。有的东西——比如高粱和玉米，在夜里偷着"咔咔"拔节，没停止过生长。这是庄稼的梦游症。在夏日,管弦乐队所有的乐器全都奏响。闪电雷鸣是打击乐,雾是双簧管,柔和弥漫,檐下雨滴是竖琴,从石缝跳下来的山泉水也是竖琴。大提琴是大地的呼吸,大地的肺要把草木吸入的废气全吐出来。它怕吓到柔弱的草,缓缓吐出气。这气息在夜里如同歌声,是天籁地籁人籁中的歌声。

许许多多的草木只有春天和夏天,没有秋天,就像死去的人看不见自己墓地的风景一样。草不知何谓秋天,它对秋天等于收获这种逻辑丝毫不懂,这是人的逻辑,所说都是功利。

夏日是雨的天堂。雨水有无数理由从天空奔赴大地,最后无须理由直接倾泻到大地上,像小孩冲出家门跑向田野。雨至大地,用手摸到了它们想摸的一切东西。雨的手滑过玉米的秸秆和宽大的叶子,降落到沉默的牛的脊背上。雨从树干滑下来,钻进烟囱里,踩过千万颗沙粒,钻进花蕊。雨没去过什么地方?雨停下来,想一想,然后站在房顶排队跳下来。它们在大地造出千万条河流,最小的河流从窗户玻璃流下来,只有韭菜那么宽,也是河流。更多的雨加入河水,把河挤得只剩一小条,拥挤的雨水挤塌了河岸,它们得意地跑向远方。太阳出来,意思说雨可以休息了。雨去了哪里?被河水冲跑和沉入泥土的雨只是这个庞大家族的一部分子民,其他的雨回到了天空。它们乘上一个名为"蒸发"的热气球,回到了天上。它们在空中遇到冷空气,急忙换上厚厚的棉衣。那些在天空奔跑的棉花团里面,隐藏着昨夜降落在漆黑大地上的雨水。

夏夜深邃。如果夜是一片海,夏夜的海水最深,上面浮着星星的岛屿。在夏夜,许多星星似乎被海冲走了。不知从哪里漂来新的星屿,它们比原来的岛屿更白净。

夏天流行的传染病中,最严重的是虫子和青蛙所患的呼喊强迫症。它们的呼喊声停不下来,它们的耳朵必须听到自己的喊声。这也是老天爷的安排，它安排无数青蛙巡夜呼喊，听上去如同赞美夏天。夏天如此丰满，虫与蛙的呼声再多一倍也不算多，赞美每一颗苹果和樱桃的甜美，赞美高粱谷子暗中结穗，花朵把花粉撒在四面八方。河床满了，小鸟的羽毛干干净净，土地随时长出新的植物。虫子要为这些奇迹喊破嗓子，青蛙把肚子喊得像气球一样透明。

七月有权力炎热

　　七月有权利下小雨、大雨和暴雨。野草在汪洋中露出绝望的头颅，它的手在积水里写了无数个"水"字，却没有一个字浮出水面。七月悬挂着骄阳的火炉，把土壤晒得开裂，蚂蚁得到纵横四海的地道。野蜂在七月结成网，吮取所有植物的花粉，让大地变成蜜地。野蜂改变了七月份每一个早晨的气味，在青草的苦味和河流的腥味里加入透明的甜。空气如同黏稠的旋涡，不知去哪一棵树上结晶。

　　七月在每天的傍晚都戴上玫瑰色的草帽子，帽檐宽至天际。地上的花朵与西山的晚霞共同跳一支舞。它们的舞步在风里燃烧，草帽里露出窟窿，露出隐藏在里边的星星。

　　七月醉了三十天，野草乘季候之神的醉意占领所有的领地。在七月，野草不再向上生长，草尖垂下来，野草张开臂膀霸占更多的土地，草叶变宽，贴在地面延伸。草的容貌气质在七月变野了，成了从千里之外跋涉而来的流浪汉。它们黧黑、粗犷。被暴雨冰雹冲刷过的野草的生命力在此达到最高点。

七月有雾,河上的薄雾如云母一般空灵,离河三尺,不高不低,为河流里的鱼搭了一条羊毛的毡棚。雾是迷路者,雾是夜里跑出来玩耍却找不到家的精灵。阳光出来后,雾忘了应该从哪一道山缝走回去。山在夜里昼里的模样完全不一样。雾游荡,它们不会飞,不会像水流一样潜地,兀自让风吹着游走,不高不低,像山腰的、白桦林的、河流的纱巾。七月,雾的纱巾在每一棵树上都做了记号,在松鼠的尾巴绕过三圈儿。雾让树林变成了舞台,雾慢慢拉开幕时,树的合唱队员已经排好了队形。

七月电闪雷鸣,乌云如同江底的淤泥压塌了天空。天所降者不光有雨,还有天堂的溪流,天堂屋檐的冰凌,天堂草地与小路上的积水。庄稼喝到这些水并体会到天意。天意无非好生,生生不息。在七月,雷霆把天空炸裂。从天上看,雷把天炸开无数裂纹,像碎鸡蛋一样,流出闪电的蛋黄。七月雷声的嗓门最大,回声千里。天神看到被闪电击中起火的森林在大雨中燃烧。七月之中,天下所有河流都增加了一倍的水。丰满混浊的河流在河床里游荡,如浴后久久不穿外衣的肥胖妇人。

野草俯身大地,流星找不到降落的地点。七月的夜空比春夜更深邃,春夜的天空仍然结冰,星斗和月亮的影子从冰层照射过来,看上去模糊清冷,比夏夜多了一重蓝屏风。七月的夜空是天海的深底,星星、星宿与星座是游鱼、珊瑚和没有马的马车。这时候,天空的海底渐渐变暖,生物密集,潮汐剧烈,七月的夜常常因此下一场雨。人们在地球上见到的月亮其实隔着天空的海水。由于水对光的折射作用,月牙儿显得纤瘦,白净。在无事的后半夜,月牙儿躺在摇椅上睡到天亮。

蚂蚁在七月长大了一倍。春天蠕动的小蚂蚁长成了大黄蚁和大黑蚁,气势汹汹。老天爷恁惠所有生物在七月变得理直气壮。蚂蚁像螳螂一样凶恶，青蛙像黄狗一样狂吠，雨水毁坏道路，乌鸦的翅膀扇来了暮色。七月，生长的势头最大，树在风中模仿庄稼拔节，"咔嚓"的声音惊醒了鸟梦，七月是蛮横的兵勇，他们手持滚石檑木，打碎所有妨碍生的路障，一日千里，如群山驮走太阳。

七月有权力炎热，阳光的轧道机从天上滚下来把麦地轧一遍，或两遍，让不熟的种子全部成熟。金黄的麦浪起伏不定，保留了轧道机的痕迹。七月有权力号召大雨滔天，被阳光晒死的虫子所产的卵在潮湿里新生。每一种生物在七月都得到一份生的份额，不止巨蟹，万物于此皆生。

七月的晨雾如牛奶泼在草地上，河水用颤动仍然摆脱不掉玉米叶子的倒影。昆虫在七月彻夜歌唱，它们爬过每一寸大地，熟悉每一株草。七月任性，七月压抑不住自己的热情，七月水灵，七月是六月后面那个月，比八月清新一个月，它长胖了夏天的腰。

初　秋

　　初秋看不到卷成一根针一样的青草心，看不到树叶像抹了一层油似的新绿。初秋是老天用很大的力量转变一件事，它让草叶由深绿变得微黄，叶子的水分流失了，最后薄得如一张纸。天的动作让天的色泽都变了，深蓝褪为浅蓝，宁静辽远，好像后退了一百〇八公里。老天所做的这件事叫"秋"，或者叫自夏而秋，这是何等盛大的典礼，让所有的植物加入秋的合唱。
　　看不到从水泥地的缝隙长出新草，云彩只剩下原来的十分之一，变薄了，仿佛不够絮一床新被子。那些娇嫩、浅颜色的花朵已经敛迹藏形，只剩下成片的花朵鲜艳开放，如菊花、鸡冠花和串红。土地不再松软，不似春雨之后的酥透。当土地进入初秋，有如一个男人行进中年，好比李察基尔、周润发。他们从容了，也放慢了步伐。所谓争先恐后说的是春天，每一个时辰都冒出一个花骨朵，河水急匆匆流过，浪花四溅。春天怎么能不争？每一朵花都报春信，以为是自己招来了春天。夏天的茂盛，用"争"已经不确切，是无边的生长，每一个有生命的植物在夏天都有了一席之地。花草比房地产商对地的态度更贪婪，长满了天涯海角。

秋天，还有什么大事要忙吗？没有了。你看一眼枝上的果实，就知道"忙"已经不是秋天的语言。不必说水果，连卑微的小草都结满了草籽。鼓鼓囊囊的草籽穗头像八路军的干粮袋一般朴实，它是明年几十株青草的娘胎。

秋天慢下来，地球转到秋天也应慢一些。秋天沉重，大地多出来无数沉重的粮食，地球的辎重车行走当然要慢。地球舍不得把藤上晶莹的葡萄甩下来，宁愿转得更稳些。

初秋并不是丰收的时候，丰收是说晚秋。初秋所做的事情是定型，让一切可以称为果实的东西由不确定变得确定，由浆变成粉，由稚嫩变得坚硬。那些还没在初秋定型的东西已经定不了型了。人也如此，一个叫作"青春"的东西已经逝去了多年，双脚正往晚秋行走，此时还没沉淀、没雏形、没味道、没形态，有什么收获可言呢？

初秋明净，光线照在树枝和马路上，一样的澄澈。秋天的水比夏天更透明。早晨，秋天弥漫着来自远方的气味。这味道不知有多远，是庄稼、果树、河水和草地的混合气味，在城里也能闻得到。此味对于人，可叫作深刻或沉潜，离肤浅已经很远。如果秋天和中年还肤浅，就太那个了。好在四季一直懂这个道理。如果大地不知好歹地装嫩，会把人全吓死。初秋只是短暂的过渡色，叫作立秋和白露，之后中秋登场，所有的喜庆锣鼓都会敲响，丰厚盛大。

中秋的秋

光阴的河水,从树叶上,从泥土里,从锄头上,从酒碗边,从炊烟中,从蛐蛐声里淌下来,如一道道溪流。到了秋天,汇成一条大江。秋天的大江载不动连天船舸,瓜果梨桃,五谷丰登,在这条江上漂流,等待月明。

月亮是带笑容的信号弹,说丰收开始了,酒席开始了,镰刀的呼喊开始了。信号弹升在每家院子的上空,亮如白昼,花雕的坛子蹒跚行走,池塘的波纹用弧线描画月亮的脸。月亮如川剧艺人于清夜变脸:白如银盘,黄如金坛,酒醉的吴刚跃跃欲试往人间降落。

上中下、早中晚,中为何物?秋何以中?《大学》有言:执其两端而用中,不偏不倚之谓也。中乃花开正好,尚未萧疏。中为子时午时,阴阳相持进而泰然。中乃过半未半,是秋之美人最美,秋之盛装最盛。秋而逢中,庄稼的队伍浩浩荡荡,走遍大地,接受检阅。果树的队伍拎着红灯,草原的队伍带着绿风,海的队伍互相牵着浪花的手,加入游行。

中秋登场了，还有什么没登场？五谷大地来了，高山流水来了，来得稍晚的是星星的合唱。星星有点羞怯，起初声小，缓缓包拢天地，音色透明，织体饱满，山川唱和，弥漫秋声。

四 季

秋 天

　　用读《论语》的眼光看秋天，它干净而简洁，枝条洗练，秋空明净，这是谁都知道的。老天爷只在秋季拭手一擦晴空。白杨树，干直而枝曲，擎着什么，期待或其他；河床疏阔，一眼望尽。

　　秋天，场院丰盈但四野凋敝——由于人对土地的掠夺。我不愿意看到玉米叶子自腰间枯垂，像美人提着裤子。割去吧，用锋利的镰刀把玉米自脚踝割断，它们整齐地躺在垄上，分娩一样。谷子尚不及玉米，斩过又让人薅一下，头颅昏沉坠着。

　　在乡下，我爱过我的镰刀。不光锋利，我在意刀把的曲折，合乎"割"的道理。镰刀把握在手，是一种不尽，一种生存与把玩的结合。

　　在北方的秋天，别忘了抬头看老鸹窝，即钻天杨梢上的巢。细枝密密交封，里面住着老鸹的孩子。老鸹即乌鸦，虽然不见得好看，小老鸹喙未角质，鹅黄色。

拎着镰刀抬头看老鸹，或拾土块击其巢（当然击之不中），是秋天的事情。老鸹扇翅盘桓，对你"呱呱"，没责备，也许算规劝。

若说场院胜景，最好的不是飞锹扬场——粮食在风中吹去秕糠，如珠玉落下；在集体的场院里，电灯明晃高照，和农村老娘们儿剥玉米才是享受。电灯一般是二百瓦的，红绿塑料线沿地蜿蜒。这时，地主富农坐一厢，知识青年和贫下中农坐一厢。谈话最响亮的是大队书记的年轻媳妇，她主导，也端正，手剥玉米说着笑话。夜色被刺眼的光芒逼退了，剥出的新鲜玉米垛成矮墙风干。

乡道上，夏天轧出的辙印已经成形，车老板小心地把车赶进辙里行进。泥土干了，由深黄转为白垩色。苃苃草的叶子经霜之后染上俗艳的红色。看不到蚂蚁兄了，雁阵早已过去。怎么办呢？我们等着草叶结霜的日子，那时候袖手。

总有一些叶子，深秋也不肯从枝上落下，是恋母情结或一贯高仰的品格。然而，当它们随着风声旋转落地时，人们总要俯首观看，像读一封迟寄的信。

冬　日

在这个时候，父亲出门前要提系裤子再三，因为棉裤毛裤云云，整装以待发。

这时，我在心里念一个词："凛冽"。风至、霜降、冰冻，令我们肺腑澈彻无比。冷固然冷，但我们像胡萝卜一样通红透明。真的，我的确在冬天走来走去，薄薄的耳朵冻得疼，捂一捂又有痒的感觉。鼻子也如涅克拉索夫说的"通红"。但为什么不享受冬天？冬天难道不好吗?

冬天！这个词说出来就凝重，不轻浮。人在冬天连咳嗽亦干脆，不滞腻。窗上的霜花是老天爷送你的一份薄礼，笑纳吧。当你用你的肉感受一种冬天的冷时，收到的是一份冰凉的体贴。比较清醒，实际比较愚钝。因为冬藏，人们想不起许多念头。我女儿穿得像棉花包一样，在冰上摔倒复起，似乎不痛。

想我的故乡，我的祖先常常在大雪之后掏一条通道前往其他的蒙古包。在这样的通道上走，身边是一人高的雪墙。他们醉着，唱"A ri Ben Ta Ben Nie Sa Ri ……"走着，笨拙却灵活的爱情，相互微笑举杯。

冬天听大气的歌曲，肖斯塔科维奇或腾格尔。不读诸子，反正我不读诸子，因为没有火盆，也没有绍兴老酒。唱歌吧，唱外边连霜都不结的土地，连刨三尺都不解冻，而我们还在唱歌，这不是一种生机吗？

冬天的女人都很美丽，衣服包裹周身，只露出一张脸。我们一看：女人！不美丽的女人亦美丽。爱她们吧，如果有可能。她们在冬天小心地走着，像弱者，但生命力最强。

春　时

春天无可言说，汗液饱满，我们说不出什么。如果我们是杨树枝条，在春天就感到周身的鼓胀，像怀孕一样，生命中加一条生命。

说"春——天"，口唇吐出轻轻的气息，想到燕子墨绿的羽毛，桃开开放的样子，不说了。虽然人们在春天喜悦，但我暗想又添了一岁生齿。不说了。

夏 季

夏天在那边。

我感到夏天不是与冬季相对的时令，如棋盘上的黑白子。我知道夏天是怎么回事，它累了，如此而已。在四季中，夏天最操心，让草长高，树叶迎着太阳，蜜蜂到花蕊里忙活。刚到秋日，夏天就说：我不行了。

夏天是毛茸茸的季节，白日慵懒，夜里具有深缓的呼吸，像流水一样的女人穿着裙子。跟春天比，夏天一点不矫情也不调侃，走到哪里都是盛宴。

如果我是动物，就在夏天的丛林里奔跑，跑到哪里都可以，用喉音哼着歌曲，舌尖轻抵上颚，渴了就停下埋头饮泉水。啦——啦——啦，我认真地准备过一个夏天。

节气篇

立 春

在赤峰，看不出立春是怎么立的，物候还在冬天的范畴里。登南山却不同，杨树的枝条透出玉石般的青白，枝条仿佛直了。枝条怎么能直了呢？一、是不是枝条水分多了？地还没化，水分何来？二、枝条里钻进了一种神秘的东西，人称它为春。树管它叫什么呢？这是一种动的，可以叫作阳气的、膨胀的气氛吗？枝条里进驻气氛了，好像连语法都说不通，姑且这么说吧。杨树的枝条根根拔向天空，委实与冬日不一样。像一个没糊红纸的巨大的灯笼的竹骨。风如老鼠一般从地皮划过草丛倒伏于地，沟里的草还保留着去年秋天被雨冲刷过的纹理。枯草在立春之日看上去接近时尚的色调，如同小米一样温和的黄，这是高级衣装的色调。松树荫蔽下面的枯草里藏着雪。没化干净的雪有鸡蛋大，它的白与草的黄构成另一种时尚的格调，如同女士的风衣与手袋的搭配。

风吹过松树，松针把风分成万缕。风被松针梳过后变成了粉丝，发出低沉的"呜"。冬天听不到这样和畅的风声。风在冬天尖利，吹在高天。立春这一天，风贴着地皮缓吹，吹一吹小丘陵和小鱼鳞坑。一只野雉从灌木里飞起，头和长尾呈一条直线。野雉似乎不需要这么长的尾巴，是它身体的一倍多，飞起来身上如同别着一根箭。风如果把南山吹一遍大约需要一天时间。它的沟壑如城墙壁立，布满裂缝。风吹进去再钻出来，是个慢活儿。南山栽着挺多小老树，二十多年树龄，树干只有拇指粗。树的枝干虬结，如老梅。它们若是梅树多好。我想起台静农画的梅花，一朵一朵，都是圆圈画上去的。虽雷同，却不呆板。中国字画可看出心上的慢。好的书法，即使如草书，也是慢慢写出来的。怎样的慢法，各自有各自的功夫。

站南山看赤峰，原来的城市像一个簸箕泻出的米，从南山泻到英金河就到头了。现在，城市变成了一趟川，东西望不到边了。南山好像矮了。"好像"的原因是主政者在山顶盖了一座塔。是谁这么手欠，非要在山顶盖一个不伦不类的塔呢？山头即山首，亦为山的咽喉，盖上个塔会怎么样，会预防地震吗？怎么看都不好看，不是地里长出来的东西怎么会好看呢？

赤峰的小城位于南山北麓，英金河南岸。小时候，虽未听过陶渊明与陶潜之名，但常常体察"悠然见南山"的意境。赤峰人从未产生过愚公的想法，欲挖掉南山以期发展。我们知道，谁也挖不掉南山。此山的土堆起来还是一座山。挖山只不过给山松松土。儿时，我们登山，只为俯瞰一下赤峰城，看街道变细，楼房缩成高粱米粒大小。成排的平房如同木梳齿。这比什么都好看，我们常常看得发呆，并为下山钻进木梳齿般的房子里睡觉而感惊呆。南山没有树，一年四季都是黄山，下完雨是深黄山，冬天黄得发白。干部和学生会在春天里的某一天扛着铁锹上山栽树。上午上山，下午下山，下山回望小树苗。因为这些树苗不久便会旱死了，看一眼，少一眼。第二年这帮人继续上山栽树，在哪块坡栽树都可以，哪块地都没树，空场有的是。但我不明白头一年栽的死树咋看不着了，谁拔走了吗？没人回答这么无趣的问题，大家只管栽树，栽完树发汽水，一人一瓶。

现在南山有树了。立春这一天探查，碗口粗的松树长了好几坡，冬天的黄土坡被墨玉般的松针盖在脚下。树根拉住了流失的土，沟壑停止了裂纹，沟下长着金黄的草，如同一条牛毛色的小路通进山里。立春的天空蔚蓝明净，云彩只像信手刷上去的白涂料，有扫痕。云层如果再厚一些，我猜想云的后面躲着鸟群的阵营。立春了，接着是雨水，小鸟该回咱们北方了。回来的候鸟先在云彩里面歇几天，适应一下环境，然后俯冲下来，带来花朵和青草。

说立春这一天，人体的阳气萌动。我下山，在路上见到三位红脸人士，他们的阳气堆在两颊。我见到一人倒着走，阳气多到用不了，正着走路已经使不上劲了。喜鹊抽动好像沾了白漆的翅尖，树上树下忙，像一位搞卫生的人。大路宽广，行人不再戴冬日的帽子，有人开始敞开羽绒服的衣怀，阳气从肚子里往外冒。电线还没有返青，但水泥电线杆子已经像杨树那么白，仿佛吸足了水分。我没看到河水的情形。赤峰的北河套光有套，没河了。以后看河要上电视上看，自然离人类渐远，我们要做的事是借着一个古代留下的节气的名字幻想自然，比如立春。

雨　水

二〇一五年雨水节气在乙未年的正月初一，赤峰市区的气温零下九至零下六摄氏度，西南风三至四级，湿度百分之十五，晴转多云。

原来想雨水这天会下一点雨，譬如地面见点湿就好了，但老天爷没这么安排。随即想到，凡事不可望文生义。姓王的人并不都能称王，姓马的人跑步可能不快，但不妨碍他们继续姓王姓马。雨水，是上天赐给节气的一个命号，它的大名和小名都叫雨水。

对雨的称谓，有雨、小雨、大雨。而更庄重，可与上天相配的称谓叫雨水。雨水听上去比雪花流畅，比谷雨水多。雨水节气里能不能见到雨不是重点。这一天，柳树树冠的色泽与枝干已有不同。树冠在褐色枝干的上端露出微黄。趋近看，什么都见不到，远观才分明。柳树此刻比人更明白雨水到了，做出雨水才有的样子。人看不清柳树到底是什么样子，天却看得清楚。好比说，人看草长得全一样，羊全一样，蚂蚁全一样，但它们各有各的样，全不一样。柳树这么多情，怎么会在二十四个节气里全一样呢？

南风吹过来，如同要把寒冷吹回西伯利亚去。走路时，石子随鞋滚出很远。这些石子头几天还被冻在土里，现在随着鞋的搬运到四处玩耍。这一天，所有人家的日历上都印着两个字：雨水。那么，北方人一冬没见过的春雨在日历里成串下起来。雨先在日历里降落，然后落在土地上。

在雨水节气头三天——腊月廿七，赤峰下了一场雪。雪花没看出比以往更白，但更黏。这场雪踩上去在鞋上粘一大片，不坚实，不吱吱响。它们落在柳树龟裂的树皮上，像趴上一片白蝴蝶。雪花们在空中拉紧了手才落地，如团体操。雪落地到不了一个时辰就化了，这已是七九第二天，雪待不住了。无情的人"啪啪"乱走，置办年货，把缠绵的雪踩得稀烂，雪也不愿待了。这是三天前的事情，我还在怀念那场雪，它就是提前来到的雨水，是上天对应这个节气送来的礼物。我觉得遇到这种情况，各单位应该组织人员迎接，表达一下感谢的意思。

　　雨水节气，人做一做生产的事情都好，比如生小孩。肚子里无孩的人可以到屋外放放风筝，老天以为你在向它行注目礼。雨水了，却见不到小鸟飞。正月初一还有不少鞭炮，鸟儿都躲起来了。但这仅仅是初一的城区。在广阔的田野和山区，鸟儿刺破清冷的空气，把啼鸣留在河岸的灌木里。鸟儿不管雨水这一天下不下雨，它感觉出天地出现了一个变化，时光的指针朝春天又近了一格。小鸟看到树冠的乱发蓬松，这是睡醒之后的发型，可以比原来容纳更多的鸟。树尤其满意鸟儿如箭一般从自己的头发里飞出，眨眼间不见踪影，不知什么时候又飞了回来。树觉得这会显出树的神奇，它把鸟射得比大炮还远。树遗憾自己迈不开步，但有鸟儿这样飞出飞入，也就没什么遗憾了。

　　我见过雨水在雨水的节气落下来，不紧不慢，很庄重。在我老家，雨水节气下雨将是新年第一场雨。它们如三军仪仗队一样，虽未作战却显示作战部队的军威。雨水的雨不大，既然春雨贵如油，就下不了太大，此油是非转基因灌溉油，每一滴对泥土都是一个信用。

　　雨水的雨不是油，是水晶丝，比柳丝长而透明。在雨水的雨里，传出了泥土的腥气。干燥的土房子与土墙在春雨里露出乡里乡亲的气息，有家味。雨落在晾干的庄稼秸秆上，"噼呖啪啦"，好像翻东西。落在玻璃上的雨带泥，一小片春风被雨收容落在了玻璃上，如土色的小梅花。今年雨水没落雨，看天气预报，明天出现雨或雪。雨水来了就不走了，在大地住一个春天、一个夏天、一个秋天，它们在土里待不够。

惊 蛰

"惊蛰两个汉字并列一起,即神奇地构成了生动的画面和无穷的故事。你可以遐想:在远方一声初始的雷鸣中,万千沉睡的幽暗精灵被唤醒了,它们睁开惺忪的双眼,不约而同,向圣贤一样的太阳敞开了各自的门户。这是一个带有'推进'和'改革'色彩的节气,它反映了对象的被动、消极、依赖和等待状态,显现出一丝善意的冒犯和介入,就像一个乡村客店老板凌晨轻摇他的诸事在身的客人:'客官,醒醒,天亮了,该上路了。'"

我极少大段引述别人的作品,这回则不同,上面的文字,出自苇岸笔下《廿四节气·惊蛰》,写于一九九八年三月六日,农历二月初八;天况:晴;地点:北京昌平。抄在这里为的是纪念我的朋友,一位故去六年的优秀的中国散文家。

苇岸喜欢大地。大地虽然如此之大,但许多人早已感到陌生。他们的相关记忆是:道路、地板、车、写字楼、卧房和厕所。大地在哪里?人们影影绰绰觉得它在乡下,或者藏身于五十年之前的诗集里,它的一部分暂存在公园,其余的被房地产商暗算了,至少给修改了。

如果不记得大地,人们上哪儿去体会惊蛰、雨水的含义与诗意?农历的节气,仿佛谈天,实则说地,说宽广的大地胸怀呼吸起伏。节气的命名非在描述,而如预言,像中医的脉象,透过一个征候说另一件事情的到来。

苇岸写道:"连阴数日的天况,今天豁然开朗了。……小麦已经返青,在朝阳的映照下,望着清晰伸展的绒绒新绿,你会感到,不光婴儿般的麦苗,绿色本身也有生命。而在沟堑和道路两旁,青草破土而出，连片的草色已似报纸头条一样醒目。"

  而在我的居住地，惊蛰时分，草还没有冲出来用新绿包围从冬日里走出的人们。盘桓已久的街冰却稀释为水，像攥一个东西攥不住漏汤了。南风至，吹在脸上，是风对脸说的另一番话语，不止温润，还有情意。天气暖了，人们仍然喊冷。此际"冻人不冻水"，人的汗毛眼开了，阳气领先，反而挡不住些微的春寒。汗毛眼是人体九万八千窍孔之一，何故而开？因为惊蛰嘛。

  惊蛰不光是雷的事情。雷声滚过来，震落人们身上的尘埃，震落草木和大地身上的尘埃。惊蛰不光是小虫的事，虫子终于在这一天醒了。谁说冬眠不是一种危险？醒不过来如何？以及到底在哪一天醒呢？惊蛰有如惊堂木，握在天公手里，"啪"的一声，唤醒所有的生命。

  其实这一切是为春天而做的铺垫。春天尊贵，登场时有解冻，有返青，有屋檐冰凌难以自持，有泥土酥软，有风筝招摇，有人们手里拿着白面饼卷豆芽，有杨树枝上钻出万千红芽。是谁摆这么大的排场？

  ——春天。而惊蛰不过是迎接它的候场锣鼓，好戏在后边，像苇岸说的："到了惊蛰，春天总算坐稳了它的江山。"

  苇岸，本名马建国（一九六〇至一九九九），北京市昌平人，著有《大地上的事情》等作品。

春　分

  春分分开了土和树，它们从一样的燎白的树木和泥土中分离出两种色彩。杨树的白里透出了青，玉石那种青，树身比冬季光滑。土地露出新鲜的黄颜色。雪化之后的泥土黝黑，只比煤的黑色浅一些。

春分分开了水和冰。冰冻坚牢的河面由岩石般的黑色变为乳酪白。远看像落满了雪花。河冰将化未化之际，表层漂一层气泡，这是冰层变白的缘由。这样的河很好看哎，河两岸即将返青的牛毛似的黄草中间，横置一条白冰的大河，仿佛上天单独给河面降落了一条雪。近看，结满白色气泡的河冰上面浮一层水。冰被水泡化了，至少泡酥了，变得千疮百孔。

春分分开了青草和枯草。草嘛，望过去还是一片枯黄。但感觉到黄里藏着什么东西，却说不出它是什么东西。譬如：草变厚了？（不对）。草色由冬日的白金转为褐黄（它原来在白金中就包含着褐黄）。草站起来了？（是吗?）草向四外扩张（想象）。草地望过去仍然一片枯黄，但暗藏生机。生机这种东西可感受但无法描述。说一个人是一个活人并不仅仅因为他会眨眼、会走路、会咽唾沫。他的脸上与身上贯注一种东西，报纸叫活力，中医叫一气周流，草也如此。草的活力见诸色彩，草在草里秘密贮藏了一些绿意。此绿让草叶蓬张变厚。远处看不到，走近了，瞪着草看一分钟，就看出它在胳肢窝里、裤衩下面和脚脖子周围挂着绿。承认吧，抵赖不了啦，草在偷偷变绿，只是人类视觉迟钝，分辨不清它每天的变化。这种变化要用数学模型解析，眼睛看草，草草而已。春分时节，草由单薄枯干的白金色转为卡其色（新疆南部和巴基斯坦土屋的颜色），后来卡其色里渗入深黄，继之接近浅棕色，这时草的下半身已偷换上绿裤，之后变为第三帝国军服的橄榄绿。绿草尖长到最高处时，新草褪去了白金色、卡其色与棕色的过时的布衫，转为嫩绿。此时，草的数量显少，但株株鲜明。每一株草手握可爱的尖戟，草尖旋转着卷成针尖，而它身下的叶子舒展。

春分分开了鸟儿和北风。吹了一个冬天的北风累得趴在冰上喘息,被南风吹走。压在石头下面的虫卵已经孵化成虫,大摇大摆地走在地面。天上的云彩改变了航向,在南风里朝北飘浮。麻雀从草丛弹向树梢,仿佛变成了蚂蚱。站在枝头的喜鹊检测树枝的弹性,大尾巴朝下压,仿佛从洋井汲水。北风解除了对天空的封锁,鸟儿排队飞过。天空有了鸟群才有春意,天空不开花,不长绿叶,鸟群才是它花园的花朵。我在蒲河大道行走,五六米前的路面如爆炸一样升起一片麻雀,它们的碎片落在路旁的松树上。我再看松树,上面没有麻雀,枝叶间挂满圆嘟嘟的松塔。我不相信麻雀一瞬间变为松塔,如能变,它们早就变了。我往松树边上走,一步步趋近,"扑",一多半"松塔"飞上天,到其他松树上冒充松塔。每当鸟群从视野里飞过,我总觉得这是一个幻想,说不清这是鸟的幻想还是我的幻想。好像这是不可能发生的事,但发生了。鸟们像树叶从眼前飘过,几秒钟离开了视域。不是一只鸟,而是七八只鸟一起飞行,它们必定去完成一件人间所没有的更有意思的事。它们排成队从人的头顶掠过,大地上的事情不值得珍惜。

春分分开了石块和虫子。昨天有一只瓢虫落在北窗台上,北方叫它花大姐。它在窗台麻纹的水泥上嗫嚅行走,甲壳比釉面还要光洁。花大姐橙色的脊背点着几个点,仿佛它是一个骰子,因为有人赌博才来到这里。赌什么呢?赌今年的雨水旺吗?赌飞过的鸟群是单数还是双数?也是昨天,南面露台护栏固定件松了,我把它取下来。这个形如铸铁的固定件竟是塑料的,它下面是一窝瓢虫。我头一回看到成窝的瓢虫,甲壳上各自的点数不一样。我没数,盖上固定件免得它们着凉。我估计它们背上的点由一点、两点、三点到五六点,是排行,便于虫妈清点。

春天于此日分开大地和天空,让绿的绿、蓝的蓝。分开河水与岸,让静的静、动的动。冰雪彻底消融,春天分开了绿叶与花朵。

清 明

清明从雨滴里降落人间。雨在视野里不明晰，只听到头顶的伞布"沙沙"响，像往伞的绸布上洒沙子。走到哪里，"沙沙"声跟到哪里，让人疑心这雨是为伞下的，只下在那么小的伞布上。

四月初，大地还没见到鲜明的绿意。这场雨下完，草就该绿了，咋也该绿了。地上的枯草像被喷壶洒了一遍水，柔软鲜润。枯黄的草在雨后虽不能说更黄，颜色却比黄更深，如同人的皮肤被水浸过颜色变深一样。枯草变湿变厚，仿佛成了大地的哺乳类动物的皮毛。稍微停下脚步，就可在枯草里发现青草的身影。它们要么头扎在枯草里，绿屁股撅出来。要么在枯草里伸出一只或四五只绿腿。往远看，小块的青草在枯草的大河里浮起，像草在秋天还没有黄透。事实上，它们是绿色的先头部队。它们绿得比树早，从枯草里冒出来，一点点包围枯草，酝酿一场青草的洪水，冲刷天涯海角。

廿四节气的名字都好听，立春、谷雨、芒种、惊蛰，多与物候、农事相关，而清明仿佛是一个大脑神经学的词汇。清明于人之道曰不糊涂，于天之道乃是清楚明白。天于此时要啥有啥了。要雨有雨，要风有风，可以细分成微风、清风、和风与大风，这都是冬天所没有的天的思路和财产。清明的雨首先是送给草木的给养，其次才是对亡灵的祭奠。生老病死在自然界十分自然。秋天，青草转黄，看不到天有伤感。苍天不为哪一株草的凋亡拭泪。人悲秋，天不悲秋，就像它不为春天百草萌生而有所欣喜。大自然除了遵循自然法则之外不遵循任何学说与情绪。子曰"天何言哉？"不知说啥，故没啥说的。到了天那个级别，"无眼界乃至无意识界，无无明亦无无明尽，乃至无老死亦无老死尽"。

往远看，柳树的树冠涂上了一抹淡黄，好像国画家无意抹上的一笔，水分很多、颜料很少。走到近旁，淡黄没了，仰视也见不到。发芽早的柳条从枝上垂下来，或叫半垂。而褐色未垂的柳枝还在发愣，仿佛奇怪别的柳条为什么要垂下来。下垂的柳枝挂着初发的叶苞，如小鸟的喙。没有叶苞的枝上则挂着晶莹的雨滴，冒充叶苞。树啊，我拍拍柳树。这一个夏天，你不知要长出多少叶子，垂下多少枝条，你累不累啊？这都是废话。可是，不说这个你说什么呢？说福克纳不喜欢海明威吗？那就显得远了。松树被清明的、看不清线条的雨丝冲刷得坚挺苍翠。最可喜，松针挂满了雨滴。这些如钻石般并不坠落的雨滴仿佛与松树与生俱来有缘。松针尖头挑着一滴水，万千松针万千水，与十万青年十万军意思相仿。海子说："悲伤时手里攥不住一滴泪。"清明时，从冬季走出的松树攥住了十万滴雨，等待雨滴化为钻石。

找一个一尺深的大玻璃缸子（鱼缸也行），放上土并放在窗台外面，看蚕丝一般的雨是怎样渗入土壤。假如这是个放大镜做的鱼缸，可见雨水在土里怎样宛转回环，被土抱紧，和土成为一家人。雨水是天水，是活水。它滴进土里激活土壤的生发万物的本能，让草的腿越来越绿，柳条万千条垂下来，垂到地面和青草握手，让花大姐爬上来。清明为什么叫清明呢？草木轮廓日见清晰，水澄澈，山形日见瘦溜了。清明这一场雨洗去了天地尘埃，冬天的被冻在空气里的污垢自然瓦解，化为肥料。人的脑子会不会在这一天清亮呢？人与大自然太远，往往接不下节气。有人到了夏天，身体还没春分呢；有人身体天天立冬或天天立夏；有人永不惊蛰；有人到了半夜，脑子才清明片刻。清明只是春天的一部分，上承春分，下接谷雨，让大地回春，草木生长。易曰："天地之大德曰生。""生"这个词有多么好，让万物走到世界上来。它们是草的婴儿、虫子的婴儿、花的婴儿。人的婴儿随时可生，不拘泥于春秋。生是新月，是融化的河冰，是花苞睁开眼睛，清明看到了许许多多的生。

桃树的树皮像枣红马的皮毛那样闪亮，桃花的花蕾外衣艳红。它挣破了这层表示羞涩的红外衣之后，粉色的花瓣让寒风彻底退却。桃树不以桃子取胜，而以桃花炫耀。比桃更甜的甘蔗、橘子、葡萄都没这么惹眼的花朵，而比桃花更惹眼的牡丹并不结果。桃树一生办两件大事，一是开花，绯红如云；一是结桃，人猴皆飨。清明的雨沙沙地洒在伞上，林间的落叶变得软软绵绵。清明的雨下进了草木的心里，草木小口慢饮，之后老天又给续上了新水。清明让昆虫和草木的脑袋精神了。之后的日子，对人是一岁，对它们是一生。

谷　雨

谷雨的耕地仍然沉寂着，一群驮满灰尘的羊越过耕地。羊早就想来耕地里游逛，长满青苗的耕地是它的宴席。羊只是远远看着没来过。谷雨时节的田野还没播种，没青苗也没有草，虽然空旷无物但比秋天多出生机。羊把羊粪蛋拉到耕地里，去啃水渠边刚刚返青的嫩草。

春天的耕地没洗过，没涮过，但像洗过涮过叠过，平平展展，干净新鲜。跟远处的山比，耕地好像去皮的桃子的肉，一抹沙瓤的黄。谷雨的大地如盼孩子一般等待种子进入自己的怀抱。大地紧紧攥着这些小小的种子，把它攥出芽，变成绿苗生长。

耕地被春风吹过，表面不干净的浮土都被吹跑了。接下来有小雨，让土往下沉一沉，站稳脚跟。然后再刮风，把泥土接纳阳气的孔窍全吹开。桃花这时候也被吹开了。好多年后，桃花也想不起自己是怎样开的花。打骨朵的事它还记得，后来晕眩了，再睁开眼已是满枝桃花。桃花不明白的事,春风明白,是它吹开了桃花。谷雨时节的春风不止吹开桃花,还吹谢了桃花。花朵凋谢的桃树不怎么好看,一下子头发变得花白(真是花白),有些花瓣掉了碴,好像好多张嘴变成了豁牙子。远看,花枝半谢的桃树如同老年秃子的背影。

今日谷雨,但火车并不比平时开得更快。坐在动车上观看从关外到关里的田野,大地渐渐披上绿纱。不知从哪一站开始,杨树开始绿了。东北的杨树这几天刚落下树苟子。铁锈色如毛虫一样的树苟子躺在白得如岩石色的落叶上。它们首尾相顾,仿佛便于爬行。落了树苟子之后,杨树会冒出尖尖的、披着红甲的叶苞,像小小的蛹。此时,沈阳的杨树还没钻出红叶苞,但树干已换了颜色,白里透出玉石的青。东至山海关之前,窗外的杨树仍然枯索,柳树才有最亮的颜色。小柳树只有梢头绿,仿佛留了一个新绿的沙锅盖发型。桃花谢了,杨树未绿,柳树的风头最猛。这一段时光,没有任何一种生灵比它更有活力。春草未生,野花未开,柳树可劲招摇,在路旁站成一排,弱冠青青。耕地去年的垄沟已经模糊了,田埂上长出了青草。细看,所谓"青草"是些野菜,它比草更早返青,宽叶子在地面匍匐。新耕过的地,如晾在太阳下的一幅长长的深棕色的布。一头骡子拉着一盘犁杖在地里走,后面的庄稼人一手举鞭,一手扶犁在他们身后,又有一匹长长的布铺在地里。大部分耕地还没翻,离小满还有半个月,一个月后才是芒种。

看一小会儿书,再抬头,麦苗已绿。这是我在大地看到的今年的绿庄稼。火车厉害,开到了麦苗翠绿的地方。在这里,麦苗都绿了,杨树、青草的绿已不令人惊奇。杨树枝条稀疏的黄绿,麦苗在地面返深的翠绿,野草在沟沟坎坎杂绿,桥下水坑已积存老练的藓绿。这是河北省,火车开到这里,已结束了春天。看今年的春天,还得坐车回东北。河北这边全都是夏天,池塘里浮着白鸭。

河北有夏天，不等于这个地方美。车在河北大地走，眼睛看看柳树、麦苗就行了，别往远看。如果执意望远——别怪我——你一定见到了丑陋的景观，几乎所有的山都被开肠破肚，与平原的麦地不匹配。哪座山被劈开、被掏开都丑陋。河北山少，有人见山就劈，采石研粉造水泥。

春小麦一块块绿在早春的田地里，它甚至不像庄稼，如厚厚的地毯，等待贵宾走过去。贵宾迟迟未来，鸟儿在麦地上方飞来飞去，如同它已经走过了。赶到昌平地界，花开到隆盛的地步。温榆河边的樱花繁复到枝头擎不住。它的花瓣如我小时候见过的榆树钱，像一根竹签子穿成的密密的花瓣。榆树钱嫩绿、樱花胭脂红。河边的树上——核桃树、榆树、柿子树、枣树上都有鸟儿翻飞，许多候鸟已经飞回了北方。麻雀与喜鹊之外还多了好多颜色鲜艳的鸟儿。谷雨时节，鸟儿不回，大地该有多么寂寥。谷雨这一天，由沈阳到达北京，天气都是阴乎乎的。谷雨的阴天不灰暗，阴是雨意丰沛，天空里透出光线，花与草在阴天里依然明亮。

立　夏

立夏是二十四节气中第七个节气，至此辰月终结，已月起始。"斗指东南，维为立夏。"大地在立夏这一天告别春天。但我昨天还忙于到田野偷土，到市场买秧苗，忘记了告别春天。

春天最后的花衣在立夏已然脱去了。园区里黄色的鸢尾花消失了，京桃树和李子树的粉花红花凋落，连树下的残花也看不到了。开花的树们换上了绿衫，安静地缔结小果子。孕育中的母亲们都很安静，此时再开一遍花就不成样子了。古人称立夏这一天"天地始交，万物并秀"。古人动辄把天地挂在嘴边，他们缺少现代物理学与天文学知识。天地怎么会在这一天始交呢？你看到了吗？姑妄听之。"万物并秀"却是真的。植物在立夏这一天没长叶子就不要再长叶子了，就像高考虽无年龄限制却见不到太多老年人参加。带叶子的植物在立夏全都长齐了。昨天，园区里突然起了雾，是真雾，而非霾。真的晨雾洁白、晶莹，有山林的湿气与香味。雾如纱一样，霾如粥一样。雾的轻纱罩在树后面，阳光慢慢掀开纱帘，露出带着水痕反光的绿叶。雾笼罩绿树的时候，为树叶清洗喷雾，让它们在雾气缭绕中重新登场。自然界有自己的游戏。立夏前后，大地一下稳住了。树叶都长上了树梢，就不在土里闹了。立夏的大地极为安详，春天的繁花胜景全体变身，仿佛大河穿越险滩进入平稳的河道。立夏的时候，树叶在微风中飒飒，仿佛在说"立夏，立夏"。

就今年的立夏而言，天空有雨。雨丝恍如飘在南方的田野，它们织了一层又一层的帘子，挂在两棵树之间，挂在前楼和后楼之间。往远处看，田野上的草丛蹲在白色的雾团里，其实是在雨里，而打开窗户竟听不到雨声。我确信天在下雨，走到阳台上伸出手掌，雨丝用冰凉的小手纷纷与我相握。我摊开手掌看，掌上落着小小的雨滴，只有小米粒的十分之一大。我们这里要变成南方了，改革的力度势不可挡。如果连着下几年这种样子的小雨，人的口音会变为吴语区，伲伲侬侬，脸色也会白一些。

立夏里，所有的枝头都爬满了绿叶，枝头顶端的叶子像猴一样四外瞭望，看夏天来没来。立夏的草地沾满了露水。我每天早上在草地里行走，草地在立夏前才有露水。说露水如说一种幻象，它是远远的、草地射来的一瞬而逝的钻石般的光，这是露水的光。蹲下看，却看不清露水在哪里。走起路，露水又在远方的草地刺你的眼睛，它永远在远处。不光草叶结露水，露水也结在小小的蛛网上。蜘蛛在雨片草叶之间结一张巴掌大的网，上面沾满了细雾般的露水，使蛛网白得如一小片塑料布。蜘蛛不愿暴露它的网，但露水告了密。树叶长满枝头之后，风好像小了，至少风速比过去慢了。树干不动，树的梢头在风里缓缓摇动，好像刚刚起飞的小鸟蹬得树枝乱摇。

江南的雨在沈北的天空不紧不慢地飘落，它们没发现这里不是江南，我也没提醒它们，不要多嘴。看窗外看不到雨，盯着对面楼房黑色的玻璃窗，能看到隐秘的雨丝斜着落地，这不就是江南吗？鸟儿们在空中飞，城堡般的灰云在天幕上站立行走。这种样子的云跟江南的云还是不一样，好像还停留在奉系军阀阶段，如此吹胡子瞪眼的奉系云怎么能下出江南的雨呢？我不明白的事情越来越多了，百度也不会告诉你真相。

立夏了，大地铺满了绿草。细看，草里边还有更小的草。这些小草立夏刚长出来，它们避开了春天的寒气。这些小草比春天的草更干净，雨和露水为它洗了很多遍。跟这些小草比，野菜已经老了。刚进夏天，野菜松散贴地的叶子现出灰绿。在草里，浅颜色是青年也是幼小的标志。人类的孩子也比大人白，包拯儿时也很白。

立夏把夏天立在大地，还立什么呢？树枝摇摆，像浪头向岸上扑过来。鸟群飞过天空，人仰面看到一个个十字飞过头顶。它们翅膀的宽度比头与脚的长度宽许多。鸟类打开翅膀如伸出两把横刀，把空气割得像凉粉那么薄。这些被收割的空气落在树上，吓得树枝左右摇晃。立夏的夜晚散发芬芳，你想说这是草木的香气。事实上，草木气息里还夹杂着更神秘的、勉强可以称之为香的气味，它是夏的气味。立夏之后，大地染上了这种香气，白天似有若无，在夜里气味变得明亮，像夏夜的星星一般明亮。

小　满

节气到了小满时分，荒野长满了青草。寂静的耕地长出一层比青草颜色更浅的禾苗。

夏天的河流挤满了大地的河床，这是茂密的青草和树叶。能插进脚的泥土上都长满了植物，花草再想生长只好等待明年。春天走远了，初夏也走远，小满揭开了盛夏的帷幕。植物的童年与青少年时期已经远去。蒙古栎树的叶子已长到最宽，柳树细长的叶子也长到最长。所有的植物都褪去了童年的嫩黄，野草和树叶在小满时节进入了成年。与它们对话要用跟成人对话的口气，如野草君、柳叶君。草木的光阴就是这么短，被风吹吹，被雨浇浇就成年了。它们未必愿意长这么快，只是秋天不允许草木怠倦，那是它们生命的终点。草木是怎么知道世界上有秋天的呢？是谁告诉它们夏天之后是秋天，然后是万物肃杀的冬天？渺小的青草竟知道自己的大限，人却不知道。

田里的玉米苗有十厘米高，它的两片叶子如人伸出食指和拇指形成的"八"字。七十年前，谁若在别人面前做出这样的手势，则证明自己是八路，不好惹。但做这样手势的人多是土八路或假八路，真八路成建制屯于陕北，彼此用不着做手势。玉米的苗儿在褐色松软的土里纷纷做出"八"字手势。今年雨水好，假如春旱，这时节"八"字还出不来一撇。庄稼的苗有行距和间距，像有人在一大幅土色的纸上习字。字不大，占的地方不小。这么宽敞的地方，如赏给青草，它们早就长出一窝蜂了。青草一定觊觎玉米的地盘，但青草长上去就被拔掉。这叫农业，懂不懂？这一块田的四周，有无数青草趴在地头看玉米生长，跟看球赛差不多。玉米苗舒展腰身，八八八,一看就是体制内的人。

小满里,树叶子已长得密不透风。风从树里穿过,无数树叶为它们打开关上绿门帘子。从树下往树里看,什么都看不到,叶子里边藏着更多的叶子。在沈北的空旷的大道两旁,栽种着杨树、槭树、国槐、丁香、银杏和松树。乔木膝下是连翘,甚至有绵延几千米的玫瑰花丛。我跑步经过这些地方,不禁赞叹国家真有钱啊。开得嘟噜一串的玫瑰花在无人的大道上散出浓烈的香气。我闻到一小部分,其余都被风吹走了。路上偶有汽车驶过,但没人停车闻闻再走。小满是节气里的富人,它应有尽有,雨水、草木、花香全堆在了夏天。跟小满比,立春和春分都是流浪汉。

我印象中的鸟啼多在早晨和傍晚,而小满时节有一种鸟从早上叫到晚上。它不仅在树上叫,还在房顶叫。边飞边叫——布谷,布谷——声音传得很远。每当它叫"布谷",我在心里说:"地早种完了"。它又叫,我再说一遍,但我发现终于拗不过它。在旷野,我高喊:"地——早——种——完——了!"布谷鸟照样淡定地说:"布谷,布谷。"它有强迫症,我也有。有一天,我终于不在心里续——地早种完了,我悟出,除了"布谷",它不会发别的音。从小,它妈只教这一句话,伊竟说了一辈子。布谷鸟又名杜鹃,古人送它的名曰子规,爱把蛋下到别的鸟的巢里。它的啼声如木管乐,共鸣好。我听到林里传来的"布谷"则揣摩它的口形,它是怎样模拟双簧管的音色呢?"布谷"实为"奥鸣",跟粮食生产和农村经济都无关切。它在中国、朝鲜、丹麦、挪威都这么叫,不理会当地人的语言。中国人愿意把它听成"布谷"而不是"复古",民以食为天。"布谷"在音阶上差二度,如"咪哆",似一首乐曲的起句。起句一般规定着旋律的走向。挪威作曲家约纳森的《杜鹃圆舞曲》的起句即模仿杜鹃的叫声而非模仿它下蛋。"咪哆,咪哆,咪索索咪哆咪来"发展成了一首曲子，多合算。因此，我听到空中的"布谷"时，心里亦接续"咪索索咪哆咪来"，比"地早种完了"高雅一些。

小满青蛙叫，这是就我住的地方而言。楼前有树，树后有彩钢板。彩钢板后面是啥不知道。傍晚传来青蛙的合唱。青蛙的叫声既非独鸣，也非颤音。"呱——"好像它的舌头是折叠的音囊，又像它在吹一个大泡，还像用小槌划过搓衣板，"呱——"青蛙叫得好，渲染田园静谧，使星星看上去白净。"呱——"假如布谷鸟学会青蛙的唱法，变成"呱谷——"，也很动人。

小满的风是夏季的热风，干燥疾猛。阳光照下来跟盛夏一模一样，晃得人睁不开眼睛。清晨，石板上已有露水。草叶里藏着针一样的露珠和光芒。地里的庄稼和青草满了，树上的树叶也满了，天空上云彩也满了。

雨下在夏至的土地上

到了夏至，雨水不再是陌生人，它们像投奔故乡的游子，踩着云彩回到夏至的土地上。

夏至，雨的声音大过河水声、庄稼拔节声、蛙声。雨说给土地的话，要在夏至这一天一夜说完，土地根本没有插话的机会。对雨水而言，春秋冬三季造访土地只算做客，夏至才回到自己的家。

草毛了，从春天开始，草在雨水的定额里断断续续生长，属于计划经济。而至夏至，草逢豪雨，尽情挥霍，一边喝一边生长，还有余裕的水分洗一洗脚丫缝儿的泥。水有的是，草在风里甩去袖子上的水。白天，城里的草呆观街景，在夜里像冲锋一般疯长。才几天，街边公园的草已经高到让沈阳的老爷们儿站在其中撒尿了。以往如城堡一般的云朵全向夏至投降，化为宽大的灰筛子筛雨，减轻天空的重量。

二十四节气里边，夏至是第十个节气。阳历六月二十二日前后，太阳到达黄经九十度，此为天文学之夏至点。这一天，按照旧学说法，阳气极至，阴气始至，太阳北至。夏至之时好像十二时辰中的午时，十一点至十二点，阳鼎盛而催阴生。这个月，属十二生肖的午马当令，奔腾暴烈，下点雨只是小意思。卖弄一点中医学说，午时或者夏至，归于十二正经中的心经。心为火脏，刚烈蓬勃。火与心、马与午、夏与阳，都说生机勃发之至，乃至夏至。

雨下之不够，始于夏至。雨从春天开始一天天降价，像姑娘变成妇女。春雨因播种而贵，到夏至，雨回归大众，为野草榆树赖毛子青蛙蝌蚪下到冒泡。该长的全长出来，青苔亦随之厚泽，每一寸土地都长出植物。至于花，开遍了城乡大地。雨水充沛，花是草木对天的谢忱。大地无所有，聊寄一枝花。河南的唢呐曲牌，一曲名为"一枝花"。

《素问》曰："心主夏。"养心的人于夏宜安，食苦味，助心气。对大地来说，心是生长，是让所有的植物尽性勃发。如果有什么东西到了夏至还没长出来，就永远长不出来了。

雨下在夏至的土地上。

大地母亲一手拢过雨水的子女，一手拢过草木的儿孙。这时候，大地最高兴，像看见满院子孩儿乱跑，天真无赖，比秋天的成熟还好看。

立 冬

冬天并没在立冬这一天来到。冬天到达沈阳市皇姑区是在小雪节气后的第五天。人们说冬天到了，但谁也没劝别人说，都在说。

好像他们的身体里藏着一个接受天气的软件，集体接到了这个短信。

北方人的生活经验包含着对冬天的认知。这个知识并非来自天气预报，天气预报才有多少年？它来自身体。小雪后第五天，人们出门咳嗽，嘴里反一些白气，好像咳嗽把肺里的白面口袋震冒烟了。这人说：冬天真到了。别人说：真到了。边说边擦鼻子下的清鼻涕。咳嗽和清鼻涕是北方人（年纪稍长者）献给冬天的见面礼。

冬天在夜里到达沈阳——季候一般都在夜里到达，在二十三点至凌晨两点之间——天空突然澄澈。早上，在西藏式的可以称之为鲜艳的浅蓝天空下，树木孤零零地站立在街上，脚下等待白雪。有的树招摇着未落的绿叶子。它迟到了，往冬天奔跑的树木马拉松，它跑在了最后。还没来得及放下手里的叶子，比赛已经结束。

街上有冰，那是头几天下小雪融化后的冰。冰薄，像有皱纹，冰下有黑的水。此谓试结冰，先练练。人民即刻穿戴臃肿，特别是早市卖菜的商贩。如果这条小街夏天可以并排走十个壮汉，现在最多走六个，他们穿得太厚。人穿厚了走路胳膊往外支，腊巴腿（裆里毛裤棉花过多）。所有的人都戴上了帽子或围脖，鞋子笨重。他们见面说：冬天到了。答曰：真到了。过去他们见面说：你嘎哈呢？

草里的白雪还没化。反过来说也行；草还在白雪里绿着。草似乎为此得意，在棉团似的雪里探出头，炫耀强壮的体魄。还绿呢，像夏天一样绿。它们伸出的高高的绿叶子，假装在堆积泡沫的白海游泳。多数草已经枯萎，埋在雪里。

冬天到来的时刻，每一年都不一样，也没必要一样，它毕竟不是火车。从立冬到小雪这几天，冬天最忙。他是一个威严的老人，但身体没问题，喜欢咳嗽，胡子挂霜。他的呼吸道遇到了他所散发的强冷空气。冬天管的地盘多大啊，从西伯利亚一直到山东是他的地界，从格陵兰岛到普罗旺斯也归他管。他要把每一寸土地都安排好，让冰雪安营扎寨。有的雪花落地站不住脚，化了，那就再下几层。冰的事情更麻烦，冬天要把每一条河流都冻上冰，这比南水北调、西气东送工程还复杂。每条河都很长，从头冻到尾，需要时间。有的河在三九天没冻严，厚厚的白色冰层之间有黑的活水和漂流的浮冰。这样的河，是冬天马虎的结果，必须返工。呼伦贝尔草原的小河比蛇还要多，藏在草地里。冬天把它们一条一条冻上，河在冬天里流淌不太严肃。我在昌图见过一个破败的村庄，家家大门上锁，人都进城打工了，耕地撂荒。但就这样一个地方，照样有完整的冬天——土地结冻，马车碾过的泥泞被冻结为雕型式的形状。房顶的秋草反射白霜的亮光，乌鸦的叫声传得更远。这个村一无所有，但有冬天。

不知道小鸟冬天在哪里喝水。昨天，二十四中学墙外有一小摊积水，是雪水，未结冻也没被阳光晒干。一群麻雀飞来啄水，刚啄两口被开过来的汽车轰到树上。接着又下来喝水，车是一辆接一辆地开过，麻雀蹲在树上看水。人类没别的玩意儿，就趁车。小鸟冬天上哪儿喝水呢？不知道。第二年春天又见到小鸟在天上飞，可见它们有水喝。

人在冬天显胖，其实不一定胖。人脸被围巾一勒，像开裆裤把小孩屁股勒出滚肉一样，该多胖还多胖。人在冬天走路，眼睛盯着地面，路上有冰。但孩子们走路没看过路，也没摔过跤，摔了也没骨折。孩子们走路眼看前方，开怀说笑，他们四季如春。

冬天让开阔的更加开阔，静寂的越发静寂。冬天的蒙古高原，群山顶戴素白冠冕，雪的披风从山峰的斜肩膀一直拉到地面。开口说话的田野生物这时缄口，再开口是春天了。冬天干净，地里的庄稼收了，河流封冻，草荒芜。云彩比夏天少多了，天上只剩下几朵拖着长尾的流云。我看到了大地的起伏、宽广和朴素。这时候，大地什么都没有了，地上的雪，来自天空，权作泥土的衣衫。大地无所谓衣不衣衫。作为最大的富有者，大地每年都有一次彻底的贫穷，或者叫归零，或者叫甩货，或者叫放下，总之干干净净，可以从春天生长第一株草开始再度繁荣。人说放下实际放不下，大地放下之后真啥都没了，万般皆空。它不想为明年春季保留任何一样旧东西。

立冬好。身上冻一冻，血管肌肉都冻一冻，可以保鲜。冬天的土地结实，走到哪里都不陷落。冬天的阳光珍贵，照在玻璃窗上金黄，让人不困思眠。此时，人或许胖上一小圈儿。田野上的乌鸦传播封冻的消息，起飞蹬落树枝夹缝的雪。冬天邀请太阳到干净的大地上做客。太阳缓慢到来，缓慢离去。傍晚时分，满面红光的太阳与冬天在山峦后面道别，冬天一送再送，群山宛若一池金汤。

大 寒

大寒了，天空的鸟儿飞得很慢。跟往常比，鸟儿稀少的天空成了没有棋子的棋盘。一只大鸟在天上慢慢飞着，翅膀像冻住了，正缓缓复苏。鸟儿不知向哪里飞，飞到哪里都有北风。风往南吹，意思是让鸟儿飞到温暖的南方生活。可是还有鸟儿不晓天意，仍留在北地。大地景色，在鸟儿眼里如在苏武眼里一样寒凉。雪在凹地避风，褐色的树枝被冻在地里，土冻在土上，大地悄无声息。

鸟儿一直听得见大地的声音。春天，地里发出的声音如万物裂开缝隙，许多东西悄然爹开。花儿开时，似鱼儿往水面吐泡，噗！花苞松开手露出手心的花蕊。夏季，所谓庄稼的拔节声来自大地而非庄稼。大地被勃发的植物扯开衣襟，合也合不拢，布不够用。拔节声是大地衣衫又被撕开许多口子。夏天，大地只好做一个敞怀人，露出万物。秋季里，天地呐喊，鸟儿听到的喧哗比高粱穗的颗粒还密集。万物在秋天还债。果实落下，为花朵盛开向大地还债，五谷成熟，用粮食向河流还债。秋天的还债与讨债声比集市热闹。欧阳修听到喧哗自西南来，称"异哉！初淅沥以潇飒，忽奔腾而砰湃，如波涛夜惊，风雨骤至。其触于物也，鏦鏦铮铮，金铁皆鸣；又如赴敌之兵，衔枚疾走，不闻号令，但闻人马之行声"。这是干什么？这是万物在秋天的集会，打鼓敲锣，欧阳修称之为"秋声"。此声人类听不见，庄稼和鸟儿听得清。欧阳修比别人多了一个心窍，听到此声。他指使童子"此何声也，汝出视之"。童子哪里有这样的听力，回答："星月皎洁，明河在天，四无人声，声在树间。"人只能听见人声，其他声音都听不见或听不清，故此，童子"垂头而睡"。

大寒封闭了土地的声音，鸟儿"呱呱"啼叫，找不到土地的回声。大地的每一个缝隙都被寒冰冻死。寒冰不仅在河里，大寒的大地就是一块寒冰。在冰冻里，大地已经睡不醒了，冬眠的何止是小虫？大地冬眠久矣，暂别了所有的生灵。灰狼感觉大地陌生，它不懂春夏秋冬这些划分，在大寒这一天，狼懂得了命只是拴在饥饿上的一株草。佛法劝人常常面对、体悟、思考死亡，从死亡那里领取一份礼物。狼早就在这样做，它在饿死的考验中抽到了坚韧不拔的签。

大寒之后，鸟儿被大地抛弃了。地不再像家，家飘在了空空荡荡的天空。天空没有逶迤的河流，没有繁枝与花朵。大鸟用翅膀勾画河流和山峦的轮廓，它的羽毛刮破像玻璃纸一样冰冻的空气。空气的透明碎片落在雪地。

山峦消失于大寒之夜，山峰的峭岩被雪削平，山与山的距离缩短，山倒卧在雪里睡觉。从空中看，山脉不过是几道雪的皱纹。没有树和岩石，雪把大地变成平川。人说鸟在天空飞行要依赖脑内罗盘定位，但科学家没找到罗盘藏在小鸟脑袋的哪个部位。我想此事未必如此。如果我是鸟儿，会以河流为飞行定位。河水流向日落处，北岸高于南岸。河水白天流淌，夜里也不停，天空分出一半星星倒进河里。河岸的水草丛是鸟儿做梦和练习唱歌的好地方。河流是大地的绳子，防止地球在转动中迸裂。河流替鸟儿保管着喝不光的水，它是鸟的路标。

大寒里，水的声音逃逸，水被冰层没收。我常常想：冰冻时分，鸟儿到哪里喝水呢？野猫野狗的饮用水在哪里？脱胎为走兽飞禽遭遇的第一个磨难是冬天没有水，第二个才是寒冷。但我宁愿相信它们能找到水。看到鸟群飞过寒冷的天空，我想它们已经喝足了水或飞往有水的地方。

大寒是不是大汗穿着隐身衣在白雪的大地骑马巡视？马也穿着隐身衣。泥土冻结成一体，灌木匍匐在地，大汗的马蹄无须落地已然驰远。大汗看到雪后的土地变厚，山峦变矮，冰把河流的两岸缝到了一起，大汗的疆域无限。鸟儿飞向前方报告大汗巡视的消息。大汗等待另一场大雪的到来，埋掉所有动物的脚印。

大寒的河流不流，鸟儿在冰上啄不出水，冰比玉石还硬。北风吹走河床的白雪，露出黑冰，如同野火烧过的荒地。

大寒把"寒"字种在了每一寸土地上。寒让枯草的叶子像琴弦一样颤抖，寒让石头长白霜，寒让乌鸦的叫声如枝杈断裂。大寒是农历二十四个节气中最后一个节气。土地自大寒始启动阳气。阳的种子在阴极之日坐胎，夏日所有的炎热都来自于大寒这一天滋生的阳气的种子。此阳如太极图黑鱼身上的白点，阳在阴的包裹中生成纯阳。在节气里，阴极之日曰大寒。大寒是彻骨的冰炉，炼出滚烫的火丹。大寒种下的种子再等一个节气就要萌动，时在立春。阳气的种子如一粒沙，在大寒苏醒，它活了。人看不到阳气萌动，大地对此清清楚楚。

南方的河流

　　南方的河流平缓饱满，小雨像丝网一样漂在河的表面，河把它们运到不下雨的地方。

　　南方灰白色的河流驶过吃水线很高的运沙船，沉重的船体移动，仿佛时刻在爬坡，河水的表情愈加灰白。谁都能看出河水比船更疲惫。

　　远眺南方的河流，它如同刚刚解下围裙，拾完柴草、喂过猪、做熟了饭的母亲。疲惫的南方河流，每每驶过货轮和运沙船。

　　南方河流众多。在多山的南方，河流自古已是道路。马蹄虽未踏过，拥挤的船舶磨白了河流。它们没时间看天，也抓不住河底的水草，唯有默默流淌。

　　南方的河流一如蚌壳色的大地悄悄移动，这块地不长稻子和杂草，只有瓦楞似的波纹和船的村落。

　　船开往天际。南方的天际融化了地平线，仿佛河水在天际走散了，河流成了天际的尾巴。南方的鸟儿名字叫鸥，叫鹭，长着长长的脚，随着河流游荡。

南方的河流子女众多。多如牛毛的小溪从山里渗透大河。溪水在山里像儿童一样清澈，进入河流就老了。它们过早投身劳作，肩扛货船，手挑鱼虾。溪流进入河流之后开始寡言，它们听不懂彼此的方言，南方的方言比树上的枝杈还多。

南方人在陆地上仗没打够，把仗打到江上，草船借箭，火烧连营。人类脖子两根筋，河流脖子一根筋。河流没办法抬头辨识打仗的人和船头的旌旗。后来听到战鼓息了，呐喊息了，落入水下的箭镞长出绿毛。

河跟鸟兽一样在夜晚休息。南方的河流用月光洗自己的布衫。千里月光洗千里河衣，万里月光洗万里身体。南方河流的手足上全是泥巴，脊背长满老茧。月光倾水，一摇一顿，河流白一点又白了一点，松开皱纹，而后休息，一梦出了洞庭。

渔舟唱晚唱南方河流之晚。唱歌人头戴斗笠、身披蓑衣。南方的方言音调繁复，融汇了水车、江鸟、猿与山鬼的音调，咿咿呀呀。渔歌更像鱼歌，渊深幽远，如水草飘荡河面。

南方的河流为五谷奉献奶水，南方种两季和三季稻谷，河和河的子孙哺育稻和稻的子孙。稻子开花了，稻田滚过南方河流的浪花。两湖两广的大米里藏着南方江河的气味。白帆其实不白，河流缓缓而流，云母色的南方天空下面只有油菜花鲜明晃眼。

南方多雨的河流培植的竹子吹出玲珑的笛子曲，南方多鸟的河流倒映海螺似的青山，南方鱼虾丰盛的河流把村庄哺育成水乡，南方驮着竹筏的河流淘洗白皙的月亮。南方的河流古代叫水，如今叫江。在长江和珠江的出海口，南方的河流汇入大海，我替它们庆幸，它们终于可以歇歇了。

夜的河

夜的河边，像听见许多人说话，含糊低语变成"咕噜咕噜"的喧哗。河在夜里话多，它见到石头、水草都要说说话，伸手拍打几下。漆黑的夜里，看不清河水，月色没给涟漪镶上银边。河水"哗哗"走，却见不到它们的腿。

站在岸边，你不相信前面有一条河，不知道是什么在流。星星太少，在天空聚不拢光，照不见河水窜行的脊背。鸟儿拉长声鸣啼，见不到它飞。

夜只是对人类视网膜的蒙蔽，却打开了动物的视窗。人与动物的视觉感光细胞不同，所谓"漆黑"的夜，在狼看来如蓝色的清晨，在猫看来，是蜜色的黄昏，万物清晰柔和，只有人和鸟类（猫头鹰除外）的眼睛被夜遮蔽了。上帝让人与鸟在夜里失去视觉力，是收束了你的能力，让你歇息，让另外的种群开始生活。没想到，人类在爱迪生的带领下发明了电灯，在富兰克林的带领下发现了电并贮藏了电，诞生了不夜城，糖尿病、失眠症和高血压症也随之诞生。

人类要为他们发明的每一样东西付出成本，一般说由后代为前辈付出成本，包括医疗费和性命。

河在夜里潜行，步伐越来越快。河无须看路，路在一切地方。水流不怕石头，不怕灌木和岸上的狼。水啥都不怕，它既分散又聚拢，谁都分不开水，水剩到最后一滴也抱成团。

乌云在天边垒出黑堡，在远方阻挡河流。世上没一件东西能挡住河，河曲折但不投降，河断流但不往回流。小河投身大河最终汇入海，水库和大坝都截不住河流。河水卑下，河水清澈或混浊，河水浑身是土，却像青草一样繁盛，像民主高于城墙。夜的河漂过许多人的梦，河水用黑缎子把这些梦包起来送到远方。河水在夜里跟水草拉手，和夜鸟微笑，河在夜里看一切都比白天更清楚。所谓阳光并不能照亮一切地方，它留下的阴影和它照亮的东西一样多。夜袒露所有地方，甲虫在灌木下面爬行，枯叶的背后藏着一只褐色的蝴蝶，鸟窝建在树顶。夜不想遮掩什么，夜也遮掩不了什么，夜比白天更广大。

河在一个时辰游出了乌云的地带，星光在头顶闪亮。晴朗的夜空是景泰蓝的花园，这么蓝，天空舍不得在蓝上镶嵌太多星星，只镶了百分之一，如同表盘的标记。这些蓝渐渐融化——夜色也会融化，天空在黎明泛白，是因为蓝融化于大地，主要化在海里——像蓝冰涣散，慢慢堆在河中间，包裹了许多星星。星星在夜的河里洗澡，周围的河水发送白光，后来变成了灯笼，鱼儿穿行。夜色在河里越积越多，让河水慢下来。夜的河驮着越来越淡的景泰蓝缓缓流淌，天快亮了。每到这个时候，河水都要在脖子上系一条玫瑰红的纱巾，再披一条金缎带。黎明跳进河里喧闹，天大亮，河水流得宁静如常。

河流的腰

我路过的地方是这条河流的腰。水流优美地向河心拐过去,剩下一大片开阔地,是腰闪出的地方。

河比天空和大地更有人间的气味。

河流束腰的地方,岸更高,长在上面的高粱仿佛举着石榴的籽,高粱的叶子在风中暗斗,"唰唰"响,谁也不服谁。

河有一百种表情,皱眉是急流,沉思则缓涌。最静的时候,河面落一根羽毛都会起纹,像镜子一样亮,但比镜子柔软。这时的河如早上刚刚醒来的儿童。儿童看世界,无分别心,世上没有他们不接纳的事物。儿童眼里的事物没有好坏,只有已知与未知。儿童进入世界唯一的路叫作好奇,像这条河,不停地流,只为探索,去没去过的地方,去知。

河一辈子都在水里。河生于雨,生于泉,生于玻璃窗上的哈气,生于草叶的露珠,生于牛马撒的尿,晚年流入海里。

河流归海,是惯常的说法。但如果河水分成滴,有多少滴流不进海？进海的水滴是少数，就像得道的人是少数。大部分水被骄阳蒸发了，被泥土绊住了后腿。好在水滴不死，结为冰雪也没冻死。水好就好在死不了，它们比谁都擅长转世，蒸发、下降、流动，循环在天空和大地的血管里。谁能想到，水永生，它们淹死别人，却淹不死自己。谁也别想把水烧死，水反过来浇灭火。这是老子赞美过的水，淹不死冻不死的水。虽然从医学说，人体百分之九十是水，但人仍然不是水。人身除水分之外百分之十的肉决定了人的弱处，既烧得坏（脂肪可燃）又淹得死（肺不应），还怕冻。

水有许多名字，河、海、江、洋，多了，翻字典带三滴水旁的字众多，都跟水有关，证明水的势力大。

水在河里的时候，名字叫河。天下的河太多了，名字也多，好名破名都有。我听过裤裆河、狗咬河、狼不来河的河名，这名差不多在骂河。河也有好名，桑干河与汾河，听上去都好听。人认为，河的名字永远代表这条河，然而"这个河"早没了，一眨眼就流出十米。桑干河怎么会永远是桑干河呢？人所说的桑干河早流走了，汾河、淮河、剪子河、灯笼河也早流走了。但是，原来的河水流没了再起新名也不方便。叫什么好呢？谁来起名，谁传播这个名呢？最可叹，河刚起新名，水又流跑了。我觉得，天下河流不必起这么多的名，起一个不妨全国通用，叫"流河"或"淌河"，或"水的河"，朴实准确。

河的腰是这样的细，让减肥的女子羡慕。河的颈子、河的脸庞、河的胸都在河里。小鸟们知道河的容颜四肢在哪里，从天空上看到的。河水日流夜流，而我坐火车飞机看到许多处于盛水期的河套，种满了庄稼，早没水了。河的腰没了，变成蠢汉的肚子。

公无渡河

月亮尝试渡河,却迟迟停在河水中央。河里比天上更惬意,像坐上了一个笸箩,摇摇晃晃。月亮在河心显出白净,这也是它不愿渡到对岸的原因。河水一波一波地淘洗,不白也白了。河里的月亮像把着白云的门框照镜子。照镜子感觉时间过得好快,当月亮不白了,天色一点点亮起来时,月亮才想起所谓黑夜即将过去,但它还没过河。它记得要看一看对岸的柳树,看散乱的柳丝下面鱼群的动静。

桃花往河里跑,岸上的桃树争相把花枝伸向水面。枝头河上,生出两重桃花的繁复。风路过桃花林放慢脚步,怕触落花瓣,屏住呼吸穿过花的枝头。风不懂,它走过哪儿都是风,像雨走到哪里都是水滴。桃花仍从风的身影里纷纷坠落,漂在水上渡河。风不知如何是好,把花瓣拣起送回枝头但拣不过来,随它去吧。风用扫帚把树下的花瓣扫入河水,桃花坐着自己的船。豆粒大的桃花翻身落进水里,瓣瓣都是小舟。桃花还没坐过船,如今坐上了自己的船。何止船？桃花没见过白云，没见过青草，更没渡过春水。春天的小河静静地流，看上去几乎不流。多看一会儿，河上的浮冰划破柳树静止的倒影。桃花不知向何处去，满世界都有逛头。桃花觉出两岸后缩，如被两挂大车拉动，岸上的桃树被车拉走，唯水不动。对岸好，栽着比草更矮小的桃树，枝上仍开着看不清的小桃花。桃树间穿插柳树，以绿枝打扫什么。渡河为桃花所愿，可是不知怎样渡到对岸。一条木船往对岸开。艄公把橹的一头系在船首，一头在河里搅动，船径直开过去，在视野里越发缩小。桃花才知这个世界的景观是越远越小，小山小桥都摆在远处，而桃花离母树越发远了。渡过了两个渡口。它的头顶尽是柳枝，柳枝伸手打捞路过的花瓣。

鸟儿渡河。鸟儿被滚滚的流水吸引，它觉得水去的地方一定是个好地方，否则它们不会这么匆匆忙忙。鸟儿飞临河的上空，看出河水在追赶前面的浪头，掐它们的脖子掩埋它们。河水下面如同有一口大锅，把水烧得跳起来。小鸟顺河的流向飞行，看到河面比大地平坦，前方是银色，后方也是银色，鸟儿像一只河流所放的小黑风筝。鸟儿累了，到对岸的草地上休息，在河边走一走，看河水什么时候停下来休息。河不会停，像天空的云彩停不下来，它们的身上都安着永动机。

马渡河如一场搏斗，双蹄踏浪，而浪涛兜头涌来，想把马淹没。马踏浪如踏在无鳞的龙背上，以蹄为刀剑，杀开一条无底的路。在水里，看得出马与河俱怒气冲冲，它们搏杀，打碎多少浪花的盔甲。马的长鬃沾水，肌肉紧张，昂起的脖子血管贲张。马游到对岸，河水也静了，对手与对手互致敬意。马理解不了河水的力量，不知它暗中想把自己推到什么地方。马的归宿是草原，它在山麓静立，等黄昏降临属于马的时光。马畏水。在水里，所有的生物都要随波逐流，水里没有马的自由，没有被风卷起鬃发的豪迈。

天空上，银河是夜晚才流淌的河流，流不尽，也不入海，天上没有海。在人的视野里，海于天际同天空汇合，但海还是没融入天空。借着天空的蓝，海造出更蓝的、动荡的水面。白日里，云的队伍宛如一条河——如果它们不是乌云，如果在天边站成一长溜——淹没山峰。云朵俯察大地的河流生出羡慕，那是如镜的、有浪花且有帆船的水流。河水流淌得比云朵更沉静，而且从来不像云那样走走停停。云想渡河，却怕它的丝棉入水后沉入河底。云练习像河那样蜿蜒流淌却学不会，小云在蜿蜒中从云层掉队，成为孤立的蚌。云在天上渡河，它看到自己的影子轻捷地划过河面，云反复渡河不能止休。在河边，有大片的云朵排队，它们等待一朵一朵地渡河，坐上它们想象的缆车。

　　乐府诗云，朝鲜的白首狂夫欲渡滔滔之河，妻子扯衣断襟，苦劝不成，狂夫坠河溺死。其妻手拨箜篌出悲声，歌曰："公无渡河，公竟渡河。"此歌不胫而走，由汉至唐。李贺诗："公乎公乎其奈居，被发奔流竟何如？"李白诗："被发之叟狂而痴，清晨临流欲奚为。旁人不惜妻止之，公无渡河苦渡之。"这是一个谜，他们一直在猜狂夫为什么渡河。如果没有《公无渡河》这首歌，如果"公无渡河"这句汉代的口语说的不是这么蹊跷，就没人猜他入河的原因。古往今来，河流一直是动物和人类的隐蔽的坟场，尽管它滑如琉璃，鸥鸟翔集，它是许多人和事的终点。

河流没有影子

　　白桦树和黑榆树有同样黑色的影子。我把两只粉色的牵牛花扣在眼睛上，看东西一律是粉红，但它们也有影子，像酒盅一样。

　　鸟的影子难得一见，它的影子从房檐掠过去，像窜过一条蛇。它的影子在飞翔中消逝得那么快，那也是影子。

　　云的衣衫有一些透明，因而它的影子如同树林的阴凉。站在山顶上看云的影子，大的占几亩地。这么大的云彩的影子笨拙地移动，好像要搬走地上的庄稼，搬不走，它自己慢慢走了。

　　让每一样东西拖着黑色的影子是太阳的意思，喻示一切事物终将消失，除非它没有影子。

　　只有河水没有影子，因为它透明。水可蒸发为云，可渗地成河，水可无限分割又瞬间接合。水的影子是冰雪，而冰雪消融又回归于水。只有水不死。

　　在早上的光线里，螳螂的影子被放大好几倍，像是钢铁制造的侠士。它正在欣赏自己的影子，它没想到自己的爪牙一夜长到这么大，更适合穷兵黩武。在江南，比一丛乱竹更潇洒的是一窗竹影。郑板桥说，他的竹是对着粉壁墙竹影描下来的。郑画的竹子笔墨平平，妖气重，和他做派一致。

前面说没有影子的只有河流，大凡透明之物，均无影。人也如此，心里空了，就没有好事坏事的影子，如同河水留不下浪涛的影子。透明的人如同一只手不分手心手背，是一团混沌，无抓亦无放。透明的人或物不阻挡阳光，阳光从他（它）们的身体穿过，顺便带走了烦恼。

人的影子在地面或长或短、或胖或瘦，物理学说这是由太阳与地球的位置造成的，我以为这恰恰是一个譬喻。早上，影子往西方拉长，如人之童年，喻示未来的岁月尚多。影子在中午伏在脚下，说盛年阳光最旺，阴影躲了起来。傍晚的影子又长了，但长的是已经度过的岁月而非未来，步入老年。

世上看不到红影子、绿影子，影子不是色彩，是暗地里的轮廓。影子无白色，白纸的影子也不是白色。影子不经你同意量出你的长宽高，放在地上，告诉你不过是你。就影子而言，你和别人并没有两样，"高贵、典雅、妖娆"这些词对影子用不上。下雨天，雨冲走了人与物的影子。雪天，人和墙头小鸟的影子格外黑，远方积雪山峰的影子反射蓝光。

黑夜是地球的巨大阴影，这影子深邃稠密，把所有的事物归纳为黑。人在黑夜里睡眠，孩子的身体在黑夜中生长，黑夜缔造了一个独特的世界。在地球的影子里，万物看到了别样的光亮，这就是星星和月亮的光。人对黑夜的光寄寓美和期盼，星光喻示前路微茫，月光寄托相思千里。万物在地球的影子里享受一夜和每一夜，而昆虫和动物在夜里开始它们正规的生活。夜，不过是影子，如同一株草身后的影子。事实上，一粒沙的影子也可以创造像夜这么大的黑暗，只不过沙的空间与地球不一样，而空间与时间不过是人造的观念，方便自己记录地点、年龄和自己所做未做的事情。他们把时间称之为光阴，光为昼，阴为夜，说的是光和它的影子。

蛇没有影子，它匍匐在地，盖住了自己的影子。雨滴没有影子，它降落得太快，人看不清它们的影子。火没有影子，它和阳光一样炽热。死人没有影子，他们终于甩掉了影子长眠于地下。歌声的影子是它的回声，人心的影子是他们的记忆。有人不为当下生活，靠记忆的影子生活。所有的记忆——不管好还是不好的记忆——终将变为影子。影子乃虚无，只是人们看不穿这一点罢了。

楠溪江

楠溪江是树状水系，如一个翡翠的网，包罗着永嘉的大地。坐着竹排泛流，像坐上了安轮子的车在碧玉上滑行。江水深绿，比鸭绿江还绿，低头看江，却清澈，不是藻绿。

在这里拍下的照片不像真的——金黄的竹排在江上游弋，水面像铺了一层翠绿的树叶子。我坐在竹筏前面的小竹凳上，碧水分流而过。清幽啊，似魏晋时代的景物。我虽没在魏晋待过，却觉得魏晋山水大约如此。撑篙的船老大七十多岁，草鞋系了一朵红绒球。而别的船夫只穿塑料拖鞋。红绒球随船老大撑篙簌簌微动，非英雄不能如此。他祖上一定是将军，说不定就是桓温。这更让我相信楠溪江从古代流过来，今朝见到是偏得。事实上，所有的江都从古代流过来，只是被GDP害成了毒江或臭水沟，楠溪江侥幸在青山绿树之间荡漾。

以乐曲譬喻，长江是庄重浑浊的无标题交响曲，黄河是民乐齐奏《万马奔腾》。楠溪江则如一支竹笛独奏曲，静远虚无，音符里带着涟漪，声声滴翠。在楠溪江上漫游，时间改变了行走的样式，你觉得钟表的时针分针的手脚缩了回去，时间变成了一个古老的磨盘，它慢慢地转，由人工推着行进。

楠溪江两岸皆山。江水并非在山谷蜿行，是山从江边长出来。山和江水有一样的碧绿，仿佛是水体的结晶堆成山。山与水在永嘉呼应一体，均清悠旷远。

楠溪江有许许多多的支流，像树叶张开的脉络。能每一个支流走一下才好，穿上救生衣，把楠溪江的水走遍是一种能力。古人就是这么走的，这样的行旅可跟山水更深地结缘，跟野花、小猴和鸟儿们结缘。时间虽长一些，却能够真正走入山水的怀抱。在楠溪江，一切都慢了下来，适宜做一些更慢的事情。譬如迷路，涕泗中被同伴找到，譬如被无毒的小蛇咬了一口，譬如被猴抢走帽子和相机，譬如在山涧里发现中华人民共和国成立初期大财主埋藏的珠宝，翡翠手镯七八只，袁大头不计其数。

此地山的样子奇绝茂朴，或藏有唐宋元明清以来的好东西，包括刀剑碑帖。说不定还有谢灵运留下的山水诗全集刻本或其他神秘的东西。谢家是大户，世代有钱。这些钱干吗呢？不会去杭州买房，杭州（余杭郡）那时还很小，就像北京人不会去邯郸买房一样，他把钱换成了珍宝，传给儿孙。逢战乱，谢氏子孙把珍宝藏进山里，因为那时没有农行保险箱。越看山，越觉得山上遍布永嘉历代名人所藏的好东西。我问草鞋上系红绒球的船老大："这山好上吗？"

"这山根本上不去。"他答，分明是怕珠宝被外人启获。

"药农也上不去吗？"

"现在药农也不让上了，封山。"

原来是这样，永嘉可以成为全国文物保护模范县。

竹筏慢悠悠漂浮，水面如大块的绿冰，些微涟漪才使它像水，飞鸟在水面投下一瞬而逝的影子又使它像无尘的冰。滑冰运动员到这里一定有滑几圈的冲动。在我们游历的这个下午，山里无风却凉意沁人。竹筏行进时，两岸山林的鸟雀发出欢呼声，我愉快地向它们挥手致意。它们继续热烈呼喊。我只见树木，看不到鸟儿，但它们看得到我。小鸟跻身密密麻麻的树叶后面扯着嗓子高唱，气氛感人。

"莫摆手了，喂猴的人进山才摆手。一会儿猴都下来了，你没带吃的东西，猴会发脾气。"

"发脾气怎样？"我问。

"猴把你身上的衣服剥下来撕成条，把烂泥丢在你的脸上，把你的墨镜抢过来它自己戴上。去年，一只猴把警察的大盖帽抢下来戴上，坐在山崖上，好滑稽的。"

我放下手，挥手时我心里想的是三军仪仗队而不是猴，尽管仪仗队的人也是由猴进化的。鸟还在呼喊，像无数人在集市里高声讲价。鸟会有这么多话要说吗？我记得小鸟是半天才说一句话的，像梦话。但这里鸟多，鸟们对树，对青山和碧绿的江水有讲不完的话。它们怕别的鸟没听清自己说的话，重复多遍。而别的鸟也在重复刚才说的话，聋子对话就这样。

上岸，我们到村里转转，到林里转转，到山脚下转转，与村民、牛犊、母鸡、鸭子和房子合影留念，返回。我还坐原来的竹筏，草鞋的红绒球仍然微颤。太阳落山了，晚霞在群山之上奔走厮杀，血流满地，几颗亮星躲在仍然蔚蓝的天际观望。夕阳把山巅烧成了漆黑的焦土，掩埋了云的旌旗与城堡。天际平静之后，墨一样黑的山峦全都戴上金红的斗笠，剩余的金光铺洒在楠溪江上。江上的深绿隐退了，代之金红。夕阳摊在水面比天边更红，仿佛有一层薄薄的火苗在悄悄燃烧。鸟雀对此大为惊奇，噪声更甚。船老大一下一下撑着篙杆、竹排行进无声。我坐着，船老大站着，暮色宽阔的翅膀遮住了江面，他的草鞋的绒球变成模糊的黑球，像从炭火里扒出来的土豆。

河在河的远方

  对河来说,自来水只是一些稚嫩的婴儿。不,不能这么说,自来水是怯生生的,是带着消毒气味的城里人。它们从没见过河。河是什么?用"什么"来问河,什么也得不到。河是对世间美景毫无留恋的智者,什么都不会让河流停下脚步,哪管是一分钟。河最像时间。这么说,时间穿着水的衣衫从大地走过。这件衣衫里面包裹着鱼、草和泥的秘密,衣领上插着帆,流向了时间。
  河流览历深广。它分出一些子孙缔造粮食,看马领着孩子俯身饮水。落日在傍晚把河流烧成通红的铁条。河流走到哪里,空中都有水鸟追随。水鸟以为,河一直走到一个最好的地方。
  天下哪有什么好地方,河流到达陌生的远方。你从河水流淌的方向往前看,会觉得那里不值得去,荒蛮,寸草不生。河一路走过,甚至没时间解释为什么来到这里。茂林修竹的清幽之地,乱石如斗的僻远之乡,都是河的远方。凡是时间要去的地方,都是河流的地方。

河流也会疲倦，在村头歇一歇，看光屁股的顽童捉泥鳅、打水仗。河流在月夜追想往昔，像连续行军几天几夜的士兵，一边走一边睡觉。它伤感自己一路上收留了太多的儿女，鱼虾禽鸟乃至泥沙，也说不好它们走入大海之后的命运。也许到明天，到一处戈壁的故道，河水断流。那是一个无人知晓的地方，河流被埋藏。而河流从一开始就意气决绝，断流之地就是故乡。

　　河的辞典里只有两个字：远方。远方不一定富庶，不一定安适，不一定雄阔。它只是你要去的地方，是明日到达之处，是下一站，是下一站的远方。

　　常常的，我们在远方看到河流，河流看到我们之后又去远方。如果告诉别人河的去向，只好说，河在河的远方。

黑河白水

北地，当白雪覆盖河岸的时候，黑色的河流缓缓流过。这么冷了，我不知道它为什么不结冻，袅袅升腾白雾。这的确是一条黑河，凝重而坚定地前进，虽然并不宽也不激壮。在冰雪世界，任何有动感的事物都令人感动，况且是一条河流。

这样一条黑水流淌着，在白雪的夹裹下充满苍郁，让观看的人心软了，坐下来叹息。

而所谓"白水"，也难见。德富芦花称："日暮水白，两岸昏黑。秋虫夹河齐鸣，时有鲻鱼高跳，画出银白水纹。"水白不易见，水清与水混则常见。对"水白"之景，我曾困惑过，后来在回忆中想起来了。的确是在"两岸昏黑"之时，天几乎黑透了，穹庐却还透散澄明的天光，无月之夜，星斗密密甫出，河岸的树林与草丛织入昏瞑里，罩着虫鸣。这时，河水漂白如练，柔漾而来。在远处看，倘站在山头，眼里分明是一条曲折的白水。

雪中的黑河像一群戴镣的囚徒，水流迟滞，对天对地均含悲愤。

像弦乐低音部演奏《出埃及记》。雪花穿梭而落,却降不进河里。人不禁要皱着眉思索,漫天皆白之中,这条黑河要流到什么地方去呢?这是在初冬,雪下得早。若是数九之后,此地所有的河流都封冻了。

观白水,如静听中国的古琴,曲目如《广陵散》。在星夜密树间,白水空蒙机灵,如同私奔的快乐的女人。白水上难见波纹,因为光暗的缘故。这时,倘掷石入水,波纹扩充,似乎很合适。在此夜,宜思乡,宜检旧事,宜揣测种种放浪经历。如同站在缓重的黑河前,应有报仇雪恨之想。

黑河与白水,我是在故乡赤峰见到的。他乡非无,而在我却失去了徜徉村野的际遇。人生真是短了,平生能看到几次黑河与白水呢,虽然这只是一条普通的河上的景色。

黑河境内的黑龙江

我住在酒店八楼。楼下每天传来循环往复的女声广播——"黑龙江是我国第三大河流,俄罗斯人叫它阿穆尔河,蒙古人叫它哈拉木伦河,赶快上船吧!"

我想下楼告诉这个女人,阿穆尔河是蒙古语,不是俄语。西伯利亚的许多地名是蒙古语,如贝加尔、乌兰乌德、阿巴甘等。但我不想跟这个女人争论,她言说的核心是"赶快上船吧"。声音在风中缥缈,听上去像"赶快上床吧",催人早睡早起。

"黑龙江是我国第三大河流……"从窗外传来时,我可能在睡觉(凌晨)或准备睡觉(夜晚),闻此言马上窜至窗台观望我国第三大河流,一日无数次。大江丰满,大江从来不会急急忙忙。以黑龙江的宽阔而言,天际的云朵似乎只是它的陪衬。我看到,凌晨三点半开始,云朵就站立在黑龙江两厢的天空,为它让道。黑龙江这时分应该叫白龙江,俄罗斯人应该叫它白穆尔河。江面如鲫鱼肚子一样银白。五点钟,这条肚子透出一些玉石般的微青,天上潦草的云朵挂上一些微红。如染色时代的照片那样浅而艳。我住八楼，江水不让我看到波浪，它也没什么波浪。成千上万吨的水流淌在平缓的河床里，要浪干什么？江的对面是我们的邻居俄罗斯。他们把中国原有的城市海兰泡改名为布拉格维申斯克（报喜城）。当年，他们在城里的东正教堂放置了一座报喜圣母像，之后改了城市的名字。这些人把中国原住民的辫子系在一起往江里赶，不从者被哥萨克用长柄斧子砍死。

如今，对面的城市有了繁忙的码头，七八座吊车日夜忙碌。夜里，这座城市最高最亮的楼房是中国人建造的五星级饭店，号称远东第一高楼。黑龙江是一条界河，收集着两岸不同的文化和历史。早上，从高楼上一眼望到对岸的国土，感到很近，近里又透着陌生。我早上、中午、晚上和夜里从窗户为江照相。画面上有这边的沿江公园，母亲塑像。在不同光线下，江水青碧、灰白、宝蓝，还有一种洋铁皮色。深夜里，黑龙江和它的名字最为吻合，江水完全漆黑。江里如果有龙也一定是黑龙而非黄龙。江上过船，船头两盏大灯亮起，好似我家黑猫飞龙的大黄眼睛。

黑河的江边公园是我在此地的最爱。自天亮开始，江边公园就布满人群，散步的、跑步的、打拳的、踢毽的，花花绿绿的衣装把江边打扮得比花圃还鲜艳。人们欢愉的表情仿佛说黑河是最幸福的地方。我想，如果哪个地方在江边建城市，如果江堤足够高，不妨把所有房子全建在江边，绵延一百里，让老百姓家家都高兴。我跑步，从港务局码头跑起，经过母亲塑像和十几座纯铜的狗熊雕像，一直跑到高架桥，全长三点一公里，往返六点二公里。跑步中，一边是江，一边是绿地，心旷神怡。人在跑，江水在身旁默默地流，如同你的脚步与时光被江水流走了。想到人跑步不过区区六公里，而江水日夜倾流，不知疲倦，人显得太软弱无力了。中苏交恶时，一天夜里，两岸边防军开亮探照灯，机枪"嘎嘎"扫射结冰的江面。双方都以为对方有人偷渡。事实上，是一只狗在冰上追一只狐狸。如今两岸祥和了，连江流的样子看上去都祥和，不疾不徐。跑完步，我一边落汗，一边看四外风景，有趣的是泳人。

　　黑河人管游泳叫洗澡。早晨，江边走来如海豹一般浑圆、光着膀子的泳人。"洗去？"别人打招呼。"洗去！""海豹"晃晃手里的毛巾。这些泳人三五个一堆，衣服脱一起，下江。在黑龙江游泳，无论怎么游都被江水推着走。他们下江后，从几百米外的下游上岸，走回原地再下江。人在江里，只露个小脑瓜，实在比海鸥还渺小。上岸后，男人用毛巾被裹腰脱泳裤。有个女人，解泳衣，露出乳房，再裹毛巾被脱下面的衣装，自然大方。跟晒黑的胳膊比，乳房雪白。

　　一天早上，我遭到暴风雨。我有一篇文章的题目叫《夜空里栽满闪电的森林》，放在那天早上才恰当。天色忽暗，闪电从天空伸脚到江中。江水起了波涛。北面的天空却露出半片蓝天，照得杨树叶子明晃晃的翠绿。江边栽种的小花簌簌发抖，花瓣如同不会飞的小鸟扇动翅膀。雷声从俄国传到中国，又从中国传到对岸报喜去了。突然，江面像撒石子一样砸下一片雨点，像追着波涛砸。雷雨的闹腾刚开始，却突然休止，头顶迅速换上了蓝天，好像刚才的雷雨跟这片天一点关系都没有，比话剧团换背景道具都快。我接着跑步，想起美国诗人查尔斯·赖特的诗："从蓝岭的另一侧＼九月的猛雷布下了预攻的炮火＼云黑下来，一层暗似一层＼闪电炮口的火焰＼灼烧乌云的心脏＼风景一寸一寸地＼敞开。"赖特描写的与刚才发生的景色十分相像，好像他也来过黑河或者狗娘养的报喜斯克。

夜　游

　　走进夜的水边，犹如闯入它的梦境。手的任何一个动作，不管多轻，都会弄破湖心的月亮。月亮摇啊摇，接驳碎片，复原，又破了。

　　夜里水暖，和一般人想的不同。夜里习水，最妙处在收听水声："哗啦，哗啦……"温润清婉，如歌声。游着，停下四望，树林如土地的睫毛，密密尖耸；山比白天似乎退后，又矮了一些。天地间只有一弯水，清虚似雾。其时，吾等大放其声，咦之吁之，声音贴水皮不知所终。

　　泳过，我们到高崖坐望。有人提议，夜半无人，何如裸之？想了想，谁也没裸之，慎独。崖上看湖，人被天地大美震慑，像后来看到的东山魁夷的画，真的美寓形于静。静者，何止无声？江淹赋曰："明月白露，光阴往来。"远望，天浅而水深，风把水的气息吹到脸上。月魄出窍，在水里洗得花白，一荡一漾。时间仿佛已经退场，这时，人偏偏想起时间。时间在哪儿？山水凝固，时间无处可以藏身。人突兀地想起昨日和明天，均无语，体味"光阴往来"。

若讲雄浑，大水比山更胜。山的气象在表，水的阔大藏在里边。水库方圆五十多里，此际无风无浪，是一番不着痕迹的大气象。这气象又和周遭的所有都沾着边儿，不光黛山和暗林，连草叶露水乃至虫鸣都和一湖水有了关系，为它接纳而共生。

我们上岸，是为水声月影感到不妥。坐而看水观云比"哗啦啦"更好。云在月夜穿行，可知什么叫"关山飞渡"。天的深远被湖水吸纳，唯剩空寂。月，距天远而离湖近，云彩的速度比白天加快，可能怕飞慢了掉到水中。云的队伍从月亮的上方和下方越过，可惜没在水上留下身影。云边有月光镶嵌，看着更满。浓云如俯冲的黑鹰。那些不均匀的云朵，像被人蹬出了窟窿的棉胎，散乱着，也飞过了天际。

我们坐着，不游泳，也不想回去，不再耽念夜行的兔子和蜥蜴，用现在的话说，"心灵被净化"了。当然，心灵第二天又恢复了原本的样子。

返回时，我们拎鞋光脚在草地中白花花的小路上走，不时惊起青蛙飞跃。回头看水库之水，一点点平了，月亮被拉长，最后变成一道粼粼的白光，竖在中央。

河流里没有一滴多余的水

从质地上说,花瓣是什么?它比绸子还柔软,像水一样娇嫩。雨后的山坡上,如果看到一朵花,像见到一个刚睡醒的婴儿,像门口站着一个被雨淋湿的小姑娘。花瓣的质地,用语言形容不出来。而它的鲜艳,我们只好说它像花朵一样鲜艳。无论是小黄花还是小白花都纯洁鲜艳。花能从一株卑微的草里生长出来,人却不能,连描述一下的能力都缺乏。

从性格说,马比人勇敢,而性情比人温和。马赴战场厮杀,爆炸轰鸣不会让它停下来,见了血也不躲闪。冰雪、高山和河流都不会阻挡马的脚步。它的眼睛晶莹,看着远方。把勇敢与温良结合一体,在人当中,可谓君子;在动物中,是马。我哥哥朝克巴特尔贫穷,却买了一匹良种马欣赏。他不让马拉车干活,也不骑。每天早上,朝克拎一桶清凉的井水,用棕刷子刷马,然后蹲下,咧着嘴对马笑。如果马吃糖,他一定给马买糖;如果马看电影,他会拉着马上城里看大片。朝克对马的感情,和城里人养宠物不一样,马是哥们儿,是朝克的偶像。马在天地间吃草漫游,用不着管马叫儿子,搂着睡觉。马影响爱马人的性情,使之"温而厉"。

从流动说,河水心里一定有巨大的喜悦,它奔流不息。大河流动时的庄严,让人肃然起敬。它非在逃离,是前进。只有贝多芬的音乐能描述河流的节奏、力量和典雅。贝多芬的交响曲没有多余的音符,也没有乐器单独演奏,一切共进。而河流里也没有一滴多余的水,每滴水和其他的水密不可分,一起往前跑。河是巨大的家园,鱼在河里享受着比人更幸福的生活。夜晚,河流兜揽所有的星辰,边晃边亮。

从胸怀看,鸟比人更有理想。当迁徙的候鸟飞越喜马拉雅山的时候,雪崩不会让它惊慌。鸟在夜晚飞越大海,如果没有岛屿让它歇脚,它不让自己疲倦,一直飞。它不过是小小的生灵,却有无上的勇气。

人的勇气、包容、纯洁和善良,本来是与生俱来的。在漫长的生活中,有一些丢失了,有一些被关在心底。把它们找回来,让它们长大,人生其实没什么艰难,每一寸光阴都有用。

河流日夜向两岸诀别

　　河流看到岸上的人，如同火车里的旅客所见的窗外的树，"嗖"就过去了。让河水记住一个人是徒劳的事情。河流像它的名字说得那样，一直在流。没听说哪个人的名字叫流，张流李流，他们做不到。河流甚至流进黑夜里，即使没有星星导航，它们也在默默地流，用手扶着两岸摸索前进。无月的黑夜，"哗哗"的水声传来，听不出它们朝哪个方向流，仿佛河水从四面八方涌来，流入一个井。

　　河留不住繁花胜景。岸上的桃花单薄羞怯，在光秃秃的天地里点染粉红。枝上的红与白星星点点，分不清是花骨朵还是花，但河已流走，留下的只是一个印象。印象如梦，说没发生过亦无不可。倘遇桃花林，那是长长的绯红，如轻纱，又如窝在山脚下浅粉色的雾气，同样逝去。马群过来喝水，河只看到它们俯首，不知到底喝没喝到水，河已走远。

　　河水流，它们忘记流了多少年。年的概念适合于人，如秋适合于草，春适合于花，朔望适合于潮汐。没有哪一种时间概念适合于河，年和春秋都不适合描述它的生命轨迹。河的轮回是石缝的水滴到山里的小溪再到大海的距离，跟花开花落无关。当年石缝里渗出的水跳下山崖只为好奇，它不知道有无数滴水出于好奇跳到崖下，汇成了小溪。它们以为小溪只是一个游戏，巡山而已，与小鱼、蝌蚪捉迷藏。没承想，小溪下山，汇入了小河，小河与四面八方的河水汇合，流入浩浩荡荡的大河，它们知道这回玩大了，加入悲壮的旅程，走入不归路。

归是人类的足迹，恐田园将芜。河水没有家园，它只灌溉别人的家园。河的家在哪里？恐怕要说是大海，尽管它尚没见过海。如果把河比喻为人，它时时刻刻都在诀别，一一别过此生此世再也不会见到的景物。人看到门前的河水流过，它早已不是昨日的河水。今日河水与你也只有匆匆一瞥，走了。没有人为河送行，按说真应该为河送行。河水脉脉地、默默地，夜里则是墨墨地流过，无人送它一枝花。河有故乡吗？河只记得上游。上游是它的青年、少年和童年，而这一个当下它还在上游。下游有多远，不是五里地、十里地，那是天际，是可以流去的一切地方，那里不是空间，是时间。

佛法常常劝人想到死亡。死亡不光是一个生命的终结，还是一块磨石、一个巨大的譬喻、一面镜子或召唤，是集合地点和最真实的存在。如果"存在"这个词具备实在的含义，说的即是死亡。死亡蹲在遥远的天边，人一步一步叩拜它，事实上，它就在人的身边，和人一起到达天边。佛法认为死亡不光指生命，它还是别离。它是一瞬间离开我们的许许多多的东西，"死"这个词不便于四处应用，在佛经里的指代叫无常。如果不以肉体作为生命的唯一，人与万物的死死生生从没有停歇过，生死不曾对立而在相互穿越，这里面不包括被贴上标签的"我"。佛法认知事物的第一道门槛是不让"我"入内，里面没有"我"的座席。河水有我吗？正像河水不会死亡，干涸是蒸发与渗入泥土，而非死亡。水在河里不停翻转，水分子时时与其他水分子组合成波浪或镜子般的平面。浪涛一秒之后化为其他浪涛，只有势，而无形。无形的、透明的水，没有财产、家业、家乡乃至没有五脏六腑的水在流动中永生。水没有记忆，没有历史欠账，没有荣辱，清浊冷暖高下缓急对河流无所谓，它所有的只是一张长长的河床。

　　阳光每每给河水披上黎明的金纱，太阳落山之前到河里洗浴。河水如奔跑的野火，贯通大地。河水上飘过稻花之香，熟麦之香。河水给山洗脚，于高崖晾晒雪白的瀑布。河水每到一处记忆一处，记忆山包括山上的一朵小花，记录天上与水面的星座。河水深处，鱼群如木梳从河的肋边梳过，水草在河底盛开暗绿的花朵。河水告别了山顶的弯月，告别了软弱的炊烟，告别鸟群。此时牧童在河面写字，羊群用鼻子闻河水的气味。河流穿过桥梁为它搭建的凉篷，穿越容易迷路的沼泽。河水于宽大处沉睡、狭窄处唱歌，河水的前方差一点点就汇入天上的银河。河水每时每刻都与岸上的一切诀别，以微微的波浪……

河床开始回忆河流

　　大地上的河床像一个干瘪的口袋，粮食没了，口袋显出宽阔。我在各地见到许多干涸的河床，它们不是耕地，不是广场，是从天边延伸而来的河床，只是没有水。

　　所谓一无所有，说的正是河床。如果有，也只有一些鹅卵石。夏天，不长庄稼不长草的土地是干涸的河床。乍见白花花的河床，心里惊讶，它是什么？它几乎什么都不是。你能相信一个宽阔的河流竟然一滴水都没有吗？在雨后，在盛水期见到干涸的河床让人不安，无法想象当年这里曾经有过河，可以用汹涌、清澈、波浪和白帆形容的河，它竟然没了。

　　对大自然来说，河没了，比人丢了钱更痛苦。如果河没了，鱼和水鸟的家也没了。两岸的青草没了，倒映在河里的星星也没了，因为星星不能倒映在石头上。如果河没了，连同河床一起消失是最好的。没有水，留下的河床好像是伤疤，是一条长长的干鱼的尸体。是的，干涸的河床如同尸体。是谁的尸体？是河的尸体吗？没听说河竟然还有尸体，水干了，白花花的河底只能是河的尸体。

干涸的河床好像在回忆，它抱着不应该拥有的沉寂回忆涛声和蛙鸣。河床回忆什么是水，它不知道水流到了什么地方，也不知道水会不会再来。当年水来的时候匆匆忙忙走过河床，带来鱼虾和泥沙。水没等站稳脚跟歇息，就被后面的水挤走了，水比车站的人流更拥挤。河床从来没想过一条叫作河的水流会干涸，这种惊讶比一个朝代的更迭更让人吃惊。

河床的悲哀是一个母亲的悲哀，她的产床上已经没有了孩子，她还在等待，并且哭干了泪水。一家外媒报道，从卫星上观察，中国境内二十年前约有五万条河流，现在这些河流中已经失去了两三万条。有两万多个河床母亲失去了孩子，她们的怀里空荡荡的，等待人类把孩子还给她们。

人说，人是无所不能的，起初我不相信。当我看到一条又一条干涸的河床时，我相信了这一点，并为自己作为人类的一分子而感到歉疚。人把河都消灭了，还有什么做不到吗？消灭一条河比建造（请原谅我使用的"建造"这个词，这完全是人类爱用的词，而河流无法建造）一条河更容易。把河流上游的树木和竹林砍光，草原沙化，河就死了，只剩下河床这条敛尸袋。

当大街上出现一个带刀痕的死人时，警察会为这个人的死因搜寻原因，曰侦察破案，人类为此发明了一个词叫"人命关天"。如果一条河死了，没人破案，没人痛哭，更没人祭奠。所以，当中国死去两三万条河流时，人们并没觉得失去什么，因为他们不是小鸟不是青草。他们忍受气候变化并心安理得，却没一个人指认杀死河流的凶手。在所有的案件里，如果凶手不是一个人而是一个社会的时候，罪行自然会被赦免，我们都不是罪人。

我们都不是罪人，我们劝自己欢乐并制造更多的欢乐。电视台从国外引进娱乐节目在媒体上操纵人们哭笑，让人保持人的正常情感。而河床敞开空荡荡的怀抱，她的孩子没有了，她以为人会惊讶会替她找回孩子。先前的人类离不开河流，人类所谓的"文明史"都诞生于河流的两岸。看地图，人类的城市多建造于河边，中国有多少城市的名字带着水字边。古时候，人祭祀河、景仰河，后来竟搞死了河。人爱说"算你狠"，搞死河者，何止于狠，是把事做绝了。

我觉得人类应该派一个人（比如政府官员）到河边告诉河床，河已辞世，水利术语叫断流。他们理应为河床献上一些祭品表达歉意，河的消失毕竟算是大事。或者，他们在河边装一个高音喇叭，日夜播放河水流过的声音和鸟啼声。总之，人应该为河的陨灭略微表示一点态度。

布尔津河，你为什么要流走呢？

　　布尔津河像一只长方形的餐桌，碧绿色的台面等待摆上水果和面包的篮子。河水在岸边有一点小小的波纹，好像桌布的皱纹。
　　我坐在山坡上看这个餐桌，它陷在青草里，因此看不见桌子腿。这么长的餐桌，应该安装几百条腿或更多结实的橡木和花楸木腿。小鸟从餐桌上直着飞过去，检查餐桌摆没摆酒杯和筷子。其实不用摆筷子，折一段岸边的红柳就是筷子。现在是五月末，红柳开满密密的小红花，它们的花瓣比蚊子的翅膀还要小。这么小的花瓣好像没打算凋落，像不愿出嫁的女儿赖在家里。红柳的花瓣真的可以在枝上待很久，没有古人所说的飘零景象。
　　来会餐的鸟儿一拨儿一拨儿飞过了许多拨儿，它们什么也没吃到，失望地飞走了。有的鸟干脆一头扎进桌子里面，冒出头时，尖尖的喙已叼着一条银鱼。这就是河流的秘密，吃的东西藏在桌子底下。
　　青草和红柳合伙把布尔津河藏在自己怀里，从外表看，它不过是一只没摆食物的餐桌。为了防止人或动物偷走这条河,红柳背后还站着白桦树。白桦树的作用是遮挡窥视者的视线。青草、红柳和白桦树每次看到藏在这里的布尔津河干净又丰满,心里就高兴,它们竟可以藏起一条河。但它们没想到,布尔津河一直偷偷往西流。表面看,河水一点没减少,仍像青玉台面的长餐桌,但水流早从河床里面跑了。假如有一天青草知道了布尔津河竟然一直在偷偷流,它一定不明白河水要流到什么地方去,还有比喀纳斯更好的地方吗?

青草喜欢这里,它不愿意迁徙的理由是河谷的风湿润,青草在风中就可以洗脸。青草身上的条纹每天都洗得比花格衬衣还好看。这里花多,金莲花开起来像蒺藜一样密集。这一拨花开尽,有另一拨儿花开。到六月,野芍药开花,拳头大的鲜艳的野芍药花开遍大地,青草天天生活在花园里。可是,布尔津河你为什么要流走呢?

现在野芍药打骨朵了,像裂开的绿葡萄露出山楂的果肉。我用手捏了捏,花蕾的肉很结实,一颗手指肚大的花蕾能开出碗大的花。我想把山坡的野芍药的花骨朵全都捏一遍,好像说我手里捧过百万玫瑰(为了你,我舍得百万玫瑰——这是我昨天听华俄后裔张瓦西里唱的俄罗斯民歌),但我怎么捏得过来呢?把花捏得不开放怎么办?草地、悬崖上都有野芍药花。开在白桦树脚下的野芍药花一定最动人,它像一个人从泥土里为白桦树献花。

白桦树,你怎么看都像女的,就像松树怎么看都像男的。白桦的小碎叶子如一簇簇黄花,仔细看,这些黄花原来是带明黄色调的小绿叶子。能想象,它在阿勒泰的蓝天下有多么美,而它的树身如少女或修士身上的白纱。当晨雾包裹大地又散开后,你觉得白桦树收留了白雾。我甚至愚蠢地摸了摸树干,看了看自己的手指肚,又用舌头舔了舔——没沾雾,白桦树就这么白。既然这样,布尔津河你为什么还要流走呢。

有一天，我爬上了对面的山。草和石头上都是露水，非常滑，但我没摔倒。我的鞋是很好的登山靴，它根本没瞧得起这些草和石头上的露水。登上山顶，看到了我住的地方的真实样子。木头房子离河边不远，像狗窝似的。黑黑的云杉树如披斗篷的剑客，从山上三三两两走下来。更黑的那块草地并不是一片云杉长在了一起，那是云朵落在草地上的影子。

布尔津河在视野里窄了，像一条白毛巾铺在山脚下，也有毛巾上摆着圆圆的小奶球，有一些奶球连在了一起。它们是云朵，这是蒙古山神的早餐。云，原来还可以吃的，这事第一次听说。山神那么大的食量，不吃云就要吃牛羊了，一早晨吃一群羊，还是吃云吧。雾从河上散开，一朵一朵的云摆在河上，山从雾里露出半个身子，准备伸手抓云吃。昨晚下过雨，木制的牛栏和房子像柠檬一样黄。不一会儿，天空有鹰飞过，合拢翅膀落在草地上，想要抓自己的影子。野芍药下个月就开花了，山神早上在吃云朵，偷偷流走的布尔津河把这些事情告诉给远方的湖泊。

河边的灯芯草

美国作家爱伦·坡说:"他听得见夜在黄昏时刻把黑暗倾泻在大地的声音。"我忘了是在哪本书上读到过他这句话,此刻突然想起来。但我听到的是另一种声音——风把草叶上的露珠倾泻在大地上的声响,那些露珠原本在柔软的叶子上站立着,可以滚向任何一个方向但哪儿也没去,等待在阳光中蒸发。我来到贝尔茨河边之后,风拿着镰刀收走了这些滚圆的露珠,好像怕我拿口袋把露珠装走。

根河这个地方有许多河,而我好奇的首先是大兴安岭山麓有许多地方以河命名。根河市北面连接黑龙江省的是漠河县与塔河县。根河市内有金河镇、牛耳河镇。全市两万平方公里面积内,河长二十公里以上的河流有三十七条,河长四百多公里的根河经过这里汇入额尔古纳河。这里有金河、牛耳河、乌鲁吉气河、敖鲁古雅河与激流河。贝尔茨河是激流河原来的名字,鄂温克语。这些河不是上级划拨下来的,现在上级手里没河了。河北省基本没河,只剩下北。有河的地方必有丰富的植被,根河市森林覆盖率为百分之八十,居内蒙古自治区之首。大自然赋予他们这么多河流,是森林丰饶的原因。反过来也说得通，大自然赋予他们丰饶的河流，孕育了这么多森林。根河市介绍本市，说这些森林资源是"典型的国有林区"。我看不出这些树和每一棵树具备国有的典型特征，它们都是大自然的子孙并为人类造福。

贝尔茨河即激流河从森林的尽头流过来，黑松林与宽阔的河床之间有柳树的屏障，河水平静广阔，看不到激流。河水流近之后，水面现出一团团旋涡。这些旋涡好像锦缎长袍上的团花，如篆书"寿"字的图案；也像剪纸作品牛身上旋转的花纹，表示牛身上有毛。旋转是大自然的一个谜，人与动物身上的毛发都沿旋转方向排列，否则长不出来。花的信子与花瓣都按旋转方向伸展与生长，太阳、月亮都在旋转。阴阳鱼的太极图案抓住了这一特征——旋转。太极图还揭示了生长的另一个特征：阴中有阳，阳有寓阴。阴极阳生，反之亦然。河上的旋涡在表达水的力量。人把手伸进河水里，即知水流不是一股力量，而是千万股力量。河只在表面平静着，而它前进的每一步都是千百种力量冲突的结果。人说河水东流，但并不是每一股水都想往东流。水有自由的意志而无统一的念头，它们的本意是向四外流，包括上岸逛一逛，但多种力量统合把它们变成了河流。还由于地势与月亮的吸引，它们才变成向东奔走的河流。河流未尝想流，它也可能想变成一个湖或钻进地下休眠，是各种力量推着它走，使它流动，继而灌溉农作物，把鱼群捎到远方产卵，让淤泥成为下游的沃土。

旋涡好像是河流开的花，像西瓜那么大，它绽放一秒钟即消失，身边冒出新的旋涡的花朵。河有河的想法，河羡慕河边那些花。在根河的森林和草地上，大朵的白芍药花旁若无人地盛开。外来的旅游者潜意识在这样想，这么好的花怎么没人采呢？想着并摘下一朵花。摘花人往前望，大白芍药花开到了目力所及的大片土地上，多不胜数，于是他失望地扔掉这朵不幸的花，只往眼睛里装填景色和花。河流羡慕这些花，河流急急忙忙地奔走，没时间在河水里培育一朵花，就用涡流假作花的圆形，好像是对向日葵的黑白素描画稿。做一朵不像，河流把它丢弃，再做一朵新花。就这样，河水边流边制作花朵，直到流入额尔古纳河乃至北冰洋。河流的一生竟如此短暂。如果一条小溪从山里流入北冰洋算八十岁的话，八十岁很快就到了。这一生它只流过几片草原，绕过几座山峰，做过一些记不清数量的涡流的向日葵花。

贝尔茨河岸边不光有野芍药花，在我看来，好看的要数灯芯草的花。灯芯草，又叫蔺草、龙须草。草茎像棕刷一样直立在黄泥和白色的石块间。我并没想用这些草刷我的衣服和鞋，我喜欢它的花。像一群红色白色的叶子攀爬草顶的山峰。有一种灯芯草开紫心白花，如一堆蝴蝶在草尖上开会。它们的花瓣好像是蜜蜂狭长的翅膀，五六片聚在一起开花。灯芯草长在河边，它比别的草更熟悉河流。人所看到的河流只是河流平常的样子，灯芯草看过贝尔茨河霜降时分的落日，碧草结了一层白霜，尽头是翻滚着落日的贝尔茨河。谁见过夏夜的河？星斗的数量刚好与虫鸣相对应。谁见过初雪的河流？雪片如蝴蝶飞进黑黑的河水里取暖。灯芯草在河畔度过春夏秋冬，最熟悉贝尔茨河的表情。

以《诗歌手册》传阅全美的诗人玛丽·奥利弗在《华兹华斯的山》中写道："曙光抚过冻草的每一片叶子，叶子一片片燃烧起来，一齐烧出这片美景。那些寂静的挺立的草变成了魔杖，包裹在光的临时的衣服里。在这个清晨，我再也没看见任何别的东西，或者别的动的东西。狐狸的脚印就在我的脚印的前面，在霜地里开出一朵朵花。四下却见不到狐狸的身影。"借奥利弗的句式说，在这个清晨，我再也没见到任何别的东西，只有灯芯草，它在破晓的晨光里竖立金灯，花瓣如被灌木刮住在枝头飘舞的镀金的羊毛，贝尔茨河转着金色旋涡流向大桥的另一边。

河对岸的星群

　　阿荣旗境内河流多,眼前这条是阿伦河。夜色下,岸边茂密的树林像披着黑色斗篷的巨人睡着了,阿伦河水猫腰从他们的鼻子底下流过。夜色如毯子盖在河岸的草地上,不知盖住了多少野花。

　　早上,我来到河边的时候,草地被野花占领了。天刚亮,野花已精神抖擞地站在那里,披一身露水,好像一宿没合眼,等一个盛典。太阳每天升起来都是盛典,新鲜光亮,野花知道,人不知道。花朵以细细的身子支着陈鲁豫那么大的脑袋,它们的面庞比人类肉质的脸更纯洁。花的面孔不讲五官讲瓣,三瓣、四瓣、五瓣的花脸都比肉好看,像能旋转。花的表情只有一种:笑。花朵除了在雨里哭泣之外,其余的时光都在笑,笑弯了腰。真不明白花到底在笑什么。晨光射入草地,被雾阻挡,景象朦胧。花朵从斜坡的草地上跑向河边,仿佛去梳洗。蓝的花、白的花、黄的花高出青草,凝视河面微颤的波光。河水在早上蜿蜒流远,天边的山峦不是青山,而是玫瑰山。树尖在白雾里冒一点头,如波涛里的礁石。大地苏醒了,四处沾满湿漉漉的露水。

眼下是夜里十点钟,阿伦河发出白天听不到的响声,似"咕噜噜"滚东西,又像"嘻嘻哈哈"偷笑。山峦和树丛被夜藏进包裹里,活动的物体只有河流。河如不流,水面嵌满星星。星星趴在水面的时候特别怕被打扰,一片被风吹落的树叶或鱼儿翻身都会拆碎星星。水流淌,星星在水里被捣成了星星酱,波浪上隐约只剩一层白光。

这时,对岸燃起篝火,火光照亮了一棵老树。它必定是榆树,鄂温克人和满族人都崇拜榆树,老榆通灵。不一会儿,鄂温克人围拢老榆树跳舞,歌声隐隐约约地传过来。头几天,我们在那吉镇参加广场篝火晚会,转圈跳舞的有好几百人。鄂温克人单纯,无论老幼,都如纯洁的儿童,他们尊崇大自然,信仰舍沃克神、铁神和奥卓尔神。他们在篝火上扔一些马鹿和犴的油脂,冒出的香味会让舍沃克神高兴。萨满法师敲鼓,舍沃克神也高兴。猎人们趁舍沃克神高兴,把灰松鼠——最好是尾巴带白尖的灰松鼠皮——在火上抖几抖,神会赏赐给他们更多的松鼠。

歌声越来越大,夹杂鼓声。篝火边上跳舞的鄂温克人的蒙古袍被火光映照得十分鲜艳。我沿着河往那边走。走了几百步,被柳树挡住了路。鄂温克人脸庞清晰,被火照成红铜色,舍沃克神看到会更高兴。河流在眼前静止不流,也许停下脚步看歌舞,也许水深无澜。大颗的星星浮在河面,仿佛来自对岸。星星优雅地泡在水里,我替它们说:凉快,太凉快了!星群当中应该有大熊星座。鄂温克人敬畏熊,他们管公熊叫爷爷,管母熊叫奶奶。现在,大熊星座的爷爷奶奶们在河里洗澡,鄂温克人在篝火边上跳舞,河水一动不动,灰松鼠在树林里偷窥,把白尖尾巴藏在树叶里。

激流河

六月下旬,草原是一块从黑土里露出的碧玉。这块玉被雨水冲洗得干干净净,方圆几百里。

我在碧玉上行走,如同蚂蚁慢慢爬过草原。碧玉上鲜花开放。六月的呼伦贝尔,开放最多的是两种花,一是大朵的野芍药花,像千万只白蝴蝶落在修长的绿草上。另外一种我叫不上名字,是小黄花。黄花虽小,却浩荡地开到天边。从额尔古纳进入根河的路边,小花改变了草原的颜色,比油菜花淡一些,花海连到了云际。

碧玉上生长着落叶松和白桦树。这里四处可见到松树。车开出千八百里,车窗两边还有松树。呼伦贝尔草原高贵的气质在松树身上体现无遗。松树的芳香浸润着呼伦贝尔的土地与河流,它的气息与在别处不一样。一千里玉米,一千里麦子,一千里柳林和一千里松树划分出不一样的土地和心地。而白桦点染着呼伦贝尔的女性气息,让人看到她的秀美。莽莽苍苍的大兴安岭有白桦的点缀,像魁梧的巴尔虎男人腰上彩色的烟荷包飘带,小处衬托大美。

草原碧玉最美的衣衫是河流，它抱着草原，似蒙古袍的腰带。海拉尔河、根河、额尔古纳河是千回百转的绸带，白天是蓝色，夜晚是白色。它流到哪儿，把鸟儿带到哪儿，白净的脸上带着笑容，环绕千里。

激流河是根河的支流。世上并没有所谓根河。呼伦贝尔有一条葛根高勒河，蒙古语，意思是佛爷河。河的名字到了汉人嘴里变成"根河"，是简称也是牵强附会。这一次我们游历根河市，处处可以见到激流河的身影，它如同一个侦探，查验我们的行踪。这是多么美妙的侦探，带着野花和蝴蝶，以清楚的眼波张望。

从桥上看，激流河水是黑色的，流在琥珀色的河床里。来到水前，河水透明，所谓黑色是两岸森林的倒影。鹅卵石和沙子的颜色晶黄，为河流铺上一层兽皮褥子。

河流不愿意被人从桥上观望，那是上帝和飞鸟看河的视角。人偶尔上桥望河，只是一瞥。人大多是在大地上、树林里、草原和公路边上望河流的身影。今天早上，草原没有一丝雾，光线如水一样透明。白桦树四五株一墩，它们长得很高很细，只在树梢伸展一些叶子。白桦树在我的眼里全是树干，白得耀眼，身上仿佛涂满了石灰。激流河在树的后面露出波光。河水从树干的间隙反射阳光，是一片微颤的、动荡的光影，在白桦树身后穿行。这时候，激流河一点不宽广，像一个藏在树后的姑娘。

契诃夫考察萨哈林岛，在给朋友的信中写道："寒冷的河流穿过西伯利亚的冻土带，在绿荫中流淌的仍然是冰水。水即使如此寒冷，苔藓、白桦和松林在河流的滋润下生长得十分茂盛。"（《安东·契诃夫书信选》）激流河水寒彻入骨，在火热的夏季中午依然如此，抱西瓜放在河水里，过一会儿比雪糕还要凉。根河是中国较冷的地方之一，一年当中只在六、七、八三个月不供暖，其余时间都要烧暖气。

根河地下是永久冻土层，河水从山里的石缝里渗出，经苔原的草丛过滤，千万细流汇成激流河。我捧起河水喝，水未入喉，指骨已被寒流炸得生疼。喝完水，肚子好像有十八亩地的清凉。我心想，肚子知道这是激流河水吗？从石缝渗出，苔原过滤的水。我又喝了几口，边拍肚子边说"激流河"，让胃肠加深记忆。一个人的肚子，如果有幸喝过清洁的河流的水，是个福气，就不会闹肚子了。我的胃肠吸收过额尔古纳河、西拉沐沦河、老哈河、贡嘎雪山下的雪水河、喀纳斯的禾木河、布尔津河的水流，还有西伯利亚的安吉拉河，贝加尔湖的水，它们环绕和浸润过蒙古高原和蒙古人的足迹。水在三分钟内经小肠排空进入血液，我抬手看了看手背的静脉血管，激流河水正在血管里行走，它是呼伦贝尔山河的一部分。血管里的一滴水带着比芯片更丰富的记忆，与身体里的基因重合。

　　根河地处大兴安岭林区，森林覆盖率达百分之八十以上。根河的空气都被绿叶过滤了无数遍，耳边总有鸟儿啁啾。在树林里，闻鸟啼见不到鸟的踪影。它们藏身树叶里。草原上没有树，耳边也有鸟啼，但见不到它们的踪影，它们藏在哪一片低矮的草丛里？

　　激流河的两岸没有一寸荒芜的土地，这里还没有进驻开发商，大自然保留着原初的样子，鸟儿为这个歌唱不已。我仔细查看河水流过的两岸，有柳树，有野芍药。河流领着树和花奔跑，云朵在天空追赶。这就像一个人领着兄弟姐妹奔跑，身边都是亲人而不是开矿和开造纸厂的那些人。

没有年纪的小河

我舅舅昭日格图的房子旁有一条小河。小时候，我去他家三天之后才发现这条河。他的土房子由草泥垒成。一锹挖下去，方块的草泥就成了垒房的坯。泥里夹杂半尺长的草根，像葱根一样雪白密集。他们把在河边挖的草泥搬到木制的牛车上，草泥上还长着两三寸高的青草，像方头方脑的绿头发。泥坯沉重、坚固，里面有草根交织，永远不会松散。牧民把草泥拉回来，选好一个地方垒房子。阳光照在他们黑红的胳膊上，胳膊薄薄的皮里有肉瓜灵活地窜动，像煮熟的牛小腿的腱子肉，由此我想到了酱油。他们七上八下地搬运胶皮似的草泥垒墙，有人站在墙上拎着鹅卵石的坠吊线。肉瓜们忙碌半天时间，垒成房框子。牧民们砍几棵杨树架在房框上当梁。梁上铺红柳的苦芭，糊上泥，房子就盖好了。垒墙时我希望看到把长草的一面朝外。他们却不这样办，草面朝上。房子矗起后，泥块上带着铁锹的挖痕，那是钢铁切开泥土留下的光滑痕迹，比用泥抹子抹得紧实。泥块与泥块之间露出一层青草，像绿油漆在黑泥上画的粗线。

说这个,是因为我最近又回到那里——巴林右旗白音尔登苏木。我的舅舅搬到了城里住,乡下还有草场。那间土房子还没有坍,它像老人一样个头矮了一些,不知是前墙矮了还是后墙矮了。我量身高比年轻时矮了一厘米,医生说是脊椎间隙磨薄了。土房子上画绿格子的青草早没了,不是枯黄,是没了,我离开那里已经四十多年了。房子拆掉了窗户,露出黑洞,屋里装工具。它成了一幅黑白照片,衬着灰绿的草原、紫红色的摩托车和似转非转的风力发电机的乳白色风扇。然而房后的小河还在那里,哪儿也没去,没褪色成为黑白照片。小时候,我和我姐姐塔娜到达白音尔登是在一个上午,大舅昭日格图和过继给别人家的二舅江格尔正在旧房子边上搭建刚才说的新房子。江格尔驾驭着全村唯一的胶皮轱辘马车,他时刻用手摩挲着竹枝鞭杆上的皮鞭红缨。红缨比玉米穗子更红,像适合松鼠穿的短裙子。新房子还没垒,他们用手指在空气里比画,像瘸子那样拖着一条腿在草地上画线,这都是造屋所需要的动作。旧房子后面有齐腰高的柳条,我们不知道它是河边才长的柳条。我们喜欢从旧房子的水缸旁边一口气跑到对面的沙丘顶上,大概一百米。地势升高,草的绿毯子铺到沙丘前不够用了,露出沙丘的白色肩膀。在沙丘顶上,我们闭紧眼睛,团身往下滚。本想滚回旧房子的水缸边上,睁眼看,房子还在远处,像牛皮纸糊的盒子。

塔娜、我,还有昭日格图舅舅的女儿查干叁丹、宝若叁丹一起玩捉迷藏。宝若叁丹穿一件刚能穿进去的绿绸子小褂,短襟在风里飘,跑到哪里都会被人找到。查干叁丹故意让她趴在鲜红的倭瓜或金黄的玉米堆边上。宝若叁丹三岁,黑得像一个烙铁。我们藏来藏去,藏遍了所有可以藏身的地方——鸡窝后面、羊圈里、筐里、红躺柜底下,盖单子躺被垛上面假装是叠好的被子。塔娜在房后的柳条里发出尖叫——啊！我们以为塔娜被狼叼走了，跑过去看，塔娜掉进小河里了。她拎着白底红花的裙摆，一边咽眼泪一边笑。草原上的柳条当中竟然藏着一条河，它满足于自己的小与安静，悄无声息地流淌。

我敬佩塔娜，是她发现了这条河。她的凉鞋陷进泥里，回头找出来，用拎凉鞋的手擦眼泪，吓着了。查干叁丹和宝若叁丹也向塔娜投射出敬佩的目光，塔娜藏猫猫还敢藏在河里，厉害。这条河一米宽，半尺深，河底的淤泥刚刚吞没脚脖子。河水澄清后，露出与这条河相配的火柴棍式的小鱼。河水好像没流，但草在水里倒向一边，如风中的长发。小河两岸（一米宽的河也有岸）的红柳条在风中交集，挡住河的身影，天上的云彩在柳叶的缝隙里露出窟窿的白，成了棉花套子。我们摘下野花丢进河里，看它们飘多远。塔娜捉到一条鱼，像馅饼一样扁圆。鱼被塔娜捧着，尾巴轻轻拍打她的手心。昭日格图舅舅说，这个河呢，下了雨，水这么多。不下雨，水也这么多。

多年之后，我又见到了这条河，它一点都没老。河还是一米多宽，红柳条在风中交集，河里窜动火柴棍式的土色的小鱼，草在水里漂向西边，河不会老吗？河流原来没有年纪。昭日格图舅舅比他父亲当年还要老，哮喘病让他浑身上下都发出"咝咝"声。当年他一身肉瓜，手持套马杆和烈马撕拼，像鹰一般。我觉得这条小河的记忆储存在我的大脑深处一个冰冻的罐子里，见到小河，记忆的罐子解冻化成水。这只是一条河的记忆，不知有多少往事在脑子里还没有解冻，冻就冻着吧。

沙漠里的流水

勃隆克沙漠如山丘一般有峰有谷，有沙坡和悬崖，全是沙。站在沙的悬崖上，人可以往下跳，甚至头朝下鱼跃冲下，身体毫发无伤。沙子比人的身体还软，用它的软接住你，缓冲力量，人跳了悬崖之后还是人。人摔在比身体坚硬的物体上，身体进而物体不进，人落沙子上是沙进，人还是完人。仔细看，沙砾实为坚硬的半透明的晶石，不规则的晶石之间的空气与间隙，缓解了力。

行走在沙漠的峰峦，像走在鲤鱼的脊背上。沙漠顶峰有一道曲折鲜明的分界线，如同阴阳面。风把沙曲折地堆在顶端，沙子显出金黄的着光面和阴影。站在沙峰上看，左右峰峦线条柔和，没有树，一只鸟飞过，在沙漠下拖下鸡蛋大的阴影。在沙漠待着，耳朵有点闷，如飞机落地前那种闷，耳朵不适应太静。在有泉、鸟的山里，人感寂静，耳底实有泉流和鸟鸣的低回，只是人注意不到。沙漠真是空寂，什么声音都没有，耳朵反而嗡嗡响。静，原本以喧闹为根基。不喧闹耳朵自己闹，它变成自鸣钟。

沙峰的谷底有一条溪流，边上一溜金红色的柳条，流水在柳条的生长路线断断续续露出身影。

　　沙漠里有流水？这好像是大自然撒的一个谎。走到水边，用手捧起水，清亮，凉，才知道水的真实。沙漠里怎么会存水呢？所有的水不都会在沙漠上迅速漏下去吗，这里怎么会有流水呢？河床用坚硬的淤泥和石头兜住了流水，沙子能吗？我用手掏溪流的底部，仍然是沙子，但坚硬。我觉得不能再掏了，再掏就漏了。

　　水在沙漠上比金子还贵重。柳条用枝条隐蔽水的身影，如果不遮挡，会有人上这儿偷水吗？这些水以微微颤动代替流淌，一尺多宽，有的地方只剩两指宽。水的底部铺着大沙砾，还有躺直的草。

　　我顺着河走，踩坍的沙子堵住一些水流，如破坏者。再走，这道水钻进地下没了。怎么会没了呢？我以掌做挖掘机，掏出一堆湿润的沙子，却不见水流。或者说，水流着，一头栽进了地心。它到地心去干什么？好像不符合流水的常态。水惯于地表流淌，并不会突然失踪。

　　在谷底走，约走五十米，水抬头冒出地面。地面又长出零零星星的柳条。宋代有歌谣：凡有井水处皆咏柳词，柳乃柳永柳三变。此话在这里可改为：凡有柳条处皆涌流水，水乃沙漠地下水。

　　我觉得它们不是一般的水。对，它们肯定不是平凡的水。庸常之水在这里早漏下去了，怎么可能往前流呢？我捧水尝尝，还是水味，没尝出河味；再尝，有一点柳树的苦味。喝过此水，必延年矣。可是，刚才断流入地的水，为何会挑头冒上来呢？似乎不合重力定律的约束。对大自然，人不明白的事太多了。

　　我跟着流水走，又见到惊喜。在一巴掌宽的溪流中，游着两条小鱼，火柴那么长。小鱼像沙子那样黄，半透明，露着骨骼，但没刺。鱼甩一下尾巴动一下，眼睛是两个黑点。除了飞过的那只鸟，小鱼是沙漠里唯一的生物。当然我也是生物，眼睛比鱼眼大，不会飞。我把小鱼团到手心，像个坏人那样想：它长到餐桌上的红烧鱼那么大要多长时间？把鱼放回水里，另一条急忙趋近它，像询问它受伤没有。

　　沙漠有水流过，像大自然的谎言。大自然偶现诡异，但不撒谎。它让沙漠里有水，有鱼和柳树，这是一个生态系统。再往前走，我见到了壁虎似的蜥蜴。再往前，水面宽了，游着不一样的鱼，水边出现几朵野花，有一只野蜂飞过，一条蜥蜴跳进水里……

捉迷藏的小河

走着,忽然看到一条小河。它什么时候藏在这里了?河水不是狗和小牛犊,我想象不出它还会躲藏。找,看河哪儿来。

河水拽着草的裙子。它随身带的物品,是黄与黑的卵石,还有虾。虾像水里的跳蚤,一蹦才察觉出它的存在。野花来河边梳头,卷发的百合红得没办法,黄瓣的小碎花几乎没有颜色。

我顺小河走,水面映衬一汪天光,如胡适的白话诗:"蔚蓝的天上,这里那里浮着两三片白云。"白云原本少,又被河边的草丛遮住身影。走着走着,河水没了,密草屏立如墙,仿佛说:前面没河。看,确乎没有。如此说,这是一处雨水留存的微湖。我心有未甘,蹲下看河水中的绿草,水流分明从它们的腰间经过;看水底的石子,也有日影浮动。小河在流淌,虽然无声,工作时,它采用静音环保的发动机。我走回河的另一端,它又无踪。两端长十多米,河水像凸出地面的一段树根,其余潜在地下。

"出来吧,我已经看见你了。"小时候,我们藏猫猫常这么喊,诈唬藏在暗处的伙伴,但谁也没出来。小河也没出来,它像一节项链,挂在这片草地的颈子上,露出亮晶晶的钻石。

辑二 天空

星　辰

我有一个隐秘的想法，越来越想把它说出来，且不管别人是否耻笑。我的想法是：既然天上的星星这么多，又没有主儿，可不可以每人分一颗呢？

不是分星星的产权，我们得不到也搬不动具体的星星。我的意思是说，撤销国际天文台对星星的命名，或者他们命名他们的，咱们再重新命名一下。每市每县每乡自行命名他们头顶上的星星。大的，有益于国际交流的星星的名称暂时保留不动，如海王星、冥王星、北斗星等还叫原来的名，剩下其他星星，完全可以打乱重来，给人民带来意想不到的惊喜。比如说，旅游者来到新疆塔城市恰合吉牧场，一位白胡子老汉夜晚手指某星说，这是我，边上是买买提、窝依加依，右边是阿依古丽，阿依古丽边上是阿西尔。这窝星星都是他们村里的人。

这多好，比给老百姓分钱节省开支更能让他们高兴。农村牧区，以乡镇为单位各分一千个星星指标，命名时不得改变（占用）太阳、月亮、金星、水星、火星等重大行星的已有名称。命名期以五年为一届，届满重新命名，不得连任。像河南、山东这样的人口大省，一个乡镇分一千个指标显然不够，命名时优先考虑老年人、残疾人和复员军人。可以用乳名和外号命名星辰，但须征得本人同意。命名后，美丽的天空上将出现狗蛋星、满仓星、招弟星、吃不够星、扁担勾星、母老虎星、学究星和眼镜星。

这美好的设想，我还没有说完，接下来是：江西省玉山县石门村农民孙发财前往四川省小金县龙头村会见农民李大虎，他们同占一个星，即天文学所说的织女星。两人相见恨晚，喝酒夹菜，交换两地民生、治安、婚恋方面的信息，各自阐述了对电视剧的观后感。他们不仅在酒桌边上合影，而且用红外相机在织女星下合了影。红外相机的不足之处是看不出谁是谁，跟医院X光片差不多，骨白肉黑，但星星照得很清楚，这就可以了。

中国六百多个地级市，两千八百多个县，县下面有无数乡镇和村子，上网一查，牛郎星的命名人呼啦一大片，全出来了。他们有男有女、有高有矮、有半文盲也有二一一学校的本科生。他们虽然有这样那样的缺陷但有一个共同的美德——遥望星空，寻找自我。当各省各县各乡各村的望星人的目光汇聚于一颗星星上时，有什么困难不能克服呢？他们享受到了白天做工、夜晚成仙的幸福。土改后，农民有了土地。改革开放后，城里人买了自有房屋，但把自己名字命名星辰的幸福远远超过其他幸福，可以说比吃麻辣烫还幸福。

有人买了一台汽车却买不起车库，停在马路上凭警察贴罚款单。警察？警察能在星星上贴一个单子说这一颗星不属于你吗？贴啊，你咋不贴呀？有星星的人不需要车库，不需要汽油和保险。星星自给自足地在天上飘，不给人添一丝麻烦却照亮了夜空。这几年不断有人引用哲学家康德的话说人最重要的事不是吃喝拉撒睡，而是仰望星空，庄严自我。但更庄严的是，你仰望以自己的名字（外号）命名的星星。

假如有一颗星星分给我,我每天晚上抽出十五分钟向它行注目礼,为它起一个我所景仰的人物的名字,一个月换一个人,如东方朔、苏文茂、孙道临、焦耳、吕其明、里根和瑞典前首相帕尔梅。我在想象中擦拭这个星辰上面的灰尘,种植想象中的黄瓜、豆角、韭菜和牵牛花。我所拥有的星星是夜海上的清凉岛屿,是一匹无鞍白马。我将请人为这个星星谱一首歌曲,我亲自配乐并把它改编为铜管乐、琵琶协奏曲、巴乌协奏曲、京胡协奏曲、唢呐协奏曲、娱乐琴协奏曲。录下来,对着星星播放。

人这一辈子一晃就过去了。有了一颗星,可以让你多想想宇宙的事,别老想自己的事,过得慢一点儿。长寿其实就是活得慢。人有了自己的星星,可以面对星星站桩、打坐,犯了错误对星星忏悔。星星没什么损耗,而我们竟变得如此富有,为什么不呢?何必让它们的名字躺在天文台的簿子里呢?既然可以把错安在政府身上的手还给市场,那么,错安在天文台、气象台、地震台的手就应该还给民间,让老百姓一人抱个星星玩呗。不用安宽带,不用投资基础设施,啥也不用,只乐。

星星们是夜海里洇渡的一群白象,白象们蹲在黑色的礁石上等待清风。星星们用独眼遥望地球。星星奔跑,洒下更多的星星。人这辈子所看到的最值钱又不上锁的东西只有星星。有北窗又无楼房阻挡的人最幸福,星群镶嵌在不同的玻璃上。星星代表着真正的遥远,告诉人什么是静谧,什么是梦境,什么是永远找不到答案。星辰的白雀斑在夜的脸庞上发出"叽叽喳喳"的笑声。月亮左右看看星星,更多的星藏在披黑大氅的群山之后。星是夜的村庄,村庄里还住着更多的、更小的、雪白的星。它们坐在广场等待天黑,等大星给它们安装翅膀。

星星本来可以飞到离地球很近的地方,但它们不肯来,没人知道其中的原因。且不管星星远或近,我在等候分星星的消息。

车站的月亮

常识说月亮只有一个,我宁愿相信月亮有备份有值班因而有许多个。李白和苏轼的月亮已被他们带走了,他们离不开月亮,走到哪里都要跟月亮一起玩,带着酒。草原、戈壁和西拉木伦河都有各自的月亮,为什么说月亮只有一个呢?月亮们形状如一、胖瘦如一,但性格和气味不同。我感到戈壁的月亮太高,而呼伦贝尔秋天的月亮看上去挺有钱。火车站的月亮只照各地的车站。

车站的月光被两道闪光的铁轨支出去太远,好像铁轨是月亮走到人间的梯子。月亮在汽笛和人流黑潮中显出工业化的特征。在站台等车,常听到喇叭里传出不需要旅客听懂的话,譬如,洞幺拐贰进五道。我在心里给这种话续下一句:天地悲凉草木秋。喇叭里说:接车拐六幺幺拐。对曰:碧海青天夜夜心。列车来到脚下微微地震动,唯一带红色大檐帽的铁路员工对着铁轨立正,都在月亮的注视下显出苍白,让人觉得车站的月亮很操心,缺少休息日,熟悉工作流程。

一次,我坐的火车在俄罗斯布里亚特北面的阿巴干车站停了五个小时。问停车的原因，说这列始发于乌兰乌德的火车比规定的时间早到了五个小时。阿巴干车站虽然没有往来车辆占道，也要按自己的时刻表运营。我们等待，但当地的旅客并不觉得等待，认为这是生活的一部分，仿佛上帝来到阿巴干也要停留五个小时。俄罗斯人在车站喝酒、接吻，有人把毯子铺在站台上睡觉。我在月台上光着膀子慢跑。那时候，我抬头看到阿巴干车站的月亮微红，像从桑拿房里出来的女人。天没黑的时候，麻雀从我的肩头、耳朵边上笔直飞过又飞回，我从来没见过如此不怕人的麻雀。天色转为蓝灰色的暮霭，这里的天桥如同巨大的车站。我不明白俄罗斯人为什么把天桥修得那么高，楼梯如同中山陵的台阶。在天桥上瞭望，可见方圆几十里景物。它也许担负着军事上的职责，是一个要塞的制高点。在天桥上，我看到阿巴干车站的月亮从布满密林的山峦往上升，山峦之间有白的夜雾包裹，符合黄宾虹所画山水的皴法。月亮微红只是它的特色之一，这里的月亮的第二个特色是横着走，仿佛是一艘轮船。在中国，月亮——不管是不是车站的——照例向上升，如气球那样。我想起了一首乌克兰民歌《德聂伯尔》的歌词——你看那月亮暗淡无光，在黑云后面徜徉。是的，这个月亮可能从乌克兰飘过来，没拦住，飘到了南西伯利亚。

斯图加特火车站的月亮仿佛被奔驰公司收买了。这个火车站由奔驰公司修建，楼顶有一个莹白发亮且旋转的奔驰车标。从我站的地铁站的角度看，月亮跟车标并肩而立，一黄一白，都在转。斯图加特火车站没人售票，车头有一个孤独的司机。这里的车站听不到奇怪的广播。

车站的月亮属于离家的旅人，属于身上背行李的人、口音不同的人、着急的人。月亮用清光在地下写字：别离——回家。车站的月亮有清脆的回声。每夜，火车把月亮拉到远方，交给下一站的月亮。

明月夜

  月亮每个月圆一次，圆是月亮的任务。人类在没发明历法的年代，用月亮规律的圆作为时间的标记。他们把三十天或三十一天叫作一个月，当然每年的二月只有二十八天。月亮成了时间的名字，并且有排行——一月、二月、三月、四月、五月……一直到十二月。十二月并不是那个月的天上有十二个月亮，而是这一年的第十二个三十天，这些事听上去很幽默。月亮既是天上月亮的名字，又是人间时间的名字。

  月圆之夜是世上的美景，月亮像黄铜的盘子挂在深蓝色的夜空上。说月亮挂在夜空上不完全对，挂东西要挂在绳子上或者钉子上，月亮那么大，往哪儿挂呢？天上也没有绳子和钉子。总之，在每个月的农历十五那天，圆圆的大月亮出现在天空，月光洒落大地，地上好像结了一层毛茸茸的白霜。我们伸手摸深秋草木上的霜，手指肚感觉冰凉，树叶上的白霜会被手指的体温融化成一个圆印。月光的白霜摸上去不凉，踩一脚也踩不脏，它像霜不是霜，是光。明月夜，大路上、屋顶上、树叶上和草上都覆盖了一层月光的白霜。看上去，万物像泡在牛奶里，干净而且安静。

　　圆月当空，夜色不那么黑了。它不仅浅了而且有一些蓝。你知道，深蓝色的夜和金黄的圆月亮放在一起很好看，大地丰满而又清晰。在这样的夜晚，山峦的轮廓，河流和树木的轮廓都显露出来。在真正的黑夜，这是看不清的。夏天的圆月之夜看得见青蛙在池塘边上蹦跶，甚至可以看清夜空上的白云。冬日，如果大地堆满了白雪，月光照下来，大地更亮了，可以看到兔子在雪地里"扑哧扑哧"地往前跑。它刚从雪里拔出后腿，前腿又陷在雪里，跑得一点也不快，一点也不像兔子。

荞麦花与月光光

前年上秋，我在刀把子地机井房住了一个月，就一个人。看机井，因为"水利是农业的命脉"，防止地主富农破坏。"文革"中的地富分子，当年也许是最驯良和健壮的人了，他们见人则把路让开，低着头。由于劳动强度远远超过贫下中农，因而更健壮。譬如我们队里老刘家的坏分子、老武家地主和老胡家富农。

我早知道，他们再健壮，也万万不敢破坏机井，甚至连一棵庄稼也不敢碰。

一天的后半夜，我急起撒尿，跌跌撞撞冲到屋外。人醒了，但除了腿脚和撒尿的机关外都睡着，即古人所谓"寤"之状态，摇摇晃晃地缓释负担。尿时，睁开眼，一惊；闭上再大睁，竟害怕了。我发现机井房周围落满大雪，白茫茫无限制。我收尿遂奔回屋。躺在炕上想，下雪了，啊？这时候全身都醒了。先想现在是几月，这不才九月吗？中秋节还没过呢？再说也不冷啊？窗户开着，屋里也没有火盆。不行，我蹑足下地，趴窗户一看……

大雪，毛茸茸的，约莫一尺厚吧，随着地势起伏。渐渐地，我明白了，披衣出屋，来到当院的土坪上。

荞麦呀，这是荞麦地。它们迸放繁密的白花，花瓣密得把地皮都遮住了。在白花花的大月亮地里，就是一场大雪，吓退夜半撒尿者一名。我在机井房住了一个月，当然知道屋前左右都是荞麦，开花了。但想不到在月夜，茫茫如此。我站着，然后又蹲下了。我相信有"月魄"一说，即月亮的灵魂常在静谧之夜出窍。这时候，月色细腻柔美，地上的坑坑洼洼无不承受到这种白面似的抚摩。当然月亮不会无故出窍，倘若它在地上有情人（比如在刀把子地附近），必是荞麦花无疑。荞麦花在倾泻的月光下，微仰着脸，翕张口唇，感泣而无力言说。无风，蓝琉璃的夜空，小星三五在东。白花花的荞麦地如此专注于一件事，这太感人了，想不到世上竟有如此美景，可以由于内急而得以窥之。我知道老天爷会下雪，但不知道它还会造设烘托一种非雪之雪，酷肖。文人所称"梨花似雪"，颇觉勉强。梨花在疏枝上攀举，地上黝黑，即使在月夜，也觉得这么高的雪不易。荞麦花却雪白无疑，那种朴实的村妇气，在月下净去，宛如城里美人了。

我感到，月光和荞麦的神秘交往还没有结束，他们跟人不一样，在静美中传递更广泛有力的信息。我以肉眼当然看不出来，但也不碍什么事。突然，我后悔了，当一个人厌倦白天的种种单调景物时，谁知道造化在夜里制出多少奇境呢？我不知错过了多少机会。

节气近于秋分了，脚下一蓬绿草的修长叶子上，果然沾满雾水。秋虫的鸣唱此起彼伏，唐人（如白居易）说的"霜草苍苍虫切切"，或"早蛩啼复歇"。我不知道唐朝时"切切"之音怎样读，白居易又是陕西渭南人。我听此虫声乃是"滋儿滋儿"。

看了一会儿，觉得有件事未做。想一想，认为应使另一半尿复出,然此物已不知去向。又待了一会儿,心里难受,想家了。也许是眼睛被雪白簇密的荞麦花逼出了酸楚。我今日想家,只是惦念父母,可用一个"忧"字结。二十年前想家,是想念包藏着童年与少年的远方的城市,实际是"怜"己。冷不丁想起,我怎么跑到这远离人群的刀把子地机井房前的土坪上蹲着呢?况且是半夜。

　　现在,我的愿望仍是想看一眼月光下的荞麦地。天地间,月在上,荞麦地在下,我披衣蹲着。

群星的呼喊

听虫鸣可以练听力。夏夜的合唱里，虫的种类会超过一百种，越是细辨，越觉出大自然的丰富无可比拟，虫世界比人世界还要热闹。

作为音乐术语，听力，指倾听人对音准和音高的辨别力。唱歌跑调的人不是声带出了问题，是听力有偏差。而更深入的听力，可以同时听到乐曲中不同乐器的演奏，比如听出铜管乐里面小号和长号的音色，听到小提琴和竖琴的声音。莫扎特的晚期作品，喜欢以长笛和竖琴对位演奏，小提琴齐奏上下迎接，与歌剧的咏叹调相仿。长笛是女高音，竖琴是次女高音，小提琴是合唱队。当所有的乐器共同演奏时，同一时间听出不同旋律的不同乐器的演奏，就有相当好的听力，自然也是好的享受。

以这种态度听取虫鸣，感到大自然的音乐更神秘、渺茫与出人意料。把虫鸣当乐曲听，相当于看赵无极的画。他的画乍看像骗子画的，但越看越见出精妙，没有五十年的苦功，当不了这样的骗子。

他的画不具象，就像虫鸣没有旋律性。而他画里的一与多、线与面、构图（他好像用不上"构图"这个词，没构过）合乎星空一般的潇洒自如，做是做不出来的，画也画不出来。赵无极的画接近于音乐，音乐里面实在是"没有什么"。假如这个"什么"是主题、是高潮、是究竟的话，好的音乐一律什么也没有。听巴赫和莫扎特的音乐，似乎连铺垫也没有。我常想说巴赫的音乐没开头，劈面就是剥开的橘子瓣的脉络。但巴赫每首乐曲的开头，不是开头又是什么呢？这么一问，又把我问住了。但这种开头不是起承转合的起，是太极拳一般、云朵般连绵的意的截面。高级的艺术品首尾相连，像匈奴人崇拜的头尾相连的团形豹。

虫鸣也没有开头，谁也不知道夜里是哪只小虫发出的第一声鸣唱。它们的鸣唱织体晶莹，比星星散落得更远，好像流星们相互呼喊。我觉得流星那么突然地栽到一个地方，一定会传来呼救声，只是声音要经过亿万光年才传到我们 N 辈孙子们的耳边。那我们为什么听不到亿万光年之前流星的尖叫呢？可能人的生命太短，连一声流星声还没听到就过去了。这样，刚好可以把虫鸣当作群星（含流星）的呼喊。

箕坐山野，闭上眼睛听虫的鸣唱，感觉虫鸣如电脉冲在示波仪里长短窜动，如同大地的心电图，又像草芽从土里钻出，还像一张大网把夜罩住，虫子从网里往外钻。睁开眼，四野空旷，平安无事，而三野则是华纵的别称。夜晚，天像玻璃碗一样空灵盈余，大地的绚烂全被黑暗收藏，唯一收不走的是这些晶莹的虫鸣。它们让大地铺满了钻石，天亮时跟露水一起消失。

他乡月色

我越来越想念图瓦,三年前在图瓦我就想到会想它。

国宾馆是一座安静的三层小楼,靠近大街。大街上白天只有树——叶子背面灰色的白杨树,晚上才有人走动。人们到宾馆东边的地下室酒吧喝酒。我坐在宾馆的阳台下,看夕阳谢幕。澄澈的天幕下,杨树被余晖染成了红色。你想想,那么多的叶子在风中翻卷手掌,像玩一个游戏,这些手掌竟是红的,我有些震骇。大自然不知会在什么时候显露一些秘密。记得我在阳台放了一杯刚沏好的龙井茶,玻璃杯里的叶子碧绿,升降无由,和翻卷的红树叶对映,万红丛中一点绿,神秘极了。塞尚可能受过这样红与绿的刺激,他的画离不开红绿,连他老婆的画像也是,脸上有红有绿。

图瓦的绿色不多,树少。红色来自太阳,广阔无边的是黄色,土的颜色。有人把它译为"土瓦"。我年轻时听过一首曲子,叫《土库曼的月亮》,越听越想听。后来看地图,这个地方写为"图库曼",就不怎么想听了。土库曼的月亮和图库曼的月亮怎么会一样?前者更有生活。象形字有一种气味，如苍山、碧海，味道不一样。徐志摩一辈所译的外国地名——翡冷翠、枫丹白露，都以字胜。

图瓦而不是土瓦的月亮半夜升了上来，我在阳台上看到它的时候，酒吧里的年轻人从酒吧钻出来散落到大街上，在每一棵杨树下面唱歌。小伙子唱，姑娘倚着树身听，音量很弱。真正的情歌可以在枕边唱，而不是像帕瓦罗蒂那般鼓腹而鸣，拎一角白帕。我数唱歌的人，一对、两对……十五对，每一棵树边上都有一个小伙子对姑娘唱歌。小伙子手里拿着七百五十毫升的铝制啤酒罐。俄联邦法律规定，餐馆酒吧在晚十点三十分之后禁止出售酒类。而这儿，还有乌兰乌德、阿巴干，年轻人拿一瓶啤酒于大街上站而不饮乃为时尚，像中国款爷颈箍金链一样。

图瓦之月——我称为瓦月——像八成熟的鸡蛋黄那样发红，不孤僻、不忧郁，像干卿底事，关照这些人。它在总统府上方不高的地方。我的意思是说，总统府三层楼，瓦月正当六层的位置。所以看出总统府不往高盖的原因。

书说，人在异乡见月，最易起思乡心。刚到沈阳的时候，我想我妈。见月之高、之远不可及更加催生归心。而月亮之黄，让人生颓废情绪，越发想家。我从沈阳出发到外地，想老婆孩子。而到了图瓦，一个俄联邦的自治共和国，我觉得我之思念不在我妈和老婆孩子身上，她们显得太小。所想者是全体中国人民。我知道这样说有人笑话，我也有些难为情，但心里真是这样子。虽说中国人民中，我所相识者区区不过几百人，其绝大多数我永世认识不到，怎么能说"想念广大中国人民"呢？而我想的确实就这么多。比如，在北京站出口看到的黑压压的那些人（不知他们现在去了哪里），还比如，小学开运动会见到的人、看露天电影看到的人、操场上的士兵、超市推金属购物车的人。我想他们，是离开了他们。在图瓦见不到那么多的人，也显出人的珍贵。早上，大街尽头走来一个人，你盼望着，等待着这个人走近，看他是什么人。但他并不因此快走，仍然很慢。到跟前，他一脸纯朴的微笑。

在图瓦，验证了人有前生一说，至少验证了我有前生。大街上，迎面遇到随便什么人，你得到的都是真诚质朴的笑容，像早（前生）就认识你、熟悉你，你不就是谁嘛。图瓦人迎面走来，全都看你，突厥式的大脸盘子盛满笑意，每一条皱纹里都不藏奸诈。我像一个没吃饱饭的人吃撑着了，想：他们凭什么跟我微笑呢？笑在中国，特别在陌生人之间是稀缺品，没人向别人笑。而向你笑的人（熟人）的笑里面，有一半是假笑，和假烟假酒假奶粉一样。笑虽不花钱，却也有人不愿对你真笑。跟我社会地位低也有关。从美术美容观点看，假笑是最难看的表情，如丑化自我。纯朴的笑有真金白银。笑，实为一种美德。

我没想明白图瓦人为什么对人真诚微笑。而他们的生活当中，没有不诚实以及各种各样迷惑人的花招。中国人到这里一下子适应不了，像高原的人到低海拔地区醉氧了。这里没有坑蒙拐骗，人的话语简单，什么事就是什么事，这样子就是这样子。这让来自花招之地的人目瞪口呆，有劲使不上。图瓦人的笑容，展露的实为他们的心地。

总统府上空的月亮像带着笑意，俯视列宁广场。广场上一定有一些有意思的事情发生。我下楼去广场，看月亮笑什么。

列宁广场在克孜勒市中心。塑像立北面，身后山麓有白石砌就的六字真言，字大，从城市哪个角度都看得清。广场西面歌剧院，东面总统府。该府连卫士都没有，农牧民和猎人随便出入。总统常常背着手在百货公司溜达。广场中立中国庙宇风格的彩亭，描金画红。里面是一座巨大的转经筒，从印度运来，里面装五种粮食，一千多斤重。这些景色到了夜里跟白天不一样，所有的东西披上一层白纱，边角变得柔和，夜空越显其深邃，而瓦月距总统府上空其实很远，在山的后方。

广场上有两三个转经筒的人，有人坐在长椅上，有人缓缓地散步。他们在和我相遇的时候虽露笑容，但更庄重。他们的人民到夜里变得庄重了。我们的人民晚上似更活泼。我想到，图瓦人虽把纯朴的笑容送给你，像满抱的鲜花，他们其实是庄重的。面对天空、大地、河流、粮食和宗教，他们生活得小心翼翼，似乎什么都不去碰。农民除了种地时碰土地，剩下的什么都不碰，包括地上的落叶也不去扫。人在这里安分守己并十分满足。看图瓦人的表情，他们像想着遥远的事情，譬如来生。又像什么都没想，脸上因此而宁静。这种表情仿佛从孩童时代起就没变化过（他们的小孩就这表情），更未因为衣服、地位、年龄和GDP而变化，只是成年人成年了，老人老了，表情都像孩子。再看月亮，我刚才在国宾馆看到的月亮像它的侧面，在广场看到的还是它的侧面，这是下弦月。看它正面除非上火星看去。

脚踩广场的月色上，没发出特殊的声音，月色也没因此减少（沾鞋底上）。月色入深，广场像一个奶油色的盒子。人都回家了，只有一人从东到西、从南到北慢慢走，这是我和我的影子。

银河的手臂

从小到大,看周围,没改变的只有天上的星星。

它们没少也没多,这是我的猜想。我小时候不止一次数星星,但没有一次成功。星星像倒扣的扎满了窟窿的水桶,射入桶外的光亮。星星像深蓝海滩晾晒的珍珠,风干后发出贝壳的石灰质的淡光。星星是天外不知疲倦的守夜人,记录着地球的转速。星星假如少了——比我出生的时候少了两颗——也没人发现,更没人痛心、追查或在网上搜索。所以我无须什么证据就可以说星星没变化,星星一颗都没有少,没被拆迁以及列入 GDP。星星像夜的森林中的无数野猫的眼睛窥视人间。

我看到星星会想到童年。我觉得童年的星星大而亮,离人间比较近,我甚至想说出那时的星星也处于童年。为了不让人笑话,这话还是不说的好。我童年的地方有两山、一河,三层的楼房有三座,最繁华的莫过于满天星斗。那时有人逗我,说天下只有赤峰有星星,其他地方的夜如铁锅一般沉闷。这人还说那些下火车、下汽车的人,就是从外地来看星星的人。我听了真是自豪，以为星星是赤峰夜空结出的果实，像杏树结香白杏、桃树结水蜜桃一样。我从赤峰七小放学经过长途汽车站，见下站的人——他们东张西望，灵魂像被售票员收走了；牧区的人冬天穿着沉重的皮袄，脚蹬毡靴；有人拄着拐棍。我见到他们心领神会：唔，又是来看星星的。夜晚看星星的时候，我在心里分享外地人特别是牧区人看星星的喜悦。

小时候，我家络绎不绝地经过各路亲戚，他们到我家，然后去北京或呼和浩特，还有人奇怪地前往集宁；或者从北京、呼和浩特、集宁到我家休息一段儿，回他们自个家。一次，我大着胆子问一位亲戚：你上这儿来是看星星的吗？他竟想了很长时间，说是的。我又问，那你去呼和浩特看什么呢？他说看病。

天没亮，我和我爸妈乘火车去甘旗卡，马路上所有的路灯都照着我们三个人。我爸的咳嗽像是问候路灯——它们在寒冷的夜里没结霜花，空气中带着冬天才有的铁锈味。星星挤在南山的背后，说它们潜伏在山后也没什么大毛病。南山戴雪，黑的沟壑如马的肋条。在新立屯我们吃了马肉饺子，我爸知道后很生气，我觉得味酸。

星星从克什克腾、巴林左旗和右旗那边飘进英金河的水面上，我趴在南岸，从草叶的缝隙往河里看——星星在洗澡、在悠游、在串门，而一颗空中落下的鸟粪吓跑了河里所有的星星。

我今天仰望星空的时候，关于星辰的知识一点儿没增加，而星星既没多也没少。观星使人感觉自己是近视眼，看不清它们，而它们又确凿地存在着。星星没有老，是人老了。星星没被氧化，它们身上没有自由基，不会脱发与肾亏，更不会得结肠炎或酒精肝。说到底，谁也不知道星星是什么，约略听说它们是发光的飘浮在太空的石头，这只是听说。人到老，对星星的了解也就是这些。印裔物理学家钱德拉塞卡比我们知道得多一些，说星星也会变瘦、变矮。

当我们听说我们眼里的星光是千万年前射过来的之后，不知道应该兴奋还是沮丧，能看到千万年的星星算一种幸运吧？而星星今天射出的光，千万年后的人类——假如还有人类的话——蝾螈、银杏、三叶草或蕨类才会看到。如此说，等待星光竟是一件最漫长的事情。

群星疏朗，它们身后的银河如一只宽长的手臂，保护它们免于坠入无尽的虚空。

月亮从来就没穿过衣裳

月亮白天不出来,是因为它没有衣裳。它听说夜里人全都睡觉了,鸟也入睡。月亮方敢夜游,因为它没有衣裳。

喜欢望月的人不讲廉耻,如我,看月亮如何白白胖胖。我夜里不睡觉,只为看一看月亮。从窗棂看到的月、从回廊和柳梢头看到的月都差不多,都是月亮的这一面,或胖或瘦。它半个月减一次肥,再胖再瘦。水里的月亮比天上的月亮更真切,因为洗过。但钻进水里的月亮胆子小,即使微风,也要哆嗦。它怕有人不睡觉、偷窥。我懂月亮的担忧。为了夜跑,我买了一件反光背心。车灯照过来,背心的条纹射出强烈的反光。我在这条宽阔的蒲河大道上奔跑,虽有车辆驰过,看一眼反光背心心则安。一次,我奔跑中涌现尿感,挑选了一个茂密的树丛在它背后解决。钻出来,我才想起不必去树后解手,反光背心告诉所有夜车的司机我正在树后撒尿。月亮你太亮了,比我穿反光背心还亮,你怎能避免别人仰望呢?为护卫你的冰清玉洁,要么穿衣,要么调低亮度。你别相信人夜里睡觉这个传说，我在网上见到无数月亮一丝不挂的照片，替它捏一把汗。别人说月亮上没 Wifi，它不知道。

　　如果我是月亮，就不介意这件事。小孩子从生下就看到你光溜溜的月亮，不奇怪的。到他垂垂老矣，月亮依然如此，这不就是天体吗？不必躲躲闪闪，不必减肥，也不必天亮前就逃走。据我所知，所有的人都知道月亮没穿衣裳，只有月亮觉得自己在漆黑的花园里夜游。衣裳嘛，不是多么重要的事情，月亮不怕冷又不怕热，衣不衣都无所谓。人穿衣是怕热怕冷，主要怕自己的身体不好看。真正好看的东西都无衣，如鸡蛋、钻石，对不对？地球上没人像月亮这么白净，这么圆润，月亮不年轻也不算老，裸就裸着吧。按说呢？月亮有自己的衣服，即云彩。但它的云衫不恪尽职守。为什么？它们不想当别人的衣裳，它们自己想再穿一件衣裳。李白诗云"云想衣衫花想容"，道破了天机。云彩在天下到处跑，正是想找衣裳披在身上，你怎么能拿云当衣裳呢？况且，月亮无论穿上多么雍容的云衣，风一来，衣裳全被吹跑了，白穿了，找都找不回来。京剧界有一句行话，曰"云遮月"。吾问何意？人答此谓老生的嗓子。这番问答外人听不懂，这里解释一下，唱老生的好嗓子不必太亮（没穿衣），略带一点沙哑叫云遮月，好听，如月亮半穿半露的样子。而我形容略哑的嗓子所用的词是"包浆"，也说这层意思。

　　月亮光着吧，洒给地球的光多，有用。走夜路的人用月亮裸体的光寻找田埂，躲避地面的坑。青蛙借月光爬上莲叶，这是它歌唱的舞台。月光下的汉江分开秦岭和巴山，好多人分不开哪儿是哪儿。人看不清树林里的蛛网，但蜘蛛看得清。结网不算什么大事，月光这一点光足够了，蜘蛛借着光把网结得如老木的年轮，它在网上倒退着，似凌空无凭的飞檐走壁。石臼里的水在夜里积满，白天有小鸟松鼠饮用。水滴从石缝里滴出来，第一滴水准确地砸中了月亮，第二滴水等待月亮复原，然后再砸下。水滴认为它锻造了月亮，如锻造金箔一样，使它又薄又圆，可以卷起来包一枚纽扣。月亮月亮。在夜海游泳，岸边堆满了它脱下的白云的衣裳，它以为天下没人见过月亮。

望月要到海边。这面十里沙滩，那面万顷海水，四外无遮无挡。月亮升起来，海水忙不迭地把它的金光往岸上推送，企图埋在沙子里。这样的夜，海与夜空已浑然一体，只不过海在颠簸金光。无风无云的月亮在海面上航行，掉到海里也没关系。它不怕湿了衣裳，没衣裳。此夜月是君王，地上无山无林，没有河流与庄稼，只剩下反光的海水。白帆与海鸥全已停歇，让出天空和海面，由月亮独步。大海用动荡来迎接月亮，并没让月亮感动。海无须集体摇摆，划区域掀动波浪，鼓过掌的就不用再鼓了。月在海上穿行得很快，它听说海风里的化学物质具有腐蚀性，月亮也不例外。海边房子的门窗和墙都裂缝了，海风撕裂了它们。在海边待时间太长，会沾染方言。月亮提醒自己，全世界海边的居民都不说官话，无论里昂、悉尼、纽约、上海、青岛都是如此。这些地方的人又侉又洋。

每天夜里，月亮在全世界裸行一周，用光填平地面的坑坑洼洼，给海浪贴金。害羞的星星躲了起来，只有大胆的星星出来观望。

黑夜如果延长，月亮会不会熄灭？

如果黑夜延长，月亮怎么办呢？会不会暗淡无光？夜只在夜里出现，就像葵花籽在葵花的大脸盘子里出现，这个道理不言自明。如果夜延长了呢？小时候，我不止一次有过这个想法，但不敢跟别人说。它听上去比较反动，会给你戴上怀念旧社会的帽子，尽管我根本不了解旧社会。夜如能延长，不上学只是一个轻微的小好处，睡懒觉是另一个轻微的好处。我想到的大好事是抢小卖店。这个想法既诱人又感到快被枪毙了。那时候，任何一处商店都归国家所有。任何"卖"的行为都由国家之手实施，个人卖东西即违法。可是小卖店里的好东西太多，它就在我家的后面，与我家隔一个大坑。人说这个坑是杀人的法场，而我们这个家属院有一个清朝武备系统的名字，叫箭亭子。小卖店有十间平房，夜晚关门，闭合蓝漆的护板，好东西都被关在了里面，那里有——从进门右手算起——大木柜里的青盐粒，玻璃柜上放五个卧倒口朝里的装糖块的玻璃罐。罐内的糖从右到左，越来越贵。第一罐是无糖纸的黑糖，第二罐是包蜡纸的黑糖，糖纸双色印刷。第三罐是包四色印刷蜡纸的黄糖。第四罐是包玻璃纸的水果糖。这三罐的糖纸两端拧成耳朵形，只有第五罐不一样，它达到糖块的巅峰，是糖纸叠成尖形的牛轧糖。我们都不认识这个"轧"字，但知道它就是牛奶糖。这里面，我吃过第一、第二和第三罐的糖，憧憬于第四、第五罐。家属院那些最幸运的兔崽子们也只吃过第一罐的黑糖，可能在过年时吃过一块，嘎巴一嚼，没了，根本记不住什么味道。他们其余的时光都在偷大木柜里的青盐粒舔食。如果夜晚延长，我们可以从后院潜入小卖店，把打更的王撅腚绑上。我先抢第四罐和第五罐的糖，如果还有时间，再抢糕点——大片酥和四片酥，各一片。家属院的小孩有人说抢白糖，冲白糖水喝。有人说抢红糖，冲红糖水喝。烂眼的于四说他要抢一瓶西凤酒。因为他姥爷临终时喊了一声"西凤酒啊"命结。有人说抢铁盒的沙丁鱼罐头，我们没吃过，不抢。至于小卖店里的枕巾、被面、马蹄表、松紧带、脸盆、铁锹之类，我们根本没放在眼里，让抢也不抢。然而在我的童年，夜晚从来没有延长过。它总是在清晨草草收兵，小卖店一直平安在兹，我们每天都去巡礼，看糖。

月亮每夜带着固定的燃料，满月带得最多，渐次递减，残月最少，之后夜夜增多。如果夜延长了，月亮虽然不会掉下来，但会变灰，甚至变黑。黑月亮挂在空中，有很多危险，会被流星击中，也会被人类认为是月全食。它燃尽了燃料之后，像一个纸壳子在夜空里飘荡，等待天明，是不是有些不妥当呢？如果月亮不亮了，传说中的海洋也停止了潮汐这种早就该停止的活动，女人也有可能停止月经，使卖卫生巾的厂家全部倒闭。而海，不再动荡，不再像动物那样往岸上冲几步缩回，海会像湖一样平静。这也很好，虽然对卫生巾不算好。

人们在无限延长的夜里溜达，免费的路灯照在他们的头顶。道路在路灯里延长，行人从一处路灯转向另一处路灯下。菜地里的白菜像一片土块，哗哗的渠水不知从何处流来又流到了何处。被墙扛在肩膀上的杏花只见隐约的白花却见不到花枝，如江户时代的浮士绘。路灯统治着这个城市，他把大量的黑暗留给恋爱的人。夜如果无限期延长，每个路灯下面都有学校的一个班级上课。下课后，赌博的人在这里赌博。多数商店倒闭了，路灯下是各式各样的摊床。人们在家里的灯光下玩，然后去路灯下玩。不玩干啥，谁都不知道夜到底什么时候变为白天。在夜里待久了，人便不适应白天，眼睛已经进化出猫头鹰的视力。他们可以在没路灯的地方奔跑，开运动会。他们开始亲近老鼠，蚊子取代狼成了人类的公敌。

　　如果亲爱的黑夜真的延长了，河流的速度会慢下来。河水莽撞地奔流容易冲破河堤。侧卧的山峰在夜里吉祥睡，在松树的枝叶里呼吸。星辰在此夜越聚越多，暴露了一个真相——每一夜的星辰与前一夜的星辰要换班，它们不是同样的星星。在星辰的边上，站着另一位星辰。猎户座、天狼星在天上都成双成对。连牛郎织女星也双双而立。夜空的大锅里挤满了炒白的豆子般的星星，银河延长了一倍。动物们大胆地从林中来到城市，它们去所有的地方看一看。比如超市和专卖店，它们坐在电影院的座椅上睡觉，猫在学校的走廊里飞跑，猴子爬上旗杆……

星子缀满天空

星星对我展示一种人格化的亲近姿态，是在达里湖畔的一个夜晚。

达里湖形似一牛肩胛骨，位于克什克腾草原的西北边缘。我们到达之时已届仲秋，湖边遍生红草，像一堆堆暗燃的炭火，驱逐已经逼人肌肤的寒意。达里湖在蓝得刺眼的天空下悠然映出远山的倒影。在人迹罕至的蒙古高原，此湖安闲丰腴，像赋闲的天神。远眺湖面，鸥鸟起伏，浪挽涟漪，无意中领会到达里湖的女性化气息。难怪当地有传说，把湖神秘地称为"达丽娘娘"。

看达里湖，你要调动好精神，一口气把它看够，然后头也不回地离开。心若一软，贪图眼福回头再看一眼，就难免又看上半天。所谓"流连忘返"就是这个意思。你看到了什么呢？无非湖光山色，它如亘古不移又似瞬息万变。造化和人工的区别就在这里：人之手下无论多么巧妙的制品，刺绣也罢，园林也罢，总是极尽复杂，然而观者一目了然。自然展示的是单纯，好像啥也没有，浑然而已，给人以欣赏不尽和欲进一步了解却又无奈的境界。譬如看达里湖的蓝,令人惊羡,宛如在蓝中还有什么更美的东西。想起了一本台湾畅销书:《最蓝的蓝》。

入夜,我们几个不怕冷的人决意在湖畔的蒙古包下榻。蒙古包的样式设施均好,但这宜于夏夜里睡,离地半尺无遮拦,冷风自由去来。十多个人盖着被子和大衣挤在一起,在烛光下讲些稀奇古怪的故事。近子时,我出外解手,却被眼前的景象惊得说不出话来。

满天的星星肃然排列,迎面注视着你。他们好像在蒙古包等候了多时。在这里看星星,星星们在你眼前亮起,一直亮到了脑后。你仿佛把头伸进了一座古钟里面,内里嵌满活生生的星星。我顿悟《敕勒歌》中为什么有"天似穹庐"的句子。在这里看到,天原本就是一个硕大的圆形屋顶,很低很矮,始终伏在人的脚底下。好像一抬脚,哪里都可以去得到。这儿的屋舍牛栏也是谦逊的,绝无都市大厦的傲慢。

站在夜风中的达里湖畔,脚下是地,遥遥与地相接的远方就是天了,因为那儿星斗闪烁。在草原看星星,无须仰头,可如观壁画一般平视。李白诗云"云傍马头生",不是虚言。在这里,星星会像铃铛一样系在马鬃旁。先人称"天圆地方",不错不错。以往看星星,觉得他们清冷遥远。在沈阳,几乎无星星可看。这里的星群太生动了,每个星都像伸着头在观察我。这里的星星多得很,它们拥挤嬉笑,它们矜持沉思。看到它们,我想起了"摇摇欲坠"这个不太重听的词。星星和达里湖里有一步之遥了。也许它们已经看清了人间的事情,便不欲进一步深入了,台湾诗人郑愁予将星星亲昵地称为"星子",我看到的真是一群有灵性的星子。星子们,你们是别在哪一位酒醉的天神衣襟上的徽章呢?他踉踉跄跄地把你们携到了达里。这位天神一定是英雄,不然怎么会拥有你们这些精灵。银河在头顶疏然一束,怕会是天神从肩上滑下的薄薄的羊毛围巾吧。

后退的月亮

在乌兰扎德噶，我中止了早上跑步的习惯。所谓草原并不平坦，草下面的地势深浅摸不准，容易崴脚。跑步招狗叫。狗只见过牧区的马跑，没见过人跑，它急躁地告诫你停下来。第三是我回答不出牧民兄弟的提问："你跑什么？什么东西丢了？"我不好意思说这是锻炼身体。他会问："身体还用锻炼吗？干活就行了嘛。"我告诉公社的厨师："我跑步是跟美国总统布什学的，他六十多岁还在跑步，很坚强。"厨师回答我："你说的这个总统我听说过，他吃饼干噎昏过去了，霍日嗨（可怜哪），他的精神不正常。"

为了保持精神正常，我改为晚上走步。沿西拉沐沦河岸往东边走，月亮刚好从宝格达山顶上升起来，把路照得清清白白。

山上的月亮，称之为白嫩也是可以的。它别无所依地停在海底一般深蓝的夜空，好像拿不准要不要继续向上升。不升是对的，月亮现时的角度恰好俯瞰西拉沐沦河在夜色里的清明。河如静止，与月对望。河上漂过一片叶子，把水中的月亮从中间划开。月亮摇荡几下复原，比刚才更白。

河水在远处分为两岔，铺开犄角似的银白光带。河水浅处，微凸搓衣板似的网，拦截水里的碎银子。鱼从河面跳出来，"啪哧"一声，传得很远。同伴吉雅泰告诉我，鱼打架。我听了疑惑，鱼还打架？黑天还在打？同伴说，鱼最不是东西，特别是草鱼，爱捣乱。我说，那就把草鱼全都抓起来吧。吉雅泰笑了，他是分管政法的副苏木达（副乡长），说派出所里没有网。

夜鸟从灌木中惊醒。它们有夜盲症，没飞多远又落下，嘎嘎叫，明显在抱怨。月光照亮了沙地的蜥蜴，它出溜出溜爬，扭着尾巴。我特想踩住它的尾巴。小时候，我跟父母住五七干校，祸害过它的尾巴。这种不文明行为源于一个传说，说蜥蜴掉了尾巴自己能安上。传说造孽，蜥蜴哪有这个能耐，它又不是张悟本。

好看的是草叶上的露水。草在后半夜才结露水，透明的露珠在月光下变得莹白。远看，草披挂周身珠宝，摇摇欲坠。这哪是草？每一株都是君王，琳琅锦绣。

我跟吉雅泰走了很远的路，却见月亮一步步向后退。人往前走，月亮向后撤。你停下，它也站脚。我们绕过宝格达山，月亮退到了沙金山顶上。月亮怕人啊，吉雅泰说。

走牧区的夜路，没有什么可怕的事情发生。坏人都在城里面，这里只有纯朴的、已经睡觉的牧民。大自然也睡了，留下月亮看守天庭。沼泽里传出鸟叫，如青蛙的叫声。吉雅泰说这不是鸟，是虫子，在树上像蝉一样刮翅膀。

月色越发白净，牧民的房子看上去比白天矮了，毛茸茸的。如此明澈的夜空，看得见细长条的云彩。云彩想把星星藏起来，但星星在云后偷偷露出了眼睛。

"我的精神还正常吧？"我问吉雅泰。他说："正常，但你不应该穿皮鞋出来，露水把皮子都溻软了。"还是不正常，我心里说。

黎明的云朵

天刚亮的时候,天空是青白色的,颜色像玉石一样。树和草半隐半藏在阴影里。这时候太阳还没有出来,太阳不能一下子从黑夜里跳出来,那像是原子弹爆炸,吓人。太阳要在天亮之后缓缓上升。如果这个地方的东方有山,它就从山后边升起。如果有海,太阳从海平面升起。如果一个地方没山也没海,比如华北平原、松辽平原、成都平原,那就从平原的地平线上升起吧。太阳无私,在哪儿都照样升起。然而实话说,太阳愿意从东山后面,特别是有百丈危崖和苍松碧柏的高山后面升起,显出它光芒万丈。

我住在平原,太阳从平原的、住宅小区的楼房东面升起。在天亮了好大一会儿之后,东边的天空出现一条条红云,像红纱巾在地平线飘荡。你会问,云彩不是白云吗?怎么会有红云?日出之前,东方的白云被太阳的光线染红,变成了红云。刚开始的时候,云彩的红里面有一些蓝,有一点暗,桃红色。接着,云彩变成了绯红,绯红的云朵看上去很激动,很热烈。这一点也不奇怪,这些红云是太阳的锣鼓队，为太阳升起鸣锣开道，它们是太阳的先头部队。说红云是锣鼓队是一个比喻，它们手里没有锣鼓，只有万千红绸，在东方的地平线飞舞。

在这么美妙的欢迎下，太阳庄严地升起来了。人们说的红日实际是金色的太阳，它放出的光把天空染得通红，像炼钢炉一样。这时候，刚才说的红云变成了金色，匍匐在太阳的脚下。太阳继续上升，它的脚下堆积着红色的、金色的、粉色的云海，好像是太阳种下的花田。

云 彩

小时候,最羡慕云,认为它去过很多地方,饱览河山景色。那时候,以为只有空军才能坐飞机,一般人坐坐拖拉机已经很好。

我看到云彩每每和山峰对峙,完全是有意的,想起毛主席的词"欲与天公试比高"。而云彩常常在远处,也是我小时候奇怪的一件事。问大人:"咱们咋没有云彩呀?"大人支支吾吾,完全不关心这件事。我读过分省地图册之后,以为云彩也是中央分配的,一个地方多少有定额。显见,我儿时就有计划经济即体制内的思维特征。我所看到的云彩,其实是外地的。于是改为羡慕外地人,他们抬头就看到了大朵的云彩,多么享受。

后来,去黄山,见白云从脚下的山谷缠绵而过,真想往下跳。他们那儿的云彩实在比我老家多多了。当一拨儿云雾席卷而过之后,再看山峰,神色苍老坚硬。而云,连一片叶子也没有带走,无语空灵。

幼时,我相信云分为不同的家族。它们在不断迁移,赶着车,带着孩子和牲畜——自然去了一个很好的地方。云彩怎样看待地上的人群呢？人可能太小了，它们看不见。后来，我曾站在房顶上对着云彩挥舞一面红旗，并相信它受到了感动。

　　我爱唱一支歌："蓝蓝的天上白云飘"，其实只喜欢这一句，后面的词属不得已。对着天唱歌尤其有意义，只是仰着颈唱歌，气有点不够用，老想咽唾沫。我曾对着云彩把此歌唱过好多遍，像献礼一样。

云的小村庄

头一回看到的哈萨克草原,是塔城的铁克力提。那里的丘陵草原跟内蒙古的牧区差不多。大块的云彩飘过,人们看到云的影子在绿草上飞跑,如黑色的马群。像内蒙古一样,这里的草原上会远远地出现一棵树,枝叶繁盛但不高大,它好像走不出草的包围,正在犹豫,在回忆一件事。这样的小树在早晨拉出长长的影子,好像一位矮个子君王从长长的地毯走来,地毯就是他的影子。

铁克力提草原到处是草的芳香。这是草、野花和被熊蜂扑散的花粉集体发出的香气。香气在鼻腔和喉咙涂了一层凉丝丝的空气的蜜,让人们想唱歌。我想起的第一首歌是——"流浪的人啊越过天山,走过了伊犁,你可曾看见过阿瓦尔古丽,我要寻找的人啊就是啊你,哎呀美丽的阿瓦尔古丽"。走过新疆才知道,天山有多么雄浑辽阔,人和动物在他面前就像蠕动的蚂蚁或比蚂蚁更小的微生物。而唱歌的人越过庞大的天山,仅仅为了寻找娇小的阿瓦尔古丽吗?办这么一件大事只为了两人相爱这么一件小事。在维吾尔、哈萨克人看来，翻越天山是小事，爱情才是大事而且是永恒的大事。这份感情不是人和天山比较出来的，而是旋律里唱出来的。只有越过天山的人才有这样广阔的忧伤。

草原上的小树在天边，从山坡背后站立。距离远得让它们彼此看不到，人们坐在车上可看到。风向变了，云彩的影子往西边的草原移动，而那边有热烈的金莲花，它如油菜花一样鲜艳，但不是花田。它们按自己的意愿组合，变成小片或大片，比油菜花更野性。云彩的黑影遮住它们，金莲花似乎变白了，而绿草像被野火烧过一样黑。云影移过草地，看上去阴影没动，是金莲花和绿草从黑土里跳出来或逃出来亮出色彩。金莲花的花朵拉着前面那朵花的黄裙子嬉笑着躲避云的阴影。

一只鹰飞过去，让我感到这里是新疆的草原。我看到鹰是先看到它在草原上飞逝的黑影，如一只黑兔掠过。抬头看，一只鹰从头顶划过，它双翅宽阔，比身体宽几倍，翅尖向上挑起，如佛教徒用中指做的手印。我没见过鹰扇动翅膀，它一直在滑翔。空气对鹰来说是起伏的冰原，它从巅峰滑下来，只需滑下去就够了。鹰把人的视线引向天边，山川轮廓柔美，合抱着耀眼的蓝天。白云像洪水一样从山隘泻出。在新疆，白云包围了所有的山脚，如蒸汽火车的雾气围绕车轮那样。山显出高大，但近看并不高，只是山和云的关系好，隔一会儿拥抱一下。

世上有多少朵云？这问题真不好回答。一天之中，从铁克力提草原上的天空飘过多少朵云？谁也答不上来这个提问，上帝也忘了今天早晨往天空撒了多少朵云。大云被风撕成小云，有的云被山顶的松树挂住了胳膊，有的云在山坳里睡着了。早上出门的云在晚上回家时，它们的数量、形状、长相都不一样了。我喜欢云层里的灰云。灰云仿佛让天的蓝色含一点绿色，更湿润。草原在灰云下面显出深绿，好像里面汪着水。

云彩什么时候可以变成一些有用的东西呢？像棉花一样堆在地上，人钻进去散步或谈恋爱。冬天，把云加工成热云，在夏天加工成凉云。在云里安床，放桌椅板凳，拿鼓风机吹出一条道。云的地板是白色的橡皮泥，踩上去有弹性和香味。如果云足够大，人们在地面的云里建一座小村庄，建造刷红漆和绿漆的木头房子。在那样的屋子里，人们不看电视只吃棉花糖。

云是一棵树

　　我见过喀纳斯的云在山谷里站着,细长洁白,好像一棵树。我过去看到的云都横着飘,没见到它们站立不动,这回见到了。
　　旅游者很难形容喀纳斯的景色。喀纳斯不光有一个湖,它还有神秘的、用蒙古名字命名的黑黑的山峰,有碧玉般的喀纳斯河,有秀美的白桦树和松树。我喜欢把白桦树和松树放在一起说。在喀纳斯,白桦树和松树常常会长在一起。白桦树像水仙花那样一起长出几棵来,树身比白杨树更白,带着醒目的黑斑节。松树比白桦树个头矮但更壮实,如男人的体魄。松树尖尖的树顶表示它们在古代就有英雄的门第。它们长在一起,让人想到爱情,好像白桦树更爱松树一些,它嫩黄的小叶子在风里哗哗抖动,像摇一个西班牙铃鼓,看上去让人晕眩。喀纳斯松树的树干,色泽近于红,是小伙子的胳膊被烈日晒红了那种红,而不是酱牛肉的红。松树如果有眼睛的话——这只是我的想象——该是多么明亮、深沉与毫不苟且的眼睛,一眼看出十里远。

喀纳斯的云比我更了解这一切。它每天见到黄绒的大尾羊从木板房边上跑过去，看到明晃晃的油菜花的背后是明晃晃的雪山，雪山背后的天空蓝得让人睁不开眼睛，眼睛成了两只紧闭的蚌壳。云的职责是在山间横行，使雪山不那么晃眼。它在白桦树和松树间逛荡，好像拉上一道浴室的门帘。云从山顶一个跟头栽到地面却毫发无损，然后站在山谷。我在喀纳斯看见山崖突然冒出一朵云，好像云"砰"的一下爆炸了，但我没听到声音。我看到白云蹲在灰云前面，像照合影时请女士蹲下一样。白云在灰云的衬托下如蚕丝一般缠绵，我明白我在新疆为什么没见到白羊却见到了黄羊，因为云太白，羊群不愿意再白了。

喀纳斯的云可以扮演羊群和棉花糖，可以扮演山谷里的白树。喀纳斯河急急忙忙地流入布尔津河与额尔齐斯河，云在山的脚下奔流。它们尽量做出浪花的样子，虽然不像，但意思到了，可以了。云不明白，它不像一条河的原因并不是造不出浪花，而是缺少"哗哗"的水声，也缺少鱼。这些话用不着喀纳斯的云听到，它觉得自己像一条河就让它这么去想吧。

我写这篇短文是更愿意写下布尔津、额尔齐斯、喀纳斯这些蒙古语的地名，听起来多么亲切。这些名字还有伊犁、奎屯、乌鲁木齐以及青海的德令哈，它们都是蒙古语。听上去好像马蹄从河边的青草踏过，奶茶淹没了木碗的花纹。蒙古语好像云彩飘在天山的牧场上，代表着大大小小的河流和山脉，更为尊贵的名字是博格达峰，群山之宗。蒙古语适合歌唱，适合恋爱，适合为干净的河山命名。这些地名用维吾尔语、哈萨克语、塔塔尔语说出来好像是一个动人的故事的开头。它们是云，飘在巴丹木花瓣和沙枣花的香气里。

喀纳斯的云飘到河边喝水。喝完水，它们躺在草地上等待太阳出来，变成了我们所说的轻纱般的白雾。在秋天的早上，云朵在树林里奔跑，树枝留下了云的香气。夏季夜晚，白云的衣服过于耀眼，它们纷纷披上了黑斗篷。

喀纳斯的云得到了松树和白桦树的灵气，它们变成了云精，在山坡上站立、卧倒、打滚和睡觉。去过喀纳斯的人会看到，云朵不仅在天上，还在地下。人们走过青冈树林，见到远处横着一条雾气荡漾的河流，走近才发现它们是云。喀纳斯的云朵摸过沙枣花，摸过巴丹木杏和核桃，它们身上带着香气并把香气留在了河谷里。早上，河谷吹来似花似果的香味，那正是云的味，可以长时间地留在你的脖子和衣服上。

喀纳斯的云会唱歌。这听起来奇怪但一点不怪。早上和晚上，天边会传来"嗞——"或者"哦——"的声音，如合唱的和声。学过音乐的人会发现这些声音来自山谷和树梢的云。它们边游荡、边歌唱。在喀纳斯，万物不会唱歌将受到大自然的嘲笑。

乌　云

大朵的白云何时换上了檀香木的黑衣？

乌云轮廓鲜明，比白云沉重，从天空降落到大地。雨水让乌云沉积在天空最低一层。

谁见过云彩装满了雨水飞行？这是乌云。

乌云动作快，它们在天空排兵布阵，争夺山头。乌云把一切扯平之后，渐渐稀薄。云的峰峦消失了，滚动的云轮停驻，雨水滂沱而下。

乌云仿佛是最委屈的人。雨前，乌云的翻滚让时间停滞，地上弥散腥味，院里的鸡、树上的鸟和草里的虫子集体焦虑。被乌云遮住阳光的大地笼罩黄而灰的色调，柳枝一动不动，空气不再流通，乌云的烦恼到达了顶点。时间、空气、母鸡和虫都要借助雷电的力量而获解脱，"咔——"雷炸响，雨水终于挣脱乌云的怀抱，飞向大地，"哗哗哗"，地界立马清凉。

最热的时候，雨水落在人脸上如温汤，雨藏在乌云里更热。乌云是雨的产房，产房里铅灰的洪炉，把雨炼成滴、熬成串、编成丝藏在云层。不这样，雨水如像湖水一样掉下来，就很不像样子。

不是每一朵云都能变成乌云。乌云是云里的矿工，是云里的马帮和船队，它们穿着海带色的雨衣在天的江岸旅行，把暴雨和冰雹送到闪电的点火处。

闪电是雷的导火索，是下雨降雹的发令官。乌云禁受不起雷电的暴喝，一哆嗦，兜在襟上的雨全都洒在了地上。雷并不知大地何处干旱何处缺水，乌云更不知道。它们只是把雨水运到自己驮不动的地方，随意卸车。

白云悠闲，它身穿里外都新的白绸衫，绸衫上下没接头，在清风里徜徉。白云轻，禁不起风吹，一吹就飘。它们越飘越高、越飘越远，在天空聚成岛，划分云屿和云礁，让天空有一些家当。

白云被乌云的阵列吓跑。白云有洁癖，一朵比另一朵更白，它们拖着用不完的被褥，在阳光下晾晒。白云只记得"富贵"二字，只爱穿戴只爱飘。

乌云不是穿黑衣的白云，乌云是在天海里沉没的轮船，它拼命往上浮，但一点点向下沉，甚至触到大地的山峰。乌云装载着雨水，没等运到既定的港口，船已经漏了。乌云的黑檀木船板被闪电击穿，雨水集体弃船。

草原上，乌云飘过来，让大地变窄。草原辽阔，是八份天空两份大地的立体图景在人的视野里的映像，天的高远衬出大地的宽长。乌云低垂，包住博格达山顶的巨石，大地窄成一条，像一张兽皮铺向远方。乌云下坠，雨后坠。哗哗哗哗，不知雨和什么东西撞击而喧哗。雨滴在空中砸在另外的雨滴上，出声响。雨在草地一瞬成河，招来更多的雨声。草原的雨幕比玻璃还乌涂，看不清十米以外的景物。拴马的桩子露出半面的白茬，干牛粪在暴雨中膨松、漂走，积水变成绿褐色。就在暴雨狂倾的时候，往远看，山峰已显出翠色，背后是浅浅的蓝天。雨不知何时停歇，不知为什么停歇，也不知哪一部分雨先停。嘈杂的雨声稀疏之后，雨滴说没就没了。大地睁开眼睛，屋檐假装在下雨，越下越少。

不降水的乌云痛苦，翻滚却不降雨，像辗转产床的孕妇生不出孩子。肚子里没孩子，只有肠梗阻。乌云为下雨而高兴，那么不安，那样翻滚，终于洒雨成兵。最奇妙的是雨把乌云下没了，乌云在雨水里变浅变薄变白，没了。天空竟无一丝云。原来，雨是乌云的脚，它已经走在大地上，钻进泥土里仰面休息。生完蛋的母鸡还在，雨水降落，乌云却没了，正所谓"空不异色，色不异空"。不下雨的乌云已被天空阉割。

云中的秘密

  云彩是谁的衣裳,脱到岸边被风吹走这么远?
  云的衣裳像洗衣机冒出的泡,堆在山的头顶。
  云不散,虽然最后散了,但在天上依存了最多的时间。从飞机上看下面的云,很薄,飞机不忍心去撞这块被单似的云。从天上看,云彩不是团,它的缝隙露出大地的黑色。云之所以没被风吹破,是因为后面的云手抱住前云的脚,说它们搭一个梯子也行,平行的梯。云毫无目标地漂泊,听从风的摆布,身板越来越薄。飞不了多久,云的全身都变成了肋条——天上常有梯田形、洗衣板形、台阶形的云,那是云的肋部,脑袋和手都累没了。
  云是衣衫,虽然不知道这是谁的衣衫。姑且算是星座的衣衫,洗澡脱在岸边,被漫出河岸的水冲跑了。不要说天上没有河,我过去也这么想。自从二〇一一年六月二十二日北京下了大暴雨之后,我觉得一切地方都可能突然出现一条河,从地铁站口涌进站里,从高架桥悬下瀑布。谁知道,北京的"天"上,竟会有这么多的水,几百上千吨。水开始并不遵从重力定力，在云的一个什么地方待命。后来出发，按重力定律一倾而泻，没让牛顿惊讶，但北京人民都惊讶。远望北京机场如洞庭湖一样波光潋滟，这时，水面实应划出一只又一只小船，赤卫队长韩英（机场旅客中找到这样的人不难）站船头唱：洪——湖唔唔水呀啊啊，浪呀么浪打浪啊呵。机场如果不是泡着一架架呆鸟似的大飞机，这里多么像红区，像鄂豫皖边区老革命根据地。旅客们在候机楼合唱——太阳一区（读 qu，不要读 chu）闪呀么闪金光呀啊。（男合）清早噢——（女合）船安儿——（众合）去呀么去撒网，晚上昂昂船儿鱼满舱，昂昂昂……昂……多好！跑道修得平，水上波纹细腻，如宋代古画的水波纹。

　　天有天的庄稼，云是天的大豆高粱。天有天的河川，云是河川。地上的人仰面看云，想到云像棉花堆，像羊群，像城堡。在天人的眼里，云有五色，分成红黄绿青蓝。此中奥秘，不足与人类视网膜道也，各有各的乐趣。从一堆乱糟糟的云里，天人看到小麦青青，看到云里的森林苍郁高古。云的河水有轻柔也有泛滥，鱼虾乱蹦。天上的矿是铅灰低重的云层，矿工是天堂疲惫的飞鸟。你以为小鸟飞来飞去在天上玩吗？不能这么说，它们是天上的劳动人民。

　　鸟儿在天的春天叼来种子播种，看护小苗生长，长成穗，灌浆，成熟。秋天的黄昏，老鸹从天际低飞，它们背负粮食，只不过人眼看不清天上粮食的模样。人眼分不清的东西太多了，分不清光线里的红外线和紫外线，而昆虫一眼就看得清清楚楚。红外线红，紫外线紫，如此而已，人类怎么了？

　　在天边，大雁驮着成捆的麦子，运到南方。燕子驮着小把的油菜，运到另一个地方。云的河流开埠，大船装满了粮食、丝绸和矿石，运到云的第一和第二世界做买卖。云上的矿可提炼水晶，提炼翡翠。玉在天上是最平凡的东西，像鹅卵石一样。地上有什么天上就有什么，五谷稼穑，堆在天堂。

你去问开飞机的飞行员在天上有过多少奇遇？烫金的云彩凭空奔忙，紫色的云彩搭一个玫瑰色的拱门。云彩有云的手语，它与其他的云对话，谈风向、风速和爱情。飞行员都是守口如瓶的人，他们为了自身安全绝不透露天上的事情，不说出他们看到了碧绿的雨滴、云里的动物大战——它们的名字全带"豸"字边，但念不出读音。飞行员独处时会陷入冥想，会欲言又止，他们又想起天上的奇遇。没人对飞行员严刑拷打，逼他们说出天上的事情。

青海的云

青海的草原像一块被雨水淋湿的毡子，太阳升起后，开满鲜花。白色的道路和毡房兜在上面，像刚刚打开的一幅地图。小鸟儿翻飞，挑选地面上哪一朵花开得更好。河流四肢袒露，是大地脱去衣衫露出的银白色肌肤。

大地洗浴时，身体在阳光下闪光，它波浪的肋骨里藏着鱼的秘密，沙蓬和旱柳走到岸边看石子底下的金屑。

我开车去扎陵湖，路边草滩站着两个小女孩，手里拿野花。她们用腼腆节制笑得热烈，原来是鲜艳的衣裤被太阳晒褪色了，而腮边如胭脂那么红。这里没有人烟，两个孩子像从地里冒出来的。这里的土地生长异乎寻常的生物，包括胭脂红的孩子。她们如同欢迎我，虽然不知我之到来。看到这样的孩子，为之情怯，仿佛配不上她们的清澈。

所谓"远方的客人请你留下来"，这句歌词在青海极为写真。大城市的人不会对外来者生出这样的邀约。纯朴的牧民，特别是孩子们笑对远方的来客，敬意写在脸上。茫茫草地上，不需要问谁是远来的人，一望即知。

说起来，想都想不明白，他们为什么会尊敬与爱一个陌生的闯入者呢？

这与他们的价值观相关。牧人们在草场支蒙古包，地上钉楔子系绳。搬走的时候，拔出楔子，垫土踩实，不然它不长草。不长草的泥土如同有一处伤口，用蒙古人的话说——可怜，于是要照顾土地。他们捡石头架锅煮饭，临走，把石头扔向四面八方，免得后来的牧民继续用它们架锅。它们被火烧过，累了，要休息。这就是蒙古人的价值观，珍惜万物，尊重人，更尊重远方的来客。

在湖边，我下车走向拿花的女孩。她们犹豫一下，互相对视一下，扭捏一下，突然唱起歌来，是两个声部，蒙古长调。

如此古老的牧歌，不像两个孩子唱的，或者说不像唱出来的。歌声如鸟，孩子被迫张嘴让它们飞出来。鸟儿盘旋、低飞，冲入云端。在这样的旋律里，环望草原和湖水，才知一切皆有因果，如歌声唱得一般无二。歌声止，跟孩子摆摆手上路，这时说"你们唱得真好"显得可耻。

脚上的土地绿草连天，没一处伤口。在内蒙古，由于外来人垦荒、开矿以及各种名目的开发，草原大面积沙化。沙化的泥土不知去向，被剥掉绿衫的草原如同一个丰腴的人露出了白骨。失去草原的蒙古人，不知怎样生存。八百年来，他们没来得及思考放牧之外的其他生活方式。

青海的云，是游牧的云。云在傍晚回家，余晖收走最后的金黄，云堆在天边，像跪着睡觉的骆驼，一朵挨着一朵，把草原遮盖严密。不睡的骆驼昂首望远，是哨兵。到了清晨，水鸟在湖面喧哗，云伸腰身，集结排队。云的骆驼换上白衣，要出发了，去天庭的牧场。

云沉山麓

苍翠的毯子上有两道折痕,泛白,曲曲折折,这是形容草原上的车辙。这是在很高的地方——白音乌拉山顶,或干脆是飞机上——见到的情形。蒙古原来的辎重车在草地上轧不出辙印,木轮、辐条是榆木的,环敷一圈铁钉,钉帽上有锤痕。它们叫"勒勒车",牛轭,到湖边拉盐,出夏营地的时候装茶壶、皮褥子和蒙古包的零件。胶皮轱辘车是合作化之后先进生产力的代表,充气轮胎,轱辘上有花纹。雨后,胶皮大车把草地轧成坑,不再长草。

我去公社邮政所投一封信,在车辙边上走。边走边找绿茸茸的小地瓜,手指肚长,两头尖,一咬冒白浆。还有"努粒儿",汉语不知叫什么,美味的浆果。其他的,随便找到什么都成。一只野蜂的肚子撂在蚂蚁洞前,头和翅膀被分拆,肚子基本干了,黑黄的道道已不新鲜。四脚蛇在窜逃,奔跑一阵,趴在地上听听。我已看见它趴在地上倾听,它想从地表的震动判断我离它多远。我跺脚,并将泥土踢到它的四面八方,把这个弱视者的声呐系统搞乱。

最热的夏天，云彩都不在人的头顶，这是奇怪的事情。如果把眼里的草原比作鱼缸的话，云像鱼一样沉到下面。它们降落在远远的地平线上，堆积山麓。降那么低，还能飘起来吗？不知道。但如果你躺在草地上，闭上眼，欲睡未睡之际，也许刚好有一朵云探手探脚掠过。不要睁眼，让它以为你睡着了，然后有很多云从这一条天路走过。

风吹过来。我不明白草原上的风是怎么吹的。比如说，我感到它们从四面吹来，风会从四个方向吹来吗？这好像不符合风学的道理。风吹在脸膛和后背上，扯起衣裳。我也许应该随之旋转，像钻头那样钻入泥土。

车辙像水里的筷子那样折弯。走过一弯，见到一只白鸭。鸭子？是的，一只鸭子孤独地走在通向远方的路上。鸭子从来都是成群结队，一只鸭子，为什么往东走而不是向西？奥妙。

我放慢脚步，和鸭子并排走，看它，鸭子不紧不慢。你如果到公社，前面的路还很长噢，鸭子不管。你也要到邮政所吗？我对它晃一晃信。走出很远之后，我回头看鸭子，它还在蹒跚，路不好走。绿草里的野花在它身旁摇曳，白鸭显得很有风度。

云的事

　　云是另外一回事，人看了一辈子云，最终不知所云。在我小的时候，大人见了什么东西先摸一摸、尝一尝，比如布匹、盐和酒。云怎么摸？虽然人人都想撕一片云擦汗或擦桌子，云太远，捞不着。人坐飞机进入云层里，舷窗外有密密的白雾，此乃云也，是最近距离的接触，但还是隔着一层玻璃。云和咱们有隔阂呀，它是天上的东西。

　　我过去说，云在天边，而天边的人也说云在天边，它到底在哪儿呢？假如大地上的天空如一个圆玻璃鱼缸，云都在鱼缸边上堆着呢，鱼缸当中是大地，地上有微尘的山峦与更微尘的人们。

　　在呼伦贝尔的鱼缸，下面是草原，四周环绕云朵。呼伦贝尔之云比外地的云幽默。我看到一朵大云的形状似一个扎嘴的口袋，口袋嘴斜着洒落一溜儿小云花，假装它装的是银币。我觉得，呼伦贝尔之云的年代过得比咱们慢，像大兴安岭的松树生长得那么慢。用口袋装银币还是上世纪初叶的事情呢，刚刚修中东铁路。呼伦贝尔的云还有炕，一字形的条云，两端有两朵云，老头老太太坐炕上喝酒。这里是牧业地区，云彩最多的骆驼云，看得出它们的跋涉感，好像是从莫力达瓦或扎兰屯来的白骆驼，这么走也没见瘦。但草原上的骆驼刚褪完毛，瘦得像毛驴一样，虽然比毛驴个儿大，却像毛驴一样灰。这些在吃草的骆驼没白云更像骆驼，我站在骆驼边上抬头看骆驼样的云。

飞机到海拉尔上空，我从舷窗看到地上有大大小小的黑湖。刚下过雨，草原存水积成湖啦。飞机下降，湖竟移动。啊？再看，黑的湖原来是云朵投射在草原的阴影。早先以为云在天边，不知它的大小，这回知道了。大云面积有乡镇大，小云也有村子大，使草地变得黝黑。这么大的云影对地上的人来说，只不过像蛇一样从身边的草地滑过而已，可见缓慢的云在天上飞得多么快。

风到底要吹走什么

　　湖水的波纹一如湖的笑容，芭蕉叶子转身洒落了一夜的露水。晃动的野菊花仿佛想起难以置信的梦境；旗帜用最大的力气抱住旗杆，好像要把旗杆从土地里拔出——它们遇到了风。

　　风同时用最大和最小的力量吹拂万物。它吹花朵的气流与人吹笛子的气流相似，风竟有如此温柔的心，这样的心让湖水笑出皱纹。水原本没有皮，风从湖的脸上揪出一层皮，让它笑。风到底想干什么呢？风让森林的树梢涌动波涛，让树枝和树叶彼此抚摸，树枝抽打树枝，树叶在风里不知身在何处。风在树梢听到自己的声音变为合唱，哗——哦——这声音如同发自脚下，又像来自远方，风想干什么？风不让旗帜休息。旗的耳边灌满扑拉拉的声响，以为自己早已飘向南极。

　　风从世界各地请来云彩，云把天空挤得满满当当。风是非物质遗产手艺人，为云彩正衣冠，塑身材，让云如旧日城堡，如羊圈，如棉花地，如床，如海上的浪花，如悬崖，如桑拿室，如白轮船。

风让云的大戏次第上演，边演边混合新的场景。剧情基本莎士比亚化，复仇、背叛和走向悲剧的恋爱在云里实为风里爆发。而风，没忘记在地面铺一条光滑的气流层，让燕子滑翔。风喜欢看到燕子不扇翅膀照样飞翔与转弯，风更喜欢燕子一头冲进农舍房梁的泥巢里。秋毫无犯啊，秋毫无犯。这是风对燕子的赞词。

　　风吹麦地有另一副心肠。它摩挲麦子金黄的皮毛，像抚摸宠物。麦子是大地养育的奇迹之一，黄金不过之二。大地原本无好恶，无美丑，无奇迹。大地养育毒蛇猛兽，还会分别万物吗？可是麦子不同，麦穗藏的孩子太多，每条麦穗都是一大家子人。麦粒变成白面之后，世上就有了馒头面条。上天喜看饥饿人吞吐吃馒头面条比皇帝满足。人虽坏，也得活，是五谷而非金融衍生品养育着他们。植物里，麦子举止端庄，麦穗的纹样被人类提炼到徽章上。风吹麦地，温柔浩荡。风来麦地，又来麦地，像把一盆水泼过去，风的水在麦芒上滚成波浪。风一盆一盆泼过去。麦浪开放、聚拢，一条起伏的道路铺向天边。麦穗以为自己坐在大船上，颠簸航行。

　　风从鲜卑利亚向南吹拂。春天，风自苔原的冻土带出发，吹绿青草，吹落桃与杏花的花瓣，把淡红色的苹果花吹到雪白的梨花身上，边跑边测量泥土的温度。风过黄河不需桥梁，它把白墙黑瓦抚摸一遍，吹拂江南蛋黄般的油菜花，继续向南。风听过一百种叽里呱啦的方言，带走无数植物的气息，找到野兽和飞鸟的藏身地。风扑向南中国海，辨识白天的岛屿和黑夜的星星，最终到达澳大利亚的最南端。在阿德莱德的百瑟宁山，风在北方的春天见到这里的秋天。世上有两样存在之物无形，它们是时间和风。风说：世间只有速度，并无时间。风一直在对抗着时间。

　　风吹在富人和穷人的脸上，推着孩子和老人的后背往前走。风打散人的头发，数他们每一根发丝。风吹干人们的泪痕。风想把黑人吹成白人,把穷人吹成富人,把蚂蚁吹成骆驼,把流浪狗吹回它的家。风一定想吹走什么,白天吹不走,黑天接着吹。风吹人一辈子和他们子孙一辈子仍不停歇。谁也不知风到底吹走了什么,记不起树木、河土和花瓣原来的位置。风吹走云彩和大地上可以吹走的一切,风最后吹走了风。

　　我至今尚未见过风,却时时感到它的存在。沙尘不是风,水纹不是风,旗帜不是风。风长什么样呢?一把年纪竟没见过风。风与光一样透明,一样不停歇,一样抓不住。不知不觉,风吹薄了人,吹走了人的一生。

风里有什么

世上有好多事情弄不清,最弄不清者一为风,二为云。人遇到风。呼来了,呼走了。啥来了,啥走了?不知道。感受过,但一辈子没见过此物。"风"这个词也是听别人说的。对风,我们是盲人,就像我们在爱情里是盲人。男人只见过女人,谁见过爱情?

树林里,栎树的小圆叶子微微摇动,是风来了吗?人还没感受到风,树叶却已经招手了。走上山岗,传来巨大的风声,树叶像潮水一样喧哗。一棵树身上不知有多少叶子,而每一张叶子都在动并发出声音。风穿越绿叶的隧道。而人却没觉得有什么风。细听,听不出清林中的风声从何而来。树叶和树枝只是在抖晃俯仰,竟发出深沉的低音。在主旋律"呜——"结束之后,才是树叶子"唰啦啦"的后伴音。说!"呜——"是谁的声音?

盲人如果来到呼伦贝尔游历,他的大脑收获的图景跟明眼人会完全不同,大不同。他看不到雨后的草原在深蓝城堡般的云层下透出的新绿,看不到像刷了石灰粉一样的白桦树互相斜倚,宛如等人来合影，看不到莫尔格勒河如盘肠一般，一里地弯十个弯。陡立的河床上长满了青草。

盲旅人看不到这些，他被呼伦贝尔的风抱在怀里，风拉住他的手旅行。风是另一位盲人，它用一种叫作"风"的手势识别盲旅人的脸，摸他的眼睛、鼻子、脖子和头发。草原的风打扫他浑身上下，衣裤簌簌作响。盲人听到，季风弹拨落叶松的松针，声音似蜂蜜的丝。风捧不起河流的水，却把水的腥气塞进人的鼻子里。风里有什么？大兴安岭南麓和北麓的气味不一样，盲人的脑部地图定位着白桦林的清甜气味，奔跑结束的马群的骚汗味，被露水打倒的青草的气味，还有风。风并没有风味，风里只有远方的味。风里混合着高山岩石的苔藓味，低洼地带的泉水、动物粪便和草原上不同的野花的气味。风大度地、悠然地把各处的气味带到各处，又把各处的气味带到其他各处。对野生动物来说，这些气味是博物馆，气味里有所有动物的表情，花和河流的意思。风里的气味是野生动物的生存依据。

小鸟身上有什么味吗？不知道，它们笔直地飞进蒙古栎树林，不知道给树林带去了什么气味。去呼伦贝尔旅游的人可能忘记了，小鸟始终在他们的头顶飞翔鸣唱。我提醒自己，每到一个新地方，先听听有没有鸟鸣。事实上，每一个地方都有小鸟的歌唱，除非下雨或刮大风。我听到这些歌唱，满自负，以为别人没听到。他们盯着草原上的野花，笨拙地迈进，忘了鸟鸣。我闭眼倾听鸟的歌唱，它们的歌声光溜溜的，音节或长或短，歌词不相同。别人告诉我，大部分是云雀和百灵的歌声。然而看不到这些鸟儿，草原上没有树，它们在我的头顶什么地方唱呢？只好说，呼伦贝尔有数不清的鸟，边唱边飞，我听到了它们路过时的那一段音频。

这么小的小风

最小的小风俯在水面,柳树的倒影被蒙上了马赛克,像电视上的匿名人士。亭子、桑树和小叶柞的倒影都有横纹,不让你看清楚。而远看湖面如镜,移着白云。天下竟有这么小的风,脸上无风感(脸皮薄厚因人而异),柳枝也不摆。看百年柳树的深沟粗壑,想不出还能发出柔嫩的新枝。人老了,身上哪样东西是新的?手足面庞、毛发爪牙,都旧了。

在湖面的马赛克边上,一团团鲜红深浅游动,红鲤鱼。一帮孩子把馒头搓成球儿,放鱼钩上钓鱼。一条鱼张嘴含馒头,吐出,再含,不肯咬钩。孩子们笑,跺脚,恨不能自己上去咬钩。

此地亭多,或许某一届的领导读过《醉翁亭记》,染了亭子癖。这里的山、湖心岛、大门口,稍多的土积之成丘之地,必有一亭。木制的、水泥的、铁管焊的亭翘起四个角,像裙子被人同时撩起来。一个小亭子四角飞檐之上,又有三层四角,亭子尖是东正教式的洋葱头,设计人爱亭之深,不可自拔。最不凡的亭,是在日本炮楼顶上修的，飞檐招展，红绿相间，像老汉脖上骑一个扭秧歌的村姑。

干枯的落叶被雨浇得卷曲了，如一层褐色的波浪。一种不知名的草，触须缠在树枝上。春天，这株草张开枣大的荚，草籽带着一个个降落伞被风吹走。伞的须发洁白晶莹，如蚕丝，比蒲公英更漂亮。植物们，各有各的巧劲儿。深沟的水假装冻着，已经酥了，看得清水底的草。我想找石头砸冰，听一下"噗"或"扑通"，竟找不到。出林子见一红砖甬道，两米宽。道旁栽的雪松长得太快，把道封住了，过不去人。不知是松还是铺甬道的人，总之有一方幽默。打这儿往外走，有一条小柏油路，牌子上书：干道。更宽的大道没牌子。

看惯了亭子，恍然想起这里有十几座仿古建筑，青砖飞檐，使后来的修亭人不得不修亭，檐到处飞。

我想在树林里找到一棵对早春无动于衷的树，那是杨树。杨树没有春天的表情，白而青的外皮皲裂黑斑，它不飘舞枝条，也不准备开花。野花开了，蝴蝶慢吞吞地飞，才是春天，杨树觉得春天还没到。杨树腰杆太直，假如低头看一下，也能发现青草。青草于地，如我头上的白发，忽东忽西，还没连成片。杨树把枝杈举向天空，仿佛去年霜降的那天被冻住了，至今没缓过来。

鸟儿在英不落的上空飞，众多的树，俯瞰俱是它的领地。落在哪一棵上好呢？梨树疏朗透光，仪态也优雅，但隐蔽性差；柏树里面太挤了，虽然适合调情；小叶柞树的叶子还不叶，桑树也未桑。小鸟飞着，见西天金红，急忙找一棵树歇息。天暗了，没看清这是一棵什么树。

风

如果世上有一双抚爱的巨手,那必是草原上透明的风。

风是草原自由的子孙,它追随着马群、草场、炊烟和歌唱的女人。在塞上,风的强劲会让初来的人惊讶。倘若你坐在车里,透过玻璃窗,会看到低伏的绿草像千万条闪光的蛇在爬行,仿佛拥向一处渴饮的岸,这是风。然而蓝天明净无尘,阳光仍然直射下来,所有的云都在天边午睡。这是一场感受不到的哗变。在风中,草叶笔直地向前冲去,你感到它们会像暴躁的油画家的笔触,一笔一笔,毫不犹疑,绿的边缘带着刺眼的白光。

风就是这样抚爱着草叶。蒙古人的一切都在这些柔软的草叶的推举下变成久远的生活。没有草,就没有蒙古包、勒勒车和木碗里的粮食。因此"嘎达梅林"所回环袴唱的歌词,其实只有一句话:土地。每天,土地被风无数次地丈量过,然后传到牧马人的耳边。

到了夏季,在流水一般的风里,才会看到马的俊美。马群像飞矢一样从眼前穿过时,尾鬃飘散如帜,好像系在马身上的白绸黑绸。

而这样的风中，竟看不到花朵摇摆，也许它们太矮了，只是微微颤着，使劲张开五片或六片的花瓣。在风里，姑娘的蒙古袍飘飘翻飞，仿佛有一只手拽她去山那边的草场。这时，会看出蒙古袍的美丽。由于风，它在苍茫的草地上抖搂亮丽。而姑娘的腰身也像在水里一般鲜明。

背手的老汉前倾着身子勉力行进，这是草原上最熟悉的身影。外人不明白在清和的天气，他走得何以如同跋涉。风，透明的风吹在老汉脸上，似乎要把皱纹散开，把灰色的八撇胡子吹成小鸟的翅膀。

在这样的风里，河流仍然徐徐而流，只是水面碎了，反映不出对岸的柳树。百灵鸟像子弹一样"嗖"地射向天空，然后直上直下与风嬉戏，接着落在草丛里歌唱。它们从来都是逆风而翔，歌声传得很远。

曙　色

　　曙色是未放叶的杨树皮的颜色，白里含着青。冻土化了，水分慢慢爬上树枝，但春天还没有到来，还要等两个节气。

　　日落时，西天兴高采烈，特朗斯特罗姆说像"狐狸点燃了天边的荒草"。日之将出，天际却如此空寂，比出牧的羊圈还冷清。

　　天空微明之际，仿佛跟日出无关，只是夜色淡了。大地、树林和山峦都没醒来，微弱的曦光在天空蹑手蹑脚地打一点底色，不妨碍星星明亮，也不碍山峦包裹在浓黑的毯子里。这时候，曙色只是比蚌壳还暗淡的一些白的底色，天还称不起亮。杨树和白桦树最早接收了这些光，它们的树干比夜里白净，也像是第一批醒来的植物。在似有若无的微明里，约略看得到河流的水纹。河流在夜里也在流动，而且不会流错方向。河水在不知不觉中白了起来，虽然岸边的草丛仍然黑黝黝的。这时，河水还映照不出云彩，天空看不到有云彩游荡，就像看不清洒在白布上的牛奶的流淌。星星遗憾地黯淡下来，仿佛退离，又像躺在山峦的背后。露珠开始眨眼，风的扫帚经过草叶时，露珠眨一眨眼睛，落入黑暗的土壤里。鸟儿在树林里飞蹿，摇动的树枝露出轮廓，但大树还笼罩在未化的夜色中。鸟儿在天空飞不出影子，它们洒下透明的啁啾。受到鸟的吵闹，曙色亮了一大块，似乎猛地抬起了身子。

我没听到过关于天亮的计量术语，它不能叫度，不叫勒克司（lx）与流明（lumen）。大地仍然幽暗之际，天空已出现明确的白，是刚刚洗过脸那种干净的白，是一天还没有初度的白。它在万物背后竖起了确切的白背景，山峰与天空分割开来。天的刀子在山峰上割出了锯齿形状。天光让树丛变成直立的树，圆圆的树冠缀满叶子，如散乱的首饰。河水开始运送云朵，这像是河上的帆。最后退场的星星如礼花陨灭于空中，它陨灭的地方出现了整齐的地平线。

这时候，如果谁说"天亮了"，他并没有说谎。人可以看清自己的白手。夜半解手时，人看不见自己的手，只能摸索着解开裤子。

我在贝加尔湖左岸跑步，天的白光渐渐从树林里升到空中。湖水是庞大的黑，如挤满海豹的脊背，而天色的白是怯生生的，似蒙了一层轻纱。好像说天亮还是不亮是定不下来的事情。天未亮，但树林慢慢亮了，高大的松树露出它们粗壮的枝丫，如同强壮的胳膊。树从一团团剪影似的黑影里流露苍绿。转眼看，湖水变白，比天空还要白一些，类似于鱼肚白，好像刚才那些海豹翻过身晾肚子。站住脚看，这地方真是简洁，只有湖水和天空两样东西。而且，湖水比天空面积大得多。以人的身高看贝加尔湖，肯定是湖大天小，这跟上帝在天上俯瞰不相同。

在山野观曙色是另外一种感觉。我曾在太行山顶上住过一宿。那里天黑得早，亮得晚。我有早起的习惯，出门刚走几步，被一个东西拉住衣袖。我用左手慢慢摸过去，原来是枣树的枝条，它隐藏在浓密的夜色里。抬眼看，看不见早已看惯的天，好像天被山峰挡住了。而我头一天入睡前，特意看了看，天分明还在那儿，还有星星，尽管不多，但此时竟一点天光都没有。我退回屋里，看表，天应该亮了。五点了，这个村的天却迟迟不亮。我甚至想——是不是这里的天不亮了？这么一想挺害怕，那就下不了山了。过了十五分钟，窗外有白影。我出门，看到地上起白雾，天还没亮（其实亮了，不然哪有照见白雾的光），往前走，又有树枝扯住右边衣袖，仍然是看不清树。此时，我明白一个浅显的小道理。平原上的光由地平线漫射而来，它从四周冲过来包围大地。这里四外都是山峰，光悭吝。再走，我看到脚下的青石板，踩上走。雾越发浓，比舞台的干冰效果还浓烈。雾里如有狗有狼咬住你的腿，那是一点办法也没有。这么想着，我左腿肚子抽筋了，觉得亮牙的狗正在雾里瞄准我的腿肚子。雾大，看不到头顶的高山，当然也看不到所谓曙色。其实曙色已经藏在雾里，是一团团棉纱。说话间，山谷传来松涛的呼喊，雨滴如洪水那样斜着打过来，湿了左边衣裤，右边还是干的。一瞬间，雾跑了。雨或者风过来赶走雾。可爱的天空在头顶出现，白得如煮熟的蛋壳，山峰骄傲地站在昨天的地方。最陡峭的地方树木孤独，大团的雾从它们身边沉落在山谷里。这时候，天空飘来了彩霞。它们细长成绺，身上藏着四五种颜色，以红黄色调为主。如果你愿意，把这些彩霞看成是金鱼也可以。太阳正藏在东方峰峦后面，把强烈的彩光打到云彩上，之后打在山峰上，一片金红。

准噶尔汗国故城的日出

　　站在城墙上看日出,故城里面白垩色的土块如同玫瑰色的波涛,火山喷发结束之后凝固此地。这些土块不是草原的土,它们原来是城墙和房子,不长草,如今只负责凝固。往下看,正对着城门的空场过去该是偌大的集市,人来人往,车马喧哗。如今只剩下空气与土。土块里没留下丝毫人的痕迹,比如衣服的碎片,比如刀剑的残骸,连一小片骨殖都见不到。故城好像被海水冲刷过,冲走了这个当年强大的西蒙古汗国。大自然试图把废弃的都城恢复成草原。大自然不需要房子、道路、水渠和井,它的子孙是草、岩石和河流。沙漠也是大自然的子孙,就像冰峰、火山是大自然的一部分。准噶尔汗国故城遗址没有树,荒草少而高,只有阳光每天在耕耘这片顽强的土块。这些土城丝毫没有长草长树的意思,它们在等待故人,等待重新成为城墙和房子的一部分,眼下铺满了阳光。我不知道太阳初升时的光线可以分成多少层。最初的光线可谓破晓,那是把世界照亮的清冷的光。这片光到来时,夜色还没褪尽。树和石头背后还藏着静立一夜的黑影。接着，光线的洪流汹涌而来，不止天亮了，太阳正在准备升起。此刻，光线如同加入玫瑰色的经纬丝。这些玫瑰的纱被树梢刮住了大部，落在土地上显不出鲜艳。玫瑰的光很快被后面坚定的金光覆盖。太阳腾跃前，金光是它的近卫士兵，负责鸣锣开道。金光里，天边的云彩十分纤薄，惊讶地迸飞。这些云彩如同火炉的木柴，在它们烧得愈薄愈小愈红的时候，太阳喷薄而出，金红的球体淹没天际的树丛。那些剪影似的树丛变得如荒草一般渺小，举着芒刺般的刀枪欢呼。太阳像被一头巨大的鲸鱼驮着上升，它的光芒照亮了一切。放眼看，周围没什么东西没被太阳照到，准噶尔汗国故城变得干干净净，土块复活了，仿佛集市就要开张。太阳专一地照在城里每一个土块上。土块姿态各异，摆出各式各样的姿势，仿佛还在睡梦中。故城内没有河流，却灌满了阳光的大水。才知道，那些土块的位置都是对的，断壁残垣都刚刚好。土块们显出历经沧海的姿态，在阳光下才看出它们并不荒凉。大自然没有人类眼里的直线、耸立或繁荣这些概念。废墟经过风的一遍遍雕刻，高矮大小已经恰好，好到在清晨的阳光下像一处乐园。

　　鸟群笔直地飞过来。鸟在金色的土块上留下黑影子，像黑色的小兔跑过。风来了，我的意思是说云从四方聚拢到故城上方。它们或许每天早上都要来到这里探望，围成一圈儿静坐。云的歌声从风里发出，呼啦呼啦钻进我的衣服和裤子，企图把衣服脱下，故城这里万物裸露，早就不时兴穿衣了。云彩在天空排列如城堡之后，太阳坐上天庭的金交椅。它脚下和两厢都是红云。密集的红云固若金汤，不敢留一丝缝隙，怕把太阳漏在地上。它们抬着太阳游历新疆大地。在太阳看来，准噶尔汗国故城的土块离戈壁只有一瞬，离绿洲也只有一瞬，它们的不同只是颜色的差异，内容没差异。正如历史无差异，只是朝代不同。

准噶尔汗国故城如此空寂，它位于和布克赛尔蒙古族自治县，太阳每天在它上方落下升起。当年的准噶尔汗国东起南西伯利亚，西至现今的哈萨克斯坦，拥有额尔齐斯河、鄂毕河、叶尼塞河这三条流向北冰洋的世界大河。这个西蒙古汗国的疆域内有茂密的森林、广阔的草原和沼泽地，占据北部亚洲的核心地带。现在森林还在，河流还在，风还在，国家各叫各的名，准噶尔汗国只遗留下一些故城。这些故城正回归大自然的怀抱，阳光给予它新的能量，小鸟衔来的一颗草籽可能会长成未来的森林的第一株苗。这么漫长的变化，性急的人没办法看到。

多快的手也抓不到阳光

地上的阳光，一多半照耀着白金色的枯草，只有一小片洒在刚萌芽的青草上。潜意识里，我觉得阳光照耀枯草可惜了。转瞬，觉出这个念头的卑劣。这不是阳光的想法，而是我的私念。阳光照耀一切，照在它能照到的一切地方，为什么不给枯草阳光呢？阳光没办法只照青草而绕过枯草，只有人才这么功利。

枯草枯了，还保持草的修长。如果把枯叶衬在紫色或蓝色的背景下，它的色彩含着一些高贵，是亚麻色泽的白。它们在骤然而至的霜冻中失去了呼吸，脸变白。阳光好好照耀它们吧，让它们的身子暖和起来。青草刚冒出来都是小片的圆形，积雪融化之后，残雪也是圆形。这是大自然的意思，正如太阳、月亮和鸟蛋都是圆形。你没办法让残雪变成长方形或三角形，没这个道理。

青草好像不敢相信春天已经到来，它们探出半个浅绿的身子四处张望，田鼠刚刚跑出洞来也像青草这样张望。青草计算身边有多少青草，用同伴的数量来决定它快长还是慢长。我很想拿日历牌举到青草鼻子前面："已经春分了，下一个节气就是清明。"今年我喜欢节气，不打算过月份而只过节气。一年二十四个节气正好比十二个月多一倍，一年顶两年。

阳光洒在嫩绿的小草上，像把它们抱起来，放到高的地方——先绿的青草都长在凸出的地方。阳光仔细研究这些青草，看它们是草孩子还是老草的新芽。我替阳光研究这件事，发现既有稚嫩的新草，也有枯草冒出的新叶。你看，这就是阳光照耀枯草以及照耀一切的原因——貌似死去的枯草照样生新芽。阳光照在牛粪上、碎玻璃上，房顶废弃的破筐上都有恩典，破筐里正有一小堆虫卵等待阳光把它们变成虫子。

我在荒野停下来，让阳光在脸上静静照一会儿。走路时，脸上甩跑了许多阳光。中医说，脸对阳光，合目运睛有养肝之效。余试之，感到我的眼皮比樱桃还红。体察阳光落在脸上的感受，只觉敷一层暖。阳光的手是何等轻柔，它摸你的脸，你却觉不出它手指的触感。阳光不分先后照在我的前额、鼻子、嘴唇和下巴上，如果光膀子就照到了胸膛上，这是多么大的优惠。以后不会进入花钱买阳光的时代吧？一平方寸皮肤每小时收十元钱，照完一个脸需要一上午，比心理咨询还贵。阳光在我的脸上看到了什么？这是一张蒙古人的脸，鼻子这样，嘴那样，阳光照在每一个汗毛眼里。我转过身，让阳光照照脖子，否则脖子不乐意，来个落枕什么的不好办。

走在荒野里，看大地出发到远方。在大地上，我看不见大地，只有铺到天边的阳光。四外无人，我趴在地上看阳光在地表的活动情况。

我想知道阳光滩多厚，或者说它有多薄。一层阳光比煎饼薄比纸薄比笛膜还薄吗？

阳光没有皱褶，它们覆盖在坑坑洼洼的泥土上，熨帖合适，没露出多余的边角。

我像虫子一样趴在地上看阳光，看不见它的衣裳，它那么紧致地贴在土地上，照在衰老的柳树和没腐烂的落叶上。进一步说，我只看到阳光所照的东西却没看到阳光。起身往远处瞧，地表氤氲一层金雾，那是阳光的光芒。

阳光照在解冻的河水上，水色透青。水抖动波纹，似要甩掉这些阳光。阳光比蛇还灵活，随弯就弯贴在水皮上，散一层粼光。阳光趴在水上却不影响水的透明。水动光也动，动得好像比水还快。

傍晚，弄不清阳光是怎样一点点撤退的。脱离光的大地并非如褪色的衣衫。相反，大地之衣一点点加深，比夜更黑。

闭上眼，让皮肤和阳光说会儿话，假设我的脸膛是土地，能听到阳光在说什么呢？我只感到微温，或许有微微的电流传过皮肤。伸手抓脸上的阳光，它马上跑到我的手上。多快的手也抓不住阳光。

光

才知道,这一生见得最多的是光。光伴随了人的一生,而不是其他。一个人离开这个世界时,他离开了这一世的光,他变成光的另一种形式——碳化。

光在子夜生长。夜的黑金丝绒上钻出人眼分辨不清的光的细芽。细芽千百成束,变成一根根针芒。千百银针织出一片亮锦,光的水银洒在其中。还是夜,周遭却有依稀亮色,那是光的光驱。光在光里衍生,在白里生出白,在红里生出红。它为万物敷色,让万物恢复刚出生的样子。光的手在黎明里摸到世上每一件物品。万物在光里重新诞生,被赋予线条、色彩与质地。光在每一天当一次万物的母亲。

露水在草叶上隆起巨大的水珠,不涣散,不滴落,如同凸透镜。露珠收纳整个世界,包括房子和云彩。人说露珠是透明的,可是你在露珠里看不到草的纹理,它只是晶莹,却不透明,所说的透明是露水的水里有光,光明一体。

光告诉人们何为细微。蜜蜂背颈上的毫毛金黄如绒，似乎还有看不清的更小的露珠，也许是花粉，只如一层绒。光述说着世界的细微无尽。唯细微，故无尽，一如宽广无尽。光的脚步走到铁上，为铁披一身坚硬的外衣，在生锈的部分盖上红绒布。光钻进翡翠又钻出来，质地迷离。翡翠似绿不绿，似明非明，这里是光的道场。人看到的不是翠，是光。翡翠不过是光所喜欢的一块石头，正如黄金是光喜欢的另一块金属。黄金的光芒当然是光的芒，它是金属里的君王，金属里的老虎。此光警告人等勿近勿取勿藏黄金。人被它的光照晕了，靠近攫取珍藏。天之道，传到人间往往变成它的反面。黄金的稳定性被人制定为所有人都愿意接受的尺度。光在黄金上反射的警告从未发生效力，人断定比生命更宝贵的唯有黄金。黄金不灭，黄金的首饰上留下无数人的指纹，而后易主，再后回炉。黄金炯炯有神，身上站立百分之九十九点九九的光。

　　光在水里划出微纹，回环婉曲，比任何工匠画得都工细。水的浪花在举起的一瞬，光勾勒出水滴的球体。浪摔倒，再举起，光每每画出浪花的形态，每每耐心不减。光在田野飞奔，无论多么快，它的脚跟都没离开过大地。光的衣衫盖着土块乃至草的根须。大地辽阔，麦芒蘸着光在空气中编织金箔画。光让麦粒和麦芒看上去像黄金一样，不吝消耗掉无数光。麦浪一排排倒下，让光像刷涂料一样刷遍麦的一切部位。种麦子的地方，花不鲜艳，金子不再闪光，麦子耗尽了光的光芒。如此才有白面诞生，面包把麦子里贮存的光搭成松软的天堂。

　　光的脚步停留在黑色的地带，让煤继续黑。煤里也有光——当它遇到火。光仔细区别每朵花的颜色，让花与叶的色泽不同，让花蕊和花瓣的颜色不同。光最喜爱的东西是花，花的美丽，即为光的美丽。但人把这笔美账算在花的头上，就像人把美人的账算在人的头上，忘记了光。

光来到之后，世界的丰富和罪恶接踵而至。为一切事物制造一切幻相。人借此区分美人丑人，宝马香车。人对食物发明过一句无耻的评语：色香味。色即光，即食物入腹之前的色泽。香只是人的鼻子味蕾的偏见。母羊在煮熟的羊羔肉里闻不到香味。味是人类舌头和大脑共同制造的幻觉。它们约定俗成，认定其味优劣。小鸟在林中死去，尸体始终无味，而人死后迅速发出恶臭，为什么这样？臭味早就藏在人的身上，被人挡着散发不尽，死了之后才无遮拦。人对环境、对动物，一定是负罪的。耶稣当年对举着石块试图砸死抹大拉的玛丽亚的人们说："你们中间哪一个人是无罪的，那个人就打她吧。"这个被解救的妓女用忏悔的眼泪为耶稣洗脚，拿浓密的头发把耶稣的脚擦干。她有过罪，但谁没罪？到哪里去找无罪的人？

光在墙壁上飞爬，爬上衣橱的正面和侧面，光在饭碗的釉面反光。反光是光遇到了进不去的地方，比如镜子。光在书柜底下的灰尘里慢慢爬行，光照亮了书上的每一个字。光在字里最显安静，正如它在黄金上最显急躁。光阅读书上的字，被弯弯曲曲的笔画迷住了，随后晕倒。光和人一起读书里的故事。黄昏降临，书上的字在读书人揉一揉眼睛的瞬间解散了队伍，这时候的光累了。它拿不定主意是否与大批量的光从西天撤退。光和读书人一道想再读一会儿，直至这些字带着意味深长的笑容退到黑夜里。

早晨，光饱满地驻扎在世上的每一处。夜晚，光在不知不觉中逃逸，人根本察觉不出它的离开，人只能愚蠢地说："天黑了！"就算天黑了吧，虽然这只是光的撤离。光在年轻人的脸上留下光洁，在老年人的脸上留下沟壑。人在光的恩赐下见到自己的美丑肥瘦，以此跟世界跟自己讨价还价。光每天都离开，此曰无常。人不理会这些，在光再次来到人间时开始新的欢乐与悲伤，借着光。

光的笑容

　　光从长裙似的厚窗帘的脚下射进来时，只有三寸长，它落在剔花地毯上，好像捕捉羊毛里的尘埃。如果你"哗"地掀开窗帘，光像洪水一般扑进来，占领屋里的每一个角落。还是节省点光吧，我一点点拉开窗帘，光像客人从一条窄道走下来。它们只走直线，前方不管是床或者椅子，光都要走过去，把自己的衣服摊在上面。

　　每天从窗外进入我家里的光是原来的光吗——昨天、前天、许多天以来的光？

　　这些光线——它虽然被称为线，我实在不知道它们是多少根线——真像是我家里的熟人，从窗玻璃上的每一部分穿越而来，从它和煦的温度上可以感到这些光线带着笑意。如此说，光带着笑容来到我家。是的，否则它来此做什么呢？

　　光坐在地板上笑，它们坐在橱柜、枕头、书本、床头的眼药水上笑，它们坐在垂直的镜子上笑，它们在镜子里看到了墙壁和吊灯上的光的兄弟。

这些光线只是光的先头部队,是天色微曦之后进入屋子里面的亮,我称之为泛光,而整齐的光的队伍在后面。当阳光越过前楼的屋檐进入房间时,它们全穿着金色的制服。这些光不乱走,这些光永远保持队形,排成"一"字的方形向前面推进。无论遇到什么东西,早晨的光都刻板地为这些东西涂上一层金色。如果你在地板上放一个金黄色的小南瓜,阳光也照样为它涂上金色,虽然南瓜身上一点也不缺这种颜色。

如果我家的黑猫飞龙少校端坐在光里,光比平时劳累。它把金色洒在飞龙的每一根毛上,而猫的毛又如此之多。飞龙如刺猬一样沐浴在晨光里,不时看一看自己爪子上的光,但没等它把光舔进肚子,光已经跑了。爱因斯坦早就说过,光的速度是人可以理解的速度里面最快的,但飞龙少校从未听说过爱因斯坦,连塔吉克斯坦也闻所未闻,它认为斯坦并不比一只麻雀更重要。

光行进的时候,边走边衍生新的光,即反光,否则光不够用了。反光也是光,你看到光在地板上缓缓推进时,它的反光已经把天花板照亮了,这又省了许多光。没错,墙壁也被照亮了。我家卧房的墙壁露出布达拉宫式的红色,客厅露出小葱的绿色,它们上面进驻了光。

然而我们并没有见到光本身,这样说好像不讲理。怎样说才讲理呢?在光照中,我看到了栗子色的地板、彩色墙壁和其他东西的轮廓与色彩,但它们是地板、墙壁与其他东西,并不是光。光是透明的?当然透明,光从来不是一堵墙。然而透明的水、玻璃与水晶都有实体(佛家称之为色),而光的实体在哪里?

你伸出手,当你看到你的手时,光就在你的手里,你却握不住它,更不能把光藏起来。以人的贪婪的本性而言,如果可以把光藏起来,不知有多少人藏起多少光,大街上到处是卖光的人,行贿也会贿之以光,但太阳没让人这样做。造物主所造的核心物质都具有不可复制性与不可储存性,比如空气、光。电来自能源转换而非制造,同时不可储存。

在我们见到光照射万物时,仍然可以说我们不知什么是光,没见过光本身。你说光原本不存在也未尝不可,说它存在,你怎么指给人看呢?爱在哪里?智慧和仁慈在哪里?人没办法指出它们,尽管它们就在那里。

我趴在地板上摆火柴棍测量阳光的行进速度,后因接电话把这项重要试验耽误了。当你趴着看地板上阳光的脚步时,光似乎不动了。从理论上说,光每秒每刹那都在行走。从实践——以人的视网膜、人的无法安住的心念——说,它不曾移动,而人一转身,它又迈了一大截。光均匀地走过房间和整个大地,走过上午和下午。光时时在生长,人从来抓不住它们不断生长的尾巴。从古至今,只有光从容不迫。

关于光

那年,我因眼部手术,双目遮蔽七日,尽领黑暗滋味,有想法如下。

黑暗不同于夜。夜没有纯粹的黑暗,在最黑的夜里,物体还能显示向背。最主要的是,睁眼看到的黑暗有一些安心,眼睛仍然能搜索出一点点光。在闭眼的黑暗当中,比黑暗更难忍的是被隔绝。明明有光,但与你无关。双眼如一对困兽,不断挣扎。

在黑暗中,触觉最敏锐。突然感到手指那么聪明,一碰便知物体的性质。药瓶、桌子、床单、铁,它们的手在那里非常清晰。在黑暗里行走,手总要先伸出去。

即使眼睛已经失去功能,仍然怕外物碰到自己的眼睛。

空间的思绪在缺少视力的情况下变得发达。一起身,首先是这一处空间的立体图画。鞋在哪里，门在哪里，从床到门有哪些障碍。长宽高的概念在脑子里十分坚硬。

在黑暗中，人的语言很少。你自己所说的话，声音变得很大。第一次这么认真地听自己说话，听到了这么多废话和不必要的零碎。于是我想到盲人大多不是倾诉者。华丽的、滔滔不绝的、评判他人的话不适合在黑暗中吐露，仿佛这与自己的处境不合。世上所有的不幸都不会比没有视力更糟糕的，因此不愿意评论他人。

还有，浮华冗长的话语如果呈现在周遭的色彩、形状之中，尚不刺耳。而黑暗中的话语，像用蘸满墨汁的笔在白纸上写字，非常醒目。

黑暗中的眼睛恐惧光亮，当然这只就外科手术的人而言。如果双目遮蔽超过七十二小时，仍然具有视觉的眼睛对光线极为敏感与不适。眼睛蒙上纱布、戴上墨镜，以及窗帘被拉上之后，仍然不敢面对光的一面。人们不知道，光是多么有力量的东西，些微的光都刺得眼球酸痛。那些眼部手术已经痊愈的患者，常低头走路，用手蒙着眼睛露出一条缝看地面。光像水一样，从针眼儿大的地方挤进来并扩张。影视里复明的患者摘掉纱布、载歌载舞的场面，实在是太荒诞了。

视觉细胞乃至视蛋白对光的反应，实在太脆弱了。

我想起某人趴在复印机上，睁眼，复印之后双目失明这件事。事实上，阳光的亮（照）度、大气层对长波紫外线的阻拦，人类眼睛的结构有着精美的契合关系。其奇妙不可说。

黑暗中的人不喜欢夜晚的到来。白天已经是一个夜了，又进入一个夜，仿佛委屈。

　　黑暗中的人爱躺在床上揣摩外面的人在做什么。想来想去，感到他们实在太能耐了，尤其佩服那些奔跑、骑车和穿越十字路口的人。

　　躺在床上想，假如人类视力低下，这世界该是什么样子呢？房子的门很宽，马路也很宽，没有汽车，只生一个孩子或不生孩子，全世界都很温和，一般由歌唱家来当总统。

　　生物钟存在的前提是，人体必有除眼睛之外的某个部位能够感受到光。但已知的事实为，除眼睛外，人体其他部位不存在视蛋白。因此，不可能"看"到光。从理论上说，人体不存在生物钟。

　　不久前，科学家发现人体皮肤上存在另一类型的视觉蛋白，是它们把光的出现通知了大脑。在黑暗中，我常常举起胳膊，说："看吧，你们。"

　　视觉蛋白，从感受微量的光发育成为眼睛，可以欣赏色彩，从鲜花到女人的嘴唇。这是一条多么漫长神奇的道路。

幸福村中路的暖阳

北京冷透了之后，比如一月份的中旬，每天下午两点去古墙下面体会阳光的暖，有大乐趣。老北京的"老"字，在其中也能透露出一点。

北京最冷天的午阳，暖得让人微醺。这和火盆、热炕、暖风以及电褥子都不一样。午后天晴风止，时间有如停滞，人的视野全清朗了。阳光照在脸上，像喝了二两半花雕，打里边往外暖。一位中医朋友说，冬天的阳光最有营养。他把阳光也当药看待。心松开了，宽宽绰绰的，舒展。这种光线只有腊月天才有，天冷不透，午后的暖阳也晒不进人的心里头。

这时候，如果到紫禁城下的公椅上坐一坐，闭上眼睛听听马路上的车声，感觉阳光像小虫子争先恐后地从脸上爬进心里，睡意堆积。再睁眼看看匆匆的行人，合眼让睡意泛滥。想人忙我偏有闲，得大自在。这都要依仗午后的冬阳。

说睡，实为一阵小迷糊。这阵小迷糊就了不起，占据片刻的物我两忘,心胸过滤了一遍。醒了,觉得眼睛更亮了,看看北海滑冰的人、岸边褐中有黄的干柳枝,都有趣。所谓"老北京",除去建筑、掌故之外,还有平民与时令下的享受,晒太阳(西安话叫晒暖暖,说得更好)就是其一。

我住的地方离北海远,也不值得为这么一点事去那儿晒太阳。此事在幸福村中路同样可以享受。这儿没城墙,有超市的大山墙,一样。街上的公共健身设施上,老头、老太太在搞摇的、转的动作。他们的皱纹白发和设施的鲜艳油漆形成好看的对比。

坐在这儿的椅子上摄取冬阳,看胖红脸男人搂着瘦皮草小姐从酒店出来,看工人蹬板车送蜂窝煤,看人下象棋,都不耽误享受阳光的和煦。坐久了,没觉着自己睡着,但被路人的谈话声惊醒,还是睡了。听到喜鹊叫,抬头却找不到喜鹊。杨树枝上蹲着三个冬鸟,不是麻雀,像朱雀。它们并排蹲着,像回忆,又有出席古典音乐会的表情,也可以说是守纪律的士兵,可爱极了。在人之前,它们就知道北京的午后有这么一种乐趣,于是出席枝头。

我喜欢冬鸟的理由是它们胖。鸟儿胖了之后,憨而又拙,往泥塑玩具方向发展。比人胖好看多了。

更多的光线来自黄昏

　　黄昏在不知不觉中降落，像有人为你披上一件衣服。光线柔和地罩在人脸上，他们在散步中举止肃穆。人们的眼窝和鼻梁抹上了金色，目光显得有思想，虽然散步不需要思想。我想起两句诗："万物在黄昏的毯子里窜动，大地发出鼾声。"这是谁的诗？博尔赫斯？茨维塔耶娃？这不算回忆，我没那么好的记性，只是乱猜。谁在窜动？谁出鼾声？这是谁写的诗呢？黄昏继续往广场上的人的脸上涂金，鼻愈直而眼愈深。乌鸦在澄明的天空上回旋。对！我想起来，这是乌鸦的诗！去年冬季在阿德莱德，我们在百瑟宁山上走。桉树如同裸身的流浪汉，树皮自动脱落，褛褴地堆在地上。袋鼠在远处半蹲着看我们。一块褐色的石上用白漆写着英文："The World Wanders around in the blanket of dusk, the earth is snoring."鲍尔金娜把它翻译成两句汉文——"万物在黄昏的毯子里窜动，大地发出鼾声。"我问："这是谁的诗？"白帝江说："这是乌鸦写的诗。"我说："乌鸦至少不会使用白油漆。"他说："啊，乌鸦用折好的树棍把诗摆在一块平坦的石头上。"我问:"是用英文?"白帝江说:"对,它们摆不了汉字,汉字太复杂。有人用油漆把诗抄在了这里。"

我想说不信,但我已放弃了信与不信的判断。越不信的可能越真实。深信的事情也许正在逛你。乌鸦们在天空排队,它们落地依次放下一段树棍。我问白帝江:"摆诗的应该只有一只乌鸦,它才是诗人。"白帝江笑了,说有可能。这只神奇的大脚乌鸦把树棍摆成"The World Wande……"乌鸦摆的 S 像反写的 Z。为什么要这样呢?是因为黄昏吗?

我在广场顺时针方向疾走。太阳落山,天色反而亮了,与破晓的亮度仿佛。天空变薄,好像天空许多层被子褥子被抽走去铺盖另一个天空。薄了之后,空气透明。乌鸦以剪影的姿态飘飞,它们没想也从来不想排成"人"字向南方飞去。乌鸦在操场那么大一块天空横竖飞行,似乎想扯一块单子把大地盖住。我才知道,天黑需要乌鸦帮忙。它们用嘴叼起这块单子叫夜色,也可以叫夜幕,把它拽平。我头顶有七八只乌鸦,其他的天空另有七八只乌鸦做同样的事。乌鸦叫着,模仿单田芳的语气,呱——呱,反复折腾夜色的单子。如果单子不结实,早被乌鸦踢腾碎了,夜因此黑不了,如阿拉斯加的白夜一样痴呆地发亮,人体的生物钟全体停摆。

人说乌鸦聪明,比海豚还聪明。可是海豚是怎样聪明的,我们并不知道。就像说两个不认识的人——张三比李四还聪明。我们便对这两人一并敬佩。乌鸦确实不同于寻常鸟类,黄昏里,夜盲的鸟儿归巢了,乌鸦还在抖夜空的单子。像黄昏里飘浮的树叶。路灯晶莹。微风里,旗在旗杆上甩水袖。

在黄昏暗下来的光线里,楼房高大,黑黝黝的树木顶端尖耸。这时候每棵树都露出尖顶,如合拢的伞,白天却看不分明。"尖"和"伞"这两个汉字造得意味充足,比大部分汉字都象形。树如一把一把的伞插在地里，雨夜也不打开。用树伞的尖顶包拢天空的深蓝。天空比宋瓷更像天青色，那么亮而清明，上面闪耀更亮的星星。星星在白天已站在那里，等待乌鸦把夜色铺好。夜色进入深蓝之前是瓷器的淡青，渐次蓝。夜把淡青一遍一遍涂抹过去，涂到第十遍，天已深蓝。涂到二十遍及至百遍，天变黑。然而天之穹顶依然亮着，只是我们头顶被涂黑，这乌鸦干的，所以叫乌鸦，而不叫蓝鸦。我觉得乌鸦的每一遍呱呱都让天黑了几分，路灯亮了一些。更多的乌鸦彼此呼应，天黑的速度加快。乌鸦跟夜有什么关系？乌鸦一定有夜的后台。

看天空，浓重的蓝色让人感到自己沉落海底。海里仰面，正是此景。所谓山，不过是小小的岛屿，飞鸟如同天空的游鱼。我想我正生活在海底，感到十分宁静。虽然马路上仍有汽车亮灯乱跑，但可不去看它。小时候读完《海底两万里》后，我把人生理想定位到去海底生活，后来疲于各种奔命把这事忘了。今夜到海底了，好好观赏吧——乌鸦是飞鱼，礁石上点亮了航标灯，远方的山峦被墨色的海水一点点吞没。数不清的黑羊往山上爬，直至山头消失。头顶的深蓝证明海水深达万尺。我一时觉得树木是海底飘动的水草，它们蓬勃，在水里屈下身段，如游往另外的地方，比如加勒比海。我想着，不禁挥臂划动，没水，才想到这是地球之红山区政府小广场，身旁有老太太随着《呼伦贝尔大草原》的音乐跳舞。

其实红山区政府的地界，远古也是海底。鱼儿曾在这里张望上空，后来海水退了，发生了许多事，唐宋元明清各朝都有事，再后来变成办公和跳舞的地方。黄昏的暮色列于天际，迟迟不退，迟迟不黑，像有话要说。子曰"天何言哉！天何言哉！"谓天没说过话，天若有话其实要在黄昏时分说出。

黄昏的光线多么温柔。天把夜的盖子盖上之前，留下一隙西天的风景。金与红堆积成的帷幕上,青蓝凝注其间。橙与蓝之间虽无过渡却十分和谐。镶上金边云彩从远处飞过来跳进夕阳的熔炉,朵朵涅槃。黄昏时,天的心情十分好,把它收藏的坛坛罐罐摆在西山,透明的坛罐里装满颜料。黄昏的天边有过绿色,似乌龙茶那种金绿。有桃花的粉色。然而这都是一瞬!看不清这些色彩如何登场又如何隐退,未留痕迹。金红退去,淡青退去,深蓝退去之后,黄昏让位于夜,风于暗处吹来,人这时才觉出自己多么孤单。黑塞说:"没有'永恒'这个词,一切都是风景。"

黄昏无下落

是谁在人的脸上镀上一层黄金？

人在慷慨的金色里变为红铜的勇士，破旧的衣裳连皱褶都像雕塑的手笔；人的脸棱角分明，不求肃穆，肃穆自来，这是在黄昏。

小时候，我第一次感受悲伤是无意中目睹到黄昏。西方的天际在柳树之上烂成一锅粥，云彩被夕阳绞碎，在无边的火池里挣扎奔走，暮霭在滚金里面诞生俗艳的红，更离奇的是从红里变出诡异的蓝。红里怎么会生出蓝呢？它们是两个色系。玫瑰红诞生其间，橘红诞生其间，旋生旋灭。夕阳把所有的碎云熬成了汤，天际只横着一把笔直的金剑。

这是怎么啦？西方的天空发生了什么？我结结巴巴地问大人："那里发生了什么？"大人瞟一眼，只说两个字："黄昏。"

自斯时起，我得知世上还有这两个字——黄昏，并知道这两个字里有忧伤。我盼着观黄昏，黄昏却不常有，至少天际不老黄。多云天气或阴天，黄昏就没了下落。我站在我家屋顶看黄昏，大地罩上一层蓝色，晴天的黄昏把昭乌达盟公署家属院的红瓦刷上金色，瓦的下檐有凸凹的黑斑。柳枝笔直垂下,如菩萨垂下眼帘。而红云有如在烈火中奔走的野兽,却逃不出西天的大火。太阳以如此大的排场谢幕,它用炽热的姿态告诉人它要落山了,人习以为常,不过瞟一眼,名之"黄昏"。而我的心里隐隐有戚焉。假如太阳不再升起,全世界的人会在痛哭流涕中凝视黄昏,每日变成每夜,电不够用,煤更不够用,满街小偷。

黄昏里,屋顶一株青草在夕照里妖娆,想不到生于屋顶的草会这么漂亮,红瓦衬出草的青翠,晚霞又给高挑落下的叶子抹上一层柔情的红。草摇曳,像在瓦上跳舞。原来当一株草也挺好,如果能生在屋顶的话,是一位在夕阳里跳舞的新娘。地上的草叶金红,鹅卵金红,土里土气的酸菜缸金红,黄昏了。

我在牧区看到的黄昏惊心动魄。广大的地平线仿佛泼油烧起了火,烈火战车在天际穿行,在落日的光芒里,山峰变秃变矮。天空盛不下的金光全都倾泻在草地,一直流淌到脚下,黄牛红了,黑白花牛也红了,它们扭颈观看夕阳。天和地如此辽阔,我久久说不出话来,坐在草地上看黄昏,直到星星像纽扣一样别在白茫茫泛蓝的天际。

那时,我很想跟别人吹嘘我是一个看过牧区黄昏的人,但这事好像不值得吹嘘。什么事值得吹嘘?我觉得看过牧区的黄昏比有钱更值得吹嘘。那么大的场景,那么丰富的色彩,最后竟什么都没了,卸车都卸不了这么快。黄昏终于在夜晚来临之前昏了过去。

"我曾经见过最美丽的黄昏",这么说话太像傻子了。但真正的傻子是见不到黄昏的人。在这个大城市,我已经二十六年没见过黄昏,西边的楼房永远是居然之家的楼房和广告牌,它代替了黄昏。城市的夜没经过黄昏的过渡直接来到街道,像一个虚假的夜,路灯先于星星亮起来,电视机代替了天上的月亮。我一直觉得自己身上缺了一些东西,原以为是缺钱、缺车,后来知道我心里缺了天空对人的抚爱,因为许许多多年没见到黄昏。

伸手可得的苍茫

我有一个或许怪诞的观念,认为霞光只出现在傍晚的西山,而且是我老家的西山。我没见过朝霞,而在沈阳的十几年,亦未见过晚霞,或许这里没有西山。

晚霞是我童年的一部分。傍晚,我和伙伴们在炊烟以及母亲们此起彼伏的唤儿声中不挪屁股,坐在水文站于"文革"中颓圮的办公室的屋顶上观看西天。彩霞如山峦,如兵马之阵,如花地,如万匹绸缎晾晒处,如熔金之炉,气象千变万化,瑰丽澄明。我们默然无语,把晚霞看至灰蓝湮灭。有人说,晚霞并不湮灭,在美国仍然亮丽。在"文革"中,此语已经反动。美国那么坏,怎会有晚霞呢?说这话的大绺子脸已白了,我们发誓谁也不告发,算他没说。而他以后弹玻璃球时,必然不敢玩赖。

观霞最好是在山顶,像我当年在乌兰托克大队拉羊粪时那样。登上众山之巅,左右金黄,落日如禅让的老人,罩着满身的辉煌慢慢隐退。我抱膝面对西天而观。太阳的每一次落山,云霞都以无比繁复的礼节挽送，场面铺排，如在沧海之上。在山顶观霞，胸次渐开，在伸手可得的苍茫中，一切都是你的，乃至点滴。

此时才知，最妙的景色在天上，天下并无可看之物。山川草木终因静默而无法企及光与云的变幻。此境又有禅意，佛法说"空"并不是"无"，恰似天庭图画。天上原本一无所有，但我们却见气象万千。因此，空中之有乃妙有，非无。然而这话扯远了。

昨天我见到了晚霞，在市府广场的草地上方，那里的楼群退让躲闪，露出一块旷远的天空，让行人看到了霞舞。当时我陪女儿从二经街补课回来。我对孩子说，你看。她眺望一眼，复埋头骑车，大概还想着课程。

光与棋

天黑透，桑园有俩人下象棋，在一个废弃的办公桌上。街上的路灯比一百年以前还暗，马路那边照不到这边，当然也照不到棋上。

他俩弯腰观棋，像默哀。他是他的遗体，他是他的遗体。

一会儿，马路车来——绿灯后，汽车汹涌雪亮，一拨儿约二十辆，下拨儿则要十分钟后——车灯的光在棋盘上爬。他们飞手摔棋，手眼精快，不像下棋，反如抢对方的子。

车净，棋静，俩人头对头俯瞰，我觉得他们头上缺犄角。双方均不言声，难道没下错的、悔棋的？看来没有。他们也不抬头等车。此街单行道，车自西而来。

盯着吧，我要回去，已练完九十六式太极拳（二十四式练四遍）。回家躺在床上，想：应该发明一种夜光棋。

玻璃上的雨水

想走进屋里来的雨水被玻璃挡在外面,它们把手按在玻璃上,没等看清屋里的情形,身体已经滑下。更多的雨从它们头顶降落又滑下,好像一队攀登城堡的兵士从城头被推下来。

落雨的玻璃如同一幅画——如果窗外有青山,有一片不太高的杨树或被雨淋湿的干草垛,雨借着玻璃修改了这些画面,线条消失了,变成色块,成为法国画家修拉的笔触。杨树在雨水的玻璃里变得模糊,模糊才好。它们的枝叶不再向上生长,而化为绿色的草窝。雨水仿佛要劈开这些树,树们用尽气力复原,最后变成草草涂抹的油画的草稿。在我的窗外,高挑的蒙古栎树的树冠被雨水修改成一朵挂在木杆上风吹不走的绿云,它竭力往地上甩雨水。它并不知道,雨水是甩不掉的,就像被雨水淋湿的衣服怎么拧也拧不干。隔着雨水的玻璃看,树脚下蔷薇花的树墙仿佛在跳跃。雨水像擦黑板一样擦掉一朵朵蔷薇花,雨水刚淌下去,花又冒出头来。我才知道,雨在玻璃上爬上爬下,是为了重新画一幅蒙古栎树和蔷薇树的画。雨见到修拉的画之后认为这才是画。雨觉得绘画的要素有三个,第一个是笔触,第二和第三个要素是笔触与笔触。笔触是充分的水分与毫不犹豫,是不断修改。雨从开始下到结束一直没停止在玻璃上修改它的画。雨用第二笔覆盖第一笔,然后用第三笔覆盖第二笔。雨不想让人看清楚它刚才在画什么。作为艺术家的雨,除了笔触,不懂其他。如果你跟它讲构图,它会说构图都是用上而下的直线,线条像木梳齿一样,像垂下的手指一样,像雨一样。

另外一些雨不搞艺术,它们比较务实。这些雨从天空看到我所居住的这间房子,看到房子上的窗子。它们要进屋转一转,看看屋里的摆设,到沙发上坐一下,到床上躺一会儿。它们从空中冲下来,瞄准了窗子但被玻璃挡住,流行的话叫被截访。雨不知道什么叫玻璃,它们视玻璃为无物。当大批的雨滴冲到玻璃上流淌化为水流时,更多的雨冲过来。雨也很倔,它们又被挡住,从窗台滑下。雨认为这是不够猛烈的结果,继续冲击窗子,玻璃发出"劈劈啪啪"的声响。所有的雨到底也没弄懂什么叫"玻璃",它们只觉得那扇窗户是一个怪物。它们发现,许许多多的窗台都是怪物,雨水进不去那里的屋子。

从云朵里冲出来的雨滴在天空遇到了无数同伴。它们冲进风里,朝大地飞行。湿淋淋的大地一派苍郁,混浊泛白的河流在黑黑的土地上弯曲着流淌,浅绿的麦穗在风里吃力地抬起头又垂下。风如马队一排排踏过麦田,留下凹凸不平的麦浪的坑。鸟儿全藏了起来,站在某一片树叶下面等待雨歇。远处的灰云缓缓下沉,仿佛低于地平线。一部分没有抱团的云散开了,在河面薄薄地飘荡。雨在俯冲,无数雨滴撞在别的雨上,碎成新雨接着俯冲。雨落得太快,没办法在人的视网膜上成像。如果人眼达到鸟眼的分辨率,雨是一颗颗亮晶晶的圆球在空中飞。雨并非在"下",而在风的推动下飞行。如果光线充足，雨滴像水银的颗粒向地面灌注。雨滴在飞行中保持流线的形态，圆脑袋，有一个小尾巴。如果分辨率更高，可看出雨滴在空气中拉成片儿，又聚合一体。雨滴在风里动荡、摇摆。雨跟雨汇合，又被风吹散。雨像梳子，像笤帚，像大片的水被筛成小水滴。雨往大地俯冲，在风和其他雨滴的推动撞击下一点点接近大地。大地在雨的视野里越发清晰。雨滴将要降临地面，它们看到树林张开枝叶的手臂拥抱雨。树的面孔挂满雨滴，雨滴从树叶流到树丫再顺树干流到地面。这些水流的流淌声被树叶上的沙沙声所遮蔽。树张开手臂，企图把所有的雨水都抱过来，把自己变成漏斗，让雨人流到根上。雨飘在河流的上空，河水下面的泥沙在水面翻滚。没有哪条河流在下雨时是清澈的。雨滴的脚步刚刚踩上水面，就被河水放大为圆圈儿。圆圈儿似乎可以放得无限大，但被别的圆圈儿顶破。对河来说，下雨如同天上撒铜钱，圆圆的铜钱一瞬间沉入河底。即使下雨，河水也没停止流淌，其实它可以停下来避一避雨，雨增加了它们奔流的体积。下在河里的雨如同下在传送带上，河把这些雨水带到没下雨的地方。雨把乡村的土路变得泥泞，被风刮断的树枝躺在草里。所有的野花都低下了头。被雨水打乱的花瓣贴在背上，如浇湿的衣领。脚步敏捷的雨滴准确地落在电线上，有的雨滴直接落进下水道井盖的圆孔，有的雨让旗帜贴近了旗杆。

　　往屋子里冲锋的雨依然被玻璃挡回来，它们还没来得及摸一下玻璃就掉在窗台上。雨集合更多人马往屋里冲，到沙发上坐一坐，到床上躺一躺，但全体从玻璃上垂直落下。从屋里往外看，雨像壁虎一样趴在玻璃上，如一幅画，朦胧的树像在雨里行走。

金毡房

今天的雨，刚下时竟看不清它在哪里。我以为是自己没戴眼镜的缘故，戴上仍看不清。这里原来不曾下这种江南的雨，沾衣欲湿，让人不好意思。此地人习惯暴雨骄阳或干旱。

我撑伞到桥下，找一处沉黑的背景看雨。雨丝清晰了，每根约有半尺长，倏而钻地。对人的视网膜而言，雨滴如丝。落地的速度再快一些，此丝则有一尺或二尺长。

少顷，雨大起来，在黑色的马路上溅起水花。看上去，千百之众的年轻的雨滴在跳迪斯科，在街上使劲跺脚。

雨滴落下来，有的沉寂，有的宛然成泡———一座透明的宫殿，原来雨滴下凡造宫殿玩儿。水泡浮游，转瞬被雨滴砸灭，很娇嫩。这时，又有新的玻璃宫耸然水上。当水泡连成一片时，使人想起刘皇叔的八百里连营。

雨神下雨，也是不得不做的工作，不妨弄出些水泡自娱。说话间，西边落日灿烂，把水泡染得如可汗的金毡房。

没有人在春雨里哭泣

　　雨点瞄着每株青草落下来,因为风吹的原因,它落在别的草上。别的雨点又落在别的草上。春雨落在什么东西都没生长的、傻傻的土地上,土地开始复苏,想起了去年的事情。雨水排着燕子的队形,以燕子的轻盈钻入大地。这时候,还听不到沙沙的声响,树叶太小,演奏不出沙沙的音乐。春雨是今年第一次下雨,边下边回忆。有些地方下过了,有些地方还干着。春雨扯动风的透明的帆,把雨水洒到它应该去的一切地方。

　　走进春天里的人是一些旧人。他们带着冬天的表情,穿着老式的衣服在街上走。春天本不想把珍贵的、最新的雨洒在这些旧人身上,他们不开花、不长青草也不会在云顶歌唱,但雨水躲不开他们——雨水洒在他们的肩头、鞋和伞上。人们抱怨雨,其实,这实在是便宜了他们这些不开花、不长青草和不结苹果的人。

　　春雨殷勤,清洗桃花和杏花,花朵们觉得春雨太多情了。花刚从娘肚子钻出来,比任何东西都新鲜,无须清洗。不!这是春雨说的话，它认为在雨水的清洗下，桃花才有这样的娇美。世上的事就是这样，谁想干什么事你只能让它干，拦是拦不住的。春天的雨水下一阵儿，会愣上一会儿神。它们虽然在下雨，但并不知这里是哪里。树木们有的浅绿，有的深绿。树叶有圆芽，也有尖芽。即使地上的青草绿得也不一样。有的绿得已经像韭菜，有的刚刚返青。灌木绿得像一条条毯子，有些高高的树才冒嫩芽。性急的桃花繁密而落，杏花疏落却持久，仿佛要一直开下去。春雨对此景似曾相识，仿佛在哪里见过。它去过的地方太多，记不住哪个地方叫什么省什么县什么乡，根本记不住。省长县长乡长能记住就可以了。春雨继续下起来，无须雷声滚滚，也照样下，春雨不搞这些排场。它下雨便下雨，不来浓云密布那一套，那都是夏天搞的事情。春雨非不能也，而不为也。打雷谁不会？打雷干吗？春雨静静地、细密地、清凉地、疏落地、晶亮地、飘洒地下着，下着。不大也不小，它们趴在玻璃上往屋里看，看屋里需不需要雨水，看到人或坐或卧，过着他们称之为生活的日子。春雨的水珠看到屋子里没有水，也没有花朵和青草。

　　春雨飘落的时候伴随歌声，合唱，小调式乐曲，八六拍，类似塔吉克音乐。可惜人耳听不到。春雨的歌声低于二十赫兹。旋律有如《霍夫曼的故事》里的"船歌"，连贯的旋律拆开重新缝在一起，走两步就有一个起始句。开始，发展下去，终结，又可以开始。船歌是拿波里船夫唱的情歌小调，荡漾，节奏一直在荡漾。这些船夫上岸后不会走路了，因为大地不荡漾。春雨早就明白这些，这不算啥。春雨时疾时徐、或快或慢地在空气里荡漾。它并不着急落地。那么早落地干吗？不如按八六拍的节奏荡漾。塔吉克人没见过海，但也懂得在歌声里荡漾。八六拍不是给腿的节奏，节奏在腰上。欲进又退，忽而转身，说的不是腿，而是腰。腰的动作表现在肩上。

如果舞者头戴黑羔皮帽子，上唇留着浓黑带尖的胡子就更好了。

春雨忽然下起来，青草和花都不意外，但人意外。他们慌张奔跑，在屋檐和树下避雨。雨持续下着，直到人们从屋檐和树底下走出。雨很想洗刷这些人，让他们像桃花一样绯红，或像杏花一样明亮。雨打在人的衣服上，渗入纺织物变得沉重，脸色却不像桃花那样鲜艳而单薄。他们的脸上爬满了水珠，这与趴在玻璃上往屋里看的水珠是同伙。水珠温柔地俯在人的脸上，想为他们取暖却取到了他们的脸。这些脸啊，比树木更加坚硬。脸上隐藏与泄露着人生的所有消息。雨水摸摸他们的鼻梁，摸摸他们的面颊，他们的眼睛不让摸，眯着。这些人慌乱奔走，像从山顶滚下的石块，奔向四方。春雨中找不到一个流泪的人。人身上有四千到五千毫升的血液，大约只有二三十毫升的泪。泪的作用是清洗眼珠，而为悲伤流出的是意外。他们的心灵撕裂了泪水的小小的蓄水池。春雨不许人们流泪，雨水清洗人的额头、鼻梁和面颊，洗去许多年前的泪痕。春雨不知人需要什么，如果需要雨水就给他们雨水，需要清凉给他们清凉，需要温柔给他们温柔。春雨拍打着行人的肩头和后背，他们挥动胳膊时双手抓到了雨。雨最想洗一洗人的眼睛，让他们看一看——桃花开了。一棵接一棵的桃树站立路边，枝丫相接，举起繁密的桃花。桃花在雨水里依然盛开，有一些湿红。有的花瓣落在泥里，如撕碎的信笺。如琴弦一般的青草在桃树下齐齐探出头，像儿童长得很快的头发。你们看到鸟儿多了吗？它们在枝头大叫，让雨下得大些或立刻停下来。如果行人脚下踩上了泥巴应该高兴，这是春天到来的证据。冻土竟然变得泥泞，就像所有的树都打了骨朵。不开花的杨树也打了骨朵。鸟儿满世界大喊的话语你听到了吗？春天，春天，鸟儿天天说这两句话。

桑园的雨

每一场雨,在桑园的小虫看来都是汪洋。尽管是小雨,雨滴落下来,对小虫来说也是可怖的事情。譬如,一个比你身体大三倍的水坨子啪叽砸下来,很意外的。

我想,即使如雨滴般大小,也是按人的身体比例设定的。它只有人的泪珠那么大,只有半个耳垂大,千百滴于人身上,砸不坏也吓不坏人。雨水即使多到让江河决堤,也给人留有余地。它下几天几夜,有时间让你撤退。这里面仿佛有上帝的恩典。

我不知道桑园的瓢虫怎样看待雨。雨水灌注它的洞穴时,瓢虫是否用驼圆的背抵在洞口?雨在天上一看,瓢虫你别没大没小了,下!一夜的光景,把瓢虫冲出六道街之外。鸟喜欢雨,它以为这是水珠的落地比赛,而且自己羽毛不沾水,它早就想让昆虫之类知道此事了。但别打雷,即使是一分贝的噪音,鸟也很烦。鸟站在松枝上,看雨丝像门帘子一样挂着下。老下,不见上来,不知雨后来做什么去了。松树在雨中睡着了——一下雨它就困——梦见自己穿上了黑礼服，偷偷散发着松香气味，和后街的柏树幽会。鸟看了一会儿，换一换脚。蚂蚁前天就知道有雨，弄好了遮蔽措施。但洞里很小，蚂蚁们只好整齐地坐着，像赴前线的士兵。走惯了，蚂蚁感到六足不适。后来，它们搞无伴奏合唱，用人类听不见的六百赫兹的波长。

　　人不把雨放在眼里，家里外边都能待，不搭你上帝的交情，什么把雨点设计很小之类，不信。雨停时，我曾在桑园坐着，在许久的寂静后，传来一声怯怯的鸟啼，仿佛第一个推门张望者的悄悄自语。这时，昆虫蹑足活动。风一吹，树甩头发落下一层雨滴，它们吓得往回跑，以为雨又来了。其实，阳光明晃晃的洒得哪儿都是。

水滴没有残缺

　　每一滴水都是圆的，水比所有的东西都看重圆满并保持圆满。水珠将滴未滴之际，是瞬间的椭圆，坠下马上修复成为标准的圆。水滴在空中坠落，水分子拉紧了手，绷紧了身上的衣衫。每一滴水都抱着如此大的力量和信念——保持一个圆。圆不会分散，圆没有残缺，圆可以保持自己的力量又借助别人的力量。水在空中被打碎，化为新的水珠，新的圆。把水称为兄弟何等准确，它们用看不见的手抱在一起，不分离。

　　水透明，人看不清水的容貌和水的个体。所谓"水分子"只是科学的一种说法。每个水一定有小到人眼看不见的身体，它们彼此相识相亲，不分你我。

　　把一碗水、一壶水、一桶水倒入河水江水海水里，它们瞬间融合，找不到过去的"我"。水有神奇的融合能力，不固执、不拘泥、不自我，最在意和合。把瓶里的水倒入杯里，水分不出先后，它们如同自古以来就在一起，没区别。

相比较，人的融合最难。与其说性格难合，不如说文化难合，文化所包含的真实与虚伪、虔诚与诡诈、信仰与傲慢，让每个人都抱着自己的文化和利益绝不妥协，宽容在大部分情况下是一句空话。有的夫妻过了一辈子还在争吵，文化或价值观把每一件事都变成导火索。人看到水的融合会不会自省？只要是水，一杯脏水倒进干净水里，也会被均匀地淡化与净化，干净水慷慨地接纳了"脏水"，使它们比原来清澈一些，尽管水的整体浊了一些。

天下没有比水更加包容的物体。水无差别，无分别，水尽最大的力量维持着平衡。水比钢铁坚硬又懂得温柔，水动驰万里，静守千年。人不知水的衣服在哪里，波浪是水奔跑的身姿却不是它的衣服。有一天，冬天洋井的铸铁包了一层透明的膜，是冰，这就是水的外衣。水最巧，这一层冰多么薄、多么均匀。水可以分成多少层呢？它可以分成无数层却不分层。"浑然一体"这个词最适合于水。

水不挡光。生物的生长离不开阳光。阳光对植物而言，不只是温度，还是能量，像粮食一样。水的透光性保证了水中生物的生长。水无私，生育万物。

我们抓不住一滴水，更没办法用手捧着水走过千万里。水爱自由，它不想成为人的装饰或附庸。但人们身上有水。血液中百分之九十九的成分是纯净水。这些水里携带着人赖以生存的氧气，含着把水变红的血红细胞。血水运送人体的养料和废料。而人体细胞内有更多的水。水做的女人是红楼梦的说法，水做的人是上帝的说法。我们生活在身体的水中。但我们还是不像水，像我们自己。

铁皮屋顶上的雨

雨的脚步不齐，永远先后落在铁皮屋顶上。铁皮屋顶是我家窗下的一百多米长的自行车棚的棚顶，里面有二十多辆自行车，一半没了车座与轱辘。

自行车棚顶上的铁皮涂绿漆，感觉它特招雨，也许云彩下雨正是因为相中了这个铁皮车棚。

听雨声，雨滴的体积不一样，声音就不一样。大雨滴穿着皮靴，小雨滴连袜子都没有，"人"字形铁皮上的雨滴打滑梯滑到边缘，变成水溜儿。

雨滴落在芭蕉叶、茄子叶、石子和鸡窝上的声音不一样。有一年，我在太行山顶峰的下石壕村住过一宿。开门睡觉，雨声响了一夜。我听到从瓦上流进猪食槽里的雨水如撒尿。而雨落在南窗下的豆角叶和北窗下的烟草叶子上的声音完全不同，像两场雨水。豆角叶上的雨声是流行乐队的沙锤，沙啦沙啦莎拉曼，成了背景。烟草叶上的雨滴噗噗响，像手击鼓。或许说，烟草里有尼古丁，雨滴的声音就沉闷？没准儿。再细辨，雨落石板是更加短暂的清脆声，几乎听不到。我听一会儿南窗，听一会儿北窗，忽然想，主人为什么不把豆角和烟草种在一起呢？就为了让人来回跑吗？

从家里的窗户向自行车棚瞭望，雨小而大，缓而急。离铁皮屋顶一尺的地方，雨露出白亮的身影。转而急骤，成了白鞭，一尺多长，落地迸碎。瞧一会儿，觉得这些雨成了屋顶长出来的白箭。这块不知什么年头铺盖，什么年头刷绿油漆的铁皮屋顶清洁鲜艳，像铺好地毯等待贵宾。贵宾是谁呢？是后面更大的雨。小雨的雨柱细小，落在屋顶上，像洒沙子。不常吃六味地黄丸的人的耳朵听不出这么细腻的雨声。雨大之后，什么丸也不必吃了，满耳哗哗。雨滴落在铁皮屋顶上发出金石之音。自行车棚这个共鸣箱太大了，比钢琴大几千倍，比小提琴大一万倍，它本来可以装一千辆自行车但只装了二十多辆，其中一半是没有盗窃价值的废车。里面的好自行车也就值二十元钱，在销赃市场卖十元钱，现被车主用码头上用的粗铁链子锁着。豪雨见到这一块发声的屋顶喜不自胜，它们跺脚、蹦高、劈叉。雨没想到它竟可以发出这么大的金属声音。以前下过的雨，下在别处特别是沙漠上的雨全白瞎了，是哑雨。"好雨知时节，当春乃发生。"应该是"发声"吧？古代雕版工是不是把字刻错了？

风吹来，风像扫帚把空中的雨截住甩在地下。铁皮屋顶的响声轻重不一，重的如泼水。泼一桶水，"哗——"地流下来。自行车棚里的老鼠可能躲在角落里诅咒这场雨。雨在屋顶上没完没了，让酷爱安静的老鼠没法耐受。我想象它们拖着尾巴从东到西，寻找声音小点的区域，没有。

我听一会儿雨，忍不住向外面瞧一会儿，铁皮屋顶如此鲜艳，不能比它更鲜艳了。都说计划经济时的中国贫穷，这要看什么事。拿援助阿尔巴尼亚和往我家楼下铁皮屋顶刷油漆这两件事来说，很阔绰。如果"阔绰"这个词不高雅，可改为"放达"。哪个富裕国家往公用自行车棚的铁皮上刷过油漆？没有的，况且里边只有二十多辆车和三十多只老鼠。铁皮值不少钱，制成炉筒子、小撮子能卖多少钱？计划经济并非一无是处，让人在雨中目睹鲜艳的绿和听取不一样的雨声。

  如果把铁皮屋顶的雨声收录下来，做成一首歌的背景也蛮好。它是混杂的、无序的以及无边际的声音，能听出声源中心的雨声和从远处传来的雨声，层次感依次展开。我考虑，这一段录音可以当作念诵佛经的背景，可以作为一小段竹笛独奏的背景。做电影的话，可以考虑一人拎刀找仇人雪恨，他在鹅卵石路上疾走。人乱发、刀雪亮，铁皮屋顶的雨声表达他复仇的心情有多么急切，七上八下，心律不齐。

  雨还在下，天暗下来，绿棚顶变黑。铁皮屋顶上的小雨妖们在继续跳舞。我忽然想听到雹子打到屋顶上是什么音效，飞沙走石，多好。可惜没听过。有一回天下雹子，我在外面，没听到雹子落在铁皮屋顶上的轰鸣，雹子白下了。

阳光金币

太阳雨的景象委实珍贵。在灿烂的阳光下，雨挥霍地下着，像有人站在楼顶洒下大把的金币。

放学的孩子赶紧跑回家，取伞，在这美妙的亮雨里扭着小屁股走。

我想起一句唱词："赌场里下起金币的雨。"——出自田中角荣传记，他在聚餐会上因为唱这句日本戏文受到攻击。此书是我小时候看的，竟还记得。

雨唤醒了记忆。

屋里放着 EAGLES 的《加州旅馆》，吉他在劲手之下弹得落花流水，为雨伴奏。法国的让·艾飞尔画过许多关于雨的漫画，所谓雨就是上帝在天上拧床单的水，上帝为梦中的小天使把尿。太阳雨大约属于后者，因为它很快就停止了。即使是天使，也没有过多的尿。而上帝为天使把尿的时候，竟忘记了拽云彩过来遮住太阳。

夜雨光区

雷声响时,像空铁罐车轧过鹅卵石的街道,这是春雷。响过,引发远处的雷,呼应、交织,像骨牌倒下。乡村的夜,只有狗叫才引发其他的吠声。雨水应声而下,仿佛晚一点就让雷声成为谎言。声音唰唰传来,街道挤满雨水行进的队伍。

现在是夜里两点,雨把街道全占了,没有人行。而窗外有"叽里咕噜"的声音。我开窗,见屋檐下的变压器下面站着一男一女。男的用力解释一件事,做手势,声音被雨冲走。女的在雨中昂立,也可叫昂立一号,额发湿成绺,高傲倾听。男的讲完一通,女的回答,一个字:

"你!"

男的痛心地解释,做手势。隔一会儿,女的说:

"你!"

这个字响亮,雨拿它没办法,被我听到。这是什么样的语境呢?男人说:"我……"回答:"你!"他翻过头再说,返工。比如:

男:"我对你咋样?你想想。哪点对你不好?难道我是一个骗子?"(手势)

女:"你!"

水银路灯凄凉地罩着他们,光区挂满鲍翅般的细丝。男的上衣湿透,像皮夹克一样反光,眯眼盯着女的不停言说。女的无视于雨,颈长,体型小而丰满,无表情。我想起艾略特《四个四重奏》,最后一首《小吉丁》写道:

"又是谁发明了这么一种磨难,

爱情。

爱呀,是不清不楚的神灵,

藏在那件让人无法忍受的

火焰之衣的后面。"

此时,人都睡了。今天夜里,只有他们是春雨的主人。

雨,晚上好

从蒙古高原回到沈阳,仰视楼房,人感觉行走在峡谷里,一条灯红酒绿的峡谷。灯与灯群弥漫遥远,人如隐身海底,坐观天上星星游行。在街上走,迎面于所有的灯的闪烁。夜之都市是一处由灯装饰的财富盆地,而楼房不过是一座座华表而已。

雨至,雨随天光消退而密集,在街灯全亮之后整体降临。这场雨气质沉静,在街灯的灯盏下不留身影,甚至看不到"丝"。路面一片片反光,巴掌大的水洼光影摇晃。

今天是正月初十,头一回遭逢正月的雨水,正式的、不疾不徐的春雨刷新了过年者的记忆。有人对"正"字误读,实为误解。正黄旗读"整",旗帜完全满幅之态。正月读"郑",不偏不倚,正阳之月。如同西历一月为首月,即元月。而"争月",是京津一带的土音。

雨下正月,点滴都不偏斜,满地的草木比过节的人都高兴。人常说什么事多少年一遇,斯雨五十年一遇,一九五六年沈阳的正月曾来过一回。

雨中没人放鞭炮。好雨早来，比商号开张值得庆贺。雨把富人区穷人区、楼房街道冲刷一遍，耐心之至。而万木仰面于雨，连喝带洗，回忆起春天的味道。雨落土里，八方争夺，泥泞是土跟土打了起来，谁都不松手，为野草挣一份口粮。

夜里看雨，如同白昼观风，无迹可寻。敞开窗，听一听雨的话语。雨本无言，遇到枯叶和铁皮屋顶才有问候商量。春雨是数不清的投胎者直奔大地而来，甫出三月，转骨化为初蕾青苗，经历天上人间。

次日晴好，天地一新。报纸上股评说："大盘在十多分钟的横盘后，再次跳水，成交量明显放大。不到二十分钟，纳斯达克指数跌落五十多点，至此，全天下跌已经超过一百点。"

超过一百点会怎样？雨不知其然，我也不知。青草在辽大主楼地角长出一线，叶子蓬张，像哄抢从天上扔下的好东西，也就是阳光吧。

雨从窗台进屋，找水喝

　　那些想进屋的雨趴在玻璃上。它们像小鸟一样飞过来，以为玻璃是透明的空间。雨水像沙子那样从玻璃上滑下来。透过雨水的玻璃向外看，景物是模糊的，像一幅油画还没画完，用笔粗犷。

　　雨中的房子如同一艘密封的船，屋顶得到比地面更多的雨水击打出来的白花。白花旋开旋灭，每滴水都想踩在前一滴雨的脚印上。

　　从模糊的布满雨的足迹的玻璃往外看，窗前的花朵像在奔跑——它们一晃而过，留下动态的映像。这些两尺多高的秫秸花开着茶碗大的粉花和红花。它们的花容淋漓不清，如同开着摩托车低头在雨里疾驰。透过雨的玻璃看花如看印象派绘画，不知塞尚看没看过。我看白瞎了，他看才有用。雨中，让一个红胡子戴窄檐礼帽的人站窗外，塞尚隔着玻璃为他画肖像，画出来全是印象派。色彩像从画布淌下来，脸被冲刷过。如凡·高那样的荷兰式的眼睛如两只纽扣一样无神。从玻璃看出去，远山的山峰边缘被修改成锯齿式，其实这样也不错。云层越来越低，下面的云层明显被压得垮下来，好像再压就会有什么东西漏下来。什么东西会漏下来？云里除了大堆的、被分成小滴下落的水之外还有什么？

雨滴从玻璃上滑下来软着陆。它们从木头窗户的缝隙钻进来，积在刷着绿油漆的窗台上。进屋的雨水很羞涩，不像它在天空那么奔放。它们知道这是别人的房子，产权七十年。雨水静悄悄地爬，它要打量屋里有什么。实际上没啥。红砖铺地，有两张钢管焊的床。一张睡人（我），另一张放我的跑步装备。墙上贴一幅伟大的财神爷的画像。他坐在元宝堆上，玉面红唇。岁数……中国年画上的神看不出岁数，光滑无褶的脸似乎超不过三十岁（人家三十岁就当神了，大学生三十岁还没找到工作呢），但脸上蓄有八十岁老者才有的漆黑的五绺长髯。神，八十岁或八百岁都有三十岁的面庞，这是修行的结果。凡间的人由于缺钱，三十岁就像四十岁了。财神爷怀里抱着玉如意，微笑远瞻，对堆在它脚下的金元宝甚至不看一眼。这是乡税务局厨师张贴的画，我正住在他的屋子里。但雨水分不清税务所和工商所（在隔壁），它们静悄悄地从窗户缝进屋，在窗台集合成一小片水。财神爷的丰仪把它们震慑得手脚没地方放，雨哪见过这么好看的神灵。管钱的，明白不？况且，屋里还有一个学生上课的桌子，有两个桌洞，里边放着我的炸蚕豆和赛弗尔特的《世界美如斯》，桌上有西红柿和柿子椒。雨，是这些东西让你们不敢下来吗？雨水聚成团、摊开，顺窗台沿流下来。流过白灰的墙，流到墙根那只猫饮水的蓝碗边上。猫是厨师养的，黄得像南瓜，像毛线团一样趴在椅子上睡觉。我每天给它换水。

雨进屋是为了喝水。雨奔波，雨在风里凌乱，雨不知跑了多远的地方才来到这里。像人一样，雨在长途跋涉之后第一个需求是喝水。它们渴了。有人不解，说雨还喝水吗？雨怎么不喝水呢？喝不到水的雨最后都干渴死掉了，死后在地上留一小片痕迹。有人以为雨如果喝水就在雨里喝，这怎么能行？这不成人吃人了吗？哪滴雨也不愿被其他的雨吃掉。它们自由地飞翔、奔跑。雨滴虽然小，小到常常有人比喻"像雨滴一样小"，但它是世上唯一的雨滴。它落在河里，落在花朵上，落在一坨牛粪上，都是宿命。雨最爱自由，爱自由就要忍受一切境遇。

　　窗外的雨说晴就晴了，牧区的雨下不到做一顿饭的时光。税务所院子里的彩钢瓦比下雨前更加鲜红，好像重新刷了油漆。天蓝得也好像刷了油漆，是给瓦刷漆的同一个人刷的漆。天上的漆蔚蓝如洗，简直像天空一样蓝，白云——刚才不知在哪里藏着——慢悠悠飘过来，飘到彩钢瓦上方不动了，等人夸它们是一座山峰。喜鹊成群飞过来。第一只落在彩钢瓦的最南沿，后面的喜鹊挨着落下，几乎排成了一排。（第五、第六只喜鹊之间有空隙）它们在等待什么？它们灵活的脖子扭来扭去，像等着看戏。院子里空无一物，商贩们每月三十日来办税。此刻，院子只有我和猫，有两畦子花，秫秸花开得最高，串红第二高，老鸹花贴着地面开点小黄花。秫秸花的大粉花刚从雨里苏醒过来，粉脸略显苍白。电线上落下一串麻雀，电线被它们蹬得颤颤悠悠。麻雀与西面的喜鹊对视，但数量没有喜鹊多，它们好像有事来此谈判。

　　进到屋里的雨水聚在碗边，地面有篮球那么大的地方湿了。天晴之后，雨想回也回不去了，留在了屋里。

雨的灵巧的手

雨是世间的伙计,它们忙,它们比钟点工还忙,降落地面就忙着擦洗东西。雨有洁癖,它们看"这个名字叫地球的小星星"(阿赫玛托娃)太脏了,到处是尘土。雨在阴沉天气里挽起袖子擦一切东西。裂痕斑驳的榆树里藏着尘土,雨用灵巧的小手擦榆树的老皮,擦每一片树叶,包括树叶的锯齿,让榆树像被榆树的妈刚生出来那么新鲜。不光一棵榆树,雨擦洗了所有的榆树。假如地球上长满了榆树,雨就累坏了,要下十二个月的雨才能把所有的榆树洗成婴儿。

雨把马车擦干净,让马车上驾辕的两根圆木显出花纹,轼板像刚刚安上去的。雨耐心,把车辂辘的大螺丝擦出纹路。马车虽然不像马车它妈新生出来的,但拉新娘去婆家没问题。

雨擦亮了泥土间的小石子。看,小石子也有花纹,青色的、像鸽子蛋似的小石子竟然有褐色的云纹。大自然无一样东西不美。它降生之初都美,后被尘埃湮没,雨把它们的美交还给它们。雨在擦拭花朵的时候,手格外轻。尽管如此,花朵脸上还是留下委屈的泪。

花朵太娇嫩了，况且雨的手有点凉。

雨水跑步来到世间，它们怕太阳出来之前还有什么东西没擦干净。阳光如一位检察官，会显露一切污垢。雨去过的地方，为什么还有污垢呢？比如说，雨没把絮鸟窝的细树枝擦干净，鸟还能在这里下蛋吗？——雨的多动症越发强烈，它们下了一遍又一遍。雨后，没有哪一块泥土是干的，它们下了又下，察看前一拨儿雨走过的每一行脚印。当泥土吐出湿润的呼吸时，雨说这回下透了。

雨不偏私，土地上每一种生灵都需要水分和清洁。谁也不知道在哪里长着一株草，它可能长在沟渠里，长在屋脊上，长在没人经过的废井里。雨走遍大地，找到每株草、每个石子和沙粒，让它们沐浴并灌溉它们。石子虽然长不出绿叶子，但也需灌溉一下，没准能长出两片绿叶，这样的石子分外好看。

雨有多么灵巧的小手，它们擦干净路灯，把柳条编的簸箕洗得如一个工艺品；井台的青石像一块块皮冻；老柳树被雨洗黑了，像黑檀木那么黑，一抱粗的树干抽出嫩绿的细枝。

小鸟对雨水沉默着。虽然鸟的羽毛防水，但它们不愿在雨里飞翔，身子太沉。鸟看到雨水珠从这片叶子上翻身滚到另一片叶子上，觉得很好笑。这么多树叶，你滚得过来吗？就在鸟儿打个盹的时候，树叶都被洗干净了，络纹清晰。

雨可能惹祸了，它把落叶松落下的松针洗成了褐色，远看不知道这是什么东西。翠绿的松针不让雨洗，它们把雨水导到指尖，变成摇摇欲坠的雨滴。嫌雨多事的还有蜘蛛，它的网上挂满了雨的钻石，但没法果腹。蛛网用不着清扫，蜘蛛认为雨水没文化。

砖房的红砖像刚出炉一样新鲜，砖的孔眼里吸满了水。这间房子如果过一下秤，肯定比原来沉了。牛栏新鲜，被洗过的牛粪露出没消化的草叶子。雨不懂，牛粪也不用擦洗。

雨所做的最可爱的事情是清洗小河，雨降下的水珠还没来得及扩展就被河水冲走了。雨看到雨后的小河不清澈，执意去洗一洗河水，但河水像怕胳肢一样不让雨洗它的身体。河水按住雨的小手，把这些手按到水里，雨伸过来更多的手。灰白的空气里，雨伸过来密密麻麻的小手。

雨滴耐心地穿过深秋

雨滴耐心地穿过深秋。

雨滴从红瓦的阶梯慢慢滴下来,落在美人蕉的叶子上,流入开累了的花心里,汇成一眼泉。

雨滴跳在石板上,分身无数,为寂静留下一声"啪"。

雨滴比时钟更有耐心,尽管没发条,走步的声音比钟表的针更温柔,在屋檐下、窗台上,在被雨水冲激出水洞的青砖上留下水音的脚步声。时间在雨滴里没有表针,只有嘀嗒。清脆的声音之间,时间被雨滴融化了一小节。被融化的时间永远不能复原,就像雨滴不能转过身回到天空。

秋天盛满繁华之后的空旷,秋天被收走的不光是庄稼和草,山瘦了,大地减肥,空中的大雁日渐稀少。

说秋月丰收,这仅仅是人的丰收,大地空旷了,像送行人散尽的车站月台。

让秋天显出空旷还由于天际辽远,飞鸟就算成万只飞过也不会拥挤。云彩在秋天明显减少，比庄稼少得还快，仿佛说，云和草木稼穑配套而来，一朵云看守一处山坡。庄稼进场，青草转黄，云也歇息去了。你看秋空飘着些小片的云，像鱼的肋条，它们是云国的儿童。

浓云的队伍开到海的天边对峙波涛，波涛如山危立，是一座座青玉的悬崖，顷刻倒塌，复现峥嵘。

雨滴是天空最小的信使，它的信是昼夜不息的滴水之音。在人听到雨滴的单调时，其实每一声都不一样。雨滴的重量不一样，风的吹拂不一样，落地声音也不同。雨滴落在鸡冠花上，像落在金丝绒上哑默无声。雨滴落在电线上，穿成白项链，排队跳下地面。

秋雨清洗忙了一年的大地。大地奉献了自己的所有之后，没给自己留一棵庄稼。春雨是禾苗喝的水，夏雨是果实喝的水，秋天是大地喝的水。土壤喝得很慢，所以秋雨缠绵。人困惑秋天为何下雨，这是狭隘的想法。天不光照料人，还要照料大地与河流。古人造字，最早把"天"写作"一"，它是广大、无法形容的一片天际；而后造出两腿迈进的"人"字。把天的意思放在"人"字肩上曰"大"，而"大"之上的无限之"一"，变成现在的"天"字。天在人与大之上，要管好多事。

天没仓库，不存什物或私房钱。天之所有无非是风雨雷电，是云彩，是每天都路过的客人——飞鸟。天无偏私，要风给风，要雨给雨。风转了一圈又回到空中，雨入大地江河，蒸发为云，步回天庭。这就像老百姓说的，钱啊，越花越有。像慈悲人把自己的好东西送给别人，别人回报他更好的东西。

深秋的雨，不再有青草和花的味道，也没有玉米胡子和青蛙噪鸣的气息。秋雨明净，尽管有一点冷。雨落进河流，河床丰满了一些。河流飘过枫叶的火焰，飘过大雁的身影。天空的大雁，脖子比人们看到的还要长,攥着脚蹼,翅膀拍打云彩,往南方飞去。河流在秋天忘记了波浪。

雨滴是透明的甲虫,从天空与屋檐爬向白露的、立秋的、寒露的大地,它们钻进大地的怀抱,一起过冬。

在雨中跑步

在雨中跑步的困难不是雨。雨量大小不过是水量大小,就当跑步时有人在你身后举一个淋浴喷头,水量或急或缓,水流的方向忽东忽西。在雨里跑步的困难是敌不过避雨人的一双双眼睛。

街上避雨的人,躲在树底檐下,衣装干爽,沉默地看我跑步。跑步可以谅解,在雨中跑步就不容易被谅解。我推想自己不被谅解的理由,边跑边想——头发湿成一绺,像破抹布一样趴在脑门;眼角眯着,因为进水,要不断擦去脸上的水珠。而衣服贴在身上,鞋里面也进了水,呱呱响。这个人在干什么?哼!跑步。

水,仅仅身上挂满了水,在街上奔跑就受到蔑视。仿佛我是欠别人钱被罚在雨里跑步的人,是趁天气不好从精神病院逃出来的人,是想作秀上不了电视的人。

在雨中跑,跑相有点狼狈。但我觉得豪迈,可惜别人没看出来。白箭似的雨水急急钻地,两三米之外看不清东西,像一块块裂了纹的玻璃。雷声此起彼伏,在天边搞心电图。我大步奔跑,脚下激起水花。我想,这就是为争夺八三四高地而奔袭的攻打太原尖刀营战士的雄姿。

而路人的目光在说:跑吧,傻子,跑到太原去吧。我每天搞冷水浴,最难忘的一次在松潘,那里的水把每一根神经都冰得抱怨不已。五大连池的冷泉也非常凉,骨头冻得好像变成了钢管。而平常的冷水澡没什么诗意,远不如大雨。雨水有一点温暖,因为雨前的天气总是很热。雨水流到嘴里没什么异味,当然不要把雨水咽进去,里面有多种污染元素,喝下去没准身上会结红锈与蓝斑。

雨天跑步比较讨厌的是睁不开眼睛,应该戴上游泳镜。是的,下回跑一定戴上。虽然戴游泳镜跑步更加像怪物。第二讨厌出租车。一见有积水,出租车假装是一艘火轮船,加大马力开过,轮下溅起一人多高的水墙,湿你全身。然而我浑身湿透,已经不在意这个了。

在雨中跑步很舒服,雨水耐心细致地洒在你全身各个部位,恐不足,一洒再洒。雨希望看到你成了一个雨人。如同说一个人搞冷水浴时跑了五公里,一举两得,德艺双馨(究竟什么叫德艺双馨我也不清楚,好像跟古代人有关。我认识的好几个人都获得了这项政府奖励),速度可快可慢。想,雨水带着我的体温汇入大街的积水中,流进地沟。那些撑伞的、穿雨披的人在逃离这场雨。而跑步的人在享受着雨,多么愉快。而雨不服,拼命下,恼怒于我的悠闲。没啥,雨再大就改游泳,岂不更好。

在雨中,我穿梭于人们的白眼之中。但也遇到了崇拜者,即孩子。他们瞪大眼睛看我,如视英雄。那么,我就把这次跑步看作是送给孩子们的倾情表演。

后 记：比草木更孤独

  我的新居在沈阳的边上，比城乡接合部更接近田野。这些广阔的田野被房地产商购买后遇到楼市降温，田野变成了旷野，耕地上长满荒草。我从北窗望过去就见到地平线，如长长的扁担，挑着天边的云彩。抬眼见到地平线是福气，城里人抬多少次眼见到的全是楼，站在高楼顶上看到的仍然是楼。

  地平线是多么大的财富，稍稍看一会儿，视野里就有鸟儿翻飞，经常是一对。这里离城市已经很远了，鸟儿仍然要往更远的地方飞。在我印象里，太阳应该从山峦后面升起，山是它的车马大轿，但这儿没山。这里的东方跟北方一样，只有地平线。太阳只好平凡地从地平线升起，我想它并不情愿，只好如此。太阳从东方的地平线上先冒个头，浮现半轮，而后通晓地全然跃出，看上去非常富有。太阳升得不快也不慢。地平线如同流淌着高炉里的铁水。暗红透金的铁水漫过平原的树丛，吞没田埂和土坷垃，淌到开发商买下的土地上散开变成了薄薄的金色。太阳孤零零地继续上升，没有山峦或楼群的扶持也得上升,习惯了。我站在荒野上目睹日出,周围竟没一个人。恍惚间觉得太阳是为我一个人而升起的,这个想法刚产生我就把它批判了一下。在太阳眼里,我与草木看不出区别,况且身边还有鸟儿,有电线杆子,太阳是为大伙儿升的,这才对头。

面对旭日的时候,我忽然觉得自己好孤单,一下子想不起怎么到了这个地方,甚至忘了这是什么地方。太阳把大地重新包装了一下,条状的红云从东方天际向外放射,草尖儿敷一层逆光的红色,飞鸟的影子变黑,灰褐的杨树干透出清洁的白色。太阳升起时支起一个圆顶的穹顶,光芒像树的年轮一样由中心向外扩展,那是一圈儿一圈儿的光。太阳带着它的宫殿飘起来后,地平线恢复静穆的黑色的"——"。这景致很像个"旦"字。舜可汗造歌词"日月光华,旦复旦兮",灵感有可能来自观日出。阳光从东方平射而来时,植物和我都显出挺拔的姿态,从头到脚涂抹着均匀的金光。地里的石头仿佛是古代的墓碑。

我在公路上远行,为了看到更多的草和树木。有人以为草和草是一样的,看一眼就感到单调。然而每一株草都不一样,像人和人不一样。抱团的草,从石缝里长出的孤单的草,长在高处和低洼地的草像草书一样斑斓多姿,姿态出人意料。它们推掌踢腿,恣意妄为。我甚至盼望在路旁生锈的废钢筋身上长出一簇绿草,那才是生命的奇迹。

草在旷野上长得很平,走上去则是坑坑洼洼。在草地行走要低着头选路,看到暴露在地面的树根、灌入气泡的薄冰、刚刚出世的昆虫和像白石灰水一样溅开的鸟粪。我知道自己像一个丢了东西在地面寻找的人。我心里一定是丢了许多东西,想在这里找回来。这里不光有荒草和泥土,还有我需要的东西,尽管我不知道那是什么东西。它们正踩着我的目光所搭的梯子走进我的心里。我欢迎所有旷野的、荒凉的、被人遗弃的、不知名因而不尊贵的东西在我心里安家，心比院子还大。

　　你看到野草荒凉，是因为它们身边没有它不需要的高楼、道路和集市，那是人赖以生存的条件。草拥有万物的根基——土地。草抱团生长，它们不孤单。悲秋的人秋天看到草地枯黄，为它们的凋谢忧伤，以为草完了。然而，青草在春天冒芽，从枯草的根里长出新绿。人想错了，草根本不会死，它活得也许比人类还长。如果没有火灾和人类的砍伐，所有的树木都比人长寿。草看人看到了孤单和荒凉，人穿着奇怪的衣服在旷野里行走显得没有任何本领，而所有的草都裸露着绿色的身体。是的，人的本领要借助团体或网络。人冷热不宜，无法在旷野里站立一个冬天。孤立的人不通晓风的信息和土地的信息，如果他们出现在大地上，与周围格格不入。树木、云彩与河流都不是他的同类。在花朵、小鸟和青草面前，人显出丑陋，他们失去了自然赋予的美又创造不出新的美，他们的美丑观念只通行于人的文化，与天地无关。孤单的人在旷野里行走，坑坑洼洼的地面和树枝让他的手脚都不方便，飞鸟从头顶飞过，甲虫往树枝上端爬行。这些事让人感到茫然。